ro
ro
ro

Lena Gorelik, 1981 in Leningrad (heute St. Petersburg) geboren, kam 1992 mit ihrer Familie nach Deutschland. Mit ihrem Debütroman «Meine weißen Nächte» (2004) wurde die damals dreiundzwanzigjährige Autorin als Entdeckung gefeiert, mit «Hochzeit in Jerusalem» (2007) war sie für den Deutschen Buchpreis nominiert. Ihr Roman «Die Listensammlerin» (2013) wurde mit dem Buchpreis der Stiftung Ravensburger Verlag ausgezeichnet.

«Sehr laut und auch sehr leise, sehr derb und auch sehr zart ... Eins der wenigen Bücher, die ich zweimal gelesen habe ... Ein ganz, ganz schönes Buch.»
Christine Westermann

«Spannend und traurig und schön.»
Süddeutsche Zeitung

«Lena Gorelik kann einfach brillant erzählen.»
Cosmopolitan

«Ein Buch, das unter die Haut geht.»
Literaturkurier

«Ein starkes, ein emotionales Buch, das durch seine reduzierte Sprache große Gefühle offenlegt.»
Welt am Sonntag

Lena Gorelik

Null bis unendlich

Roman

Rowohlt
Taschenbuch
Verlag

Veröffentlicht im Rowohlt Taschenbuch Verlag,
Reinbek bei Hamburg, März 2017

Umschlaggestaltung any.way, Hamburg,
nach einem Entwurf von Frank Ortmann
Umschlagabbildung Carmelo Bongiomo / Getty Images
Innentypografie Daniel Sauthoff
Satz aus der FF Scala PostScript, InDesign,
bei Pinkuin Satz und Datentechnik, Berlin
Druck und Bindung CPI books GmbH, Leck, Germany
ISBN 978 3 499 27059 8

Für
Charlotte

Living comes
natural to many
Love comes
natural to few

John Fullbright,
«High road»

Ein Dialog, später

«Sanela, ich habe mich entschieden ...»

«Ja?»

«Ich habe mich entschieden, dich nicht zu lieben.»

«Du hast dich entschieden? Ist Liebe etwas, das man entscheidet?»

Eine Frage, die auch in Nils Liebes Gedankengang aufgetaucht war, naturgemäß, und die er als banal verworfen hatte. So konnte er sich jetzt freuen, dass Sanela sie stellte. Seit wann diese Schadenfreude, die dem Bedürfnis entsprang, sich überlegen zu fühlen? Seit wann das Bedürfnis?

«Ich weiß nicht, ob man. Ich jedenfalls habe diese Entscheidung getroffen.»

«Und darf man nach dem Grund fragen? Der Entscheidung werden sicher wohlüberlegte Argumente vorangegangen sein.»

Da waren sie wieder, die längeren, komplizierteren Sätze.

«Eigentlich nur ein Grund. Es tut mir nicht gut.»

«Aber das ist doch nicht neu.»

«Nein. Die Entscheidung ist es aber.»

«Wann ist denn diese Entscheidung gefallen?»

«Endgültig? Vor ein paar Tagen.»

«Und gab es einen konkreten Anlass dafür?»

Er schweigt. Weil es so banal ist, dass er nicht wüsste, wo er anfangen sollte aufzuzählen.

«Zu viele, um sie aufzuzählen?»

Er schweigt.

«Eine endgültige Entscheidung, nehme ich an?»

«Absolut.»

«Nun ja, muss ich mit leben. Wobei, leben muss ich ja nicht.»

So endet der Dialog. So endet auch die Liebe.

Und ob der Dialog tatsächlich stattgefunden hat oder nur im Kopf von Nils Liebe, ist letztendlich nicht von Bedeutung.

Null

Niels-Tito weiß bereits: Durch null darf man nicht teilen. Daran erinnert er sich, während er gerade den Kopf über die Mathematikhausaufgaben beugt, so tief, dass sein blonder, zu langer Pony beinahe das Heft streift und seine Mutter sich fragen muss, ob der Junge nicht eine Brille braucht. Und wer ihm eine Brille kaufen wird, denn sie sicherlich nicht. Beim Lösen besonders schwieriger Aufgaben kriecht seine Zunge leicht aus dem Mund, der sich dafür einen Spalt weit öffnet, eine Haltung, die ihm peinlich wäre, wäre er sich ihrer bewusst.

Nils Liebe hat ihm in diesem Moment noch nicht erklärt (wird es aber in ein paar Wochen tun), dass jede Division einer Zahl durch null gegen das Permanenzprinzip verstoße. Das Wort Permanenzprinzip wird sich Niels-Tito für immer merken. Das hat weniger mit dem Begriff an sich zu tun als vielmehr mit dem Augenblick, in dem Nils Liebe es ihm erklären wird: Es ist, während die Kiste mit den Gedichten seiner Mutter verbrennt. Die Blätter sind unter triumphierenden Flammen im Nu zu schwarzer Asche zerfallen, die Holzkiste hingegen ließ sich Zeit.

«Glaub mir, ich hab null Bock auf diese Sterbegeschichte», sagt Sanela ein paar Tage zuvor, und Nils Liebe zieht die Nase kraus, wie angewidert, und wirft ihr einen kritischen, auch erschrockenen Blick zu, der nicht dem Inhalt ihrer Mitteilung gilt, sondern ihrer Wortwahl geschuldet ist. Sanela lacht daraufhin auf eine Art, die Nils Liebe gerne auf Unsicherheit zurückführen würde, aber da sagt sie bereits: «Ich ärgere dich so gerne. Das ist meine Art zu lieben.»

«Auf solche Liebe kann ich verzichten», sagt Nils Liebe nicht.

Nils Liebe weiß selbstverständlich noch viel mehr über die Zahl Null, als er Niels-Tito erzählen wird, während die Kiste mit den Gedichten verbrennt. Er weiß zum Beispiel, dass die Zahl Null mathematisch gesprochen die Kardinalität der leeren Menge darstellt. Er weiß, dass die Null – im Gegensatz zum gängigen Sprachgebrauch – als erste Ordinalzahl gilt. Er weiß außerdem, dass sich die früheste nachweisbare Verwendung der Null in einer Inschrift in Kambodscha vom Anfang des 7. Jahrhunderts nach Christus findet. Nils Liebe weiß eine ganze Menge. Nur, wie er diesen Jungen an die Hand nehmen und von diesem Feuer und nach Hause führen soll, das weiß er nicht.

Nils Liebe.
Eins

Nils Liebe schrieb sich ohne «e» und gab seinen Namen auch so an: «Nils ohne ‹e› und Liebe wie Liebe. Nils Liebe.»

Als Kind hatte ihm das «e» auf eine sehnsüchtige Weise gefehlt, und Liebe hatte er gehasst. Das Lesen und Schreiben hatte er früh gelernt und sich, seit er beides konnte, einen Buchstaben mehr gewünscht, den er hätte malen können. Der Schwung, den man beim «e» erst einmal holen musste, um ihn sogleich abzubremsen, und die Genauigkeit, mit der man diesen Schwung in ein Oval überführte, das war eine Herausforderung, die er außerordentlich genoss. Den geradlinigen Buchstaben in seinem Namen, dem «N», dem «i» und dem «l», mangelte es seiner Ansicht nach an Grazie und Spannkraft. Auch in Schreibschrift.

Er mutmaßte, seine Eltern hatten am «e» gespart. Eine Mutmaßung, die er ihnen gegenüber selbstverständlich niemals in Worte fasste. Seine Eltern sparten gern. Die Vermutung hatte sich ungefähr zum selben Zeitpunkt in seinem Kopf eingenistet, in dem er zu ahnen begann, dass er mit seinen Eltern nicht sprechen konnte. Die Ahnung des Fünfjährigen hatte sich als zutreffend erwiesen.

Und Liebe. Versuch mal, mit einem Namen wie Liebe zur Schule zu gehen und die Schulzeit zu überstehen als der, der du bist. Es war auch ohne Liebe, ohne Liebe im Namen wie im Leben, nicht einfach. In der ersten Klasse übrigens genauso schlimm wie in der siebten. Hass, das hätte ihm gefallen, Nils Hass. Oder: Nils Tod. Liebe war, als Nachname und als Zustand, peinlich und unangenehm gleichermaßen.

Nils ohne «e» also. Und Liebe wie Liebe.

Im Übrigen hatte er auch keine Geschwister.

Diesen Umstand hatten seine Eltern allen Ernstes mit Sparzwang begründet.

«Mami, ich wünsche mir einen Bruder zum Geburtstag.»

«Ach, Nils, mein Schatz, für ein zweites Kind haben Papi und ich leider kein Geld.»

Er erinnerte sich nicht an die Notwendigkeit zu sparen. Sein Vater hatte eine Stelle im Bauamt und wusste Nils' Ansicht nach selbst nicht so genau, was er dort genau täglich von 8 Uhr 30 bis 17 Uhr 30 tat. Er ging jeden Morgen pünktlich um 8 Uhr 10 aus dem Haus, und ebenso pünktlich wurde dreizehnmal im Jahr ein Gehalt überwiesen. Seine Mutter kümmerte sich nach eigener Aussage «um alles», wirkte dabei immerzu überspannt, aber womit sie sich den ganzen lieben Tag lang beschäftigte, hätte Nils Liebe nicht beschreiben können. Sie hatten ein Reihenhaus wie die, in denen seine Schulkameraden lebten – an Schulfreunde konnte er sich später nicht erinnern –, und die Absenz beider Erinnerungen legte er als Beweis für die Absenz beider Phänomene, der Notwendigkeit zum Sparen wie der Freunde, aus. Es gab Schuhe von und mit Lurchi und den obligatorischen Urlaub auf einem Campingplatz in Ligurien jedes Jahr. Taschengeld so viel, wie er alt war, sechs Mark ab dem sechsten Geburtstag, sieben ab dem siebten und so weiter, und mit acht hatte er bereits zu protestieren und zu argumentieren begonnen: Die Inflation stieg stetig an, aber sein Taschengeld proportional lediglich zu seinem Alter. Es ging ihm ums Prinzip. Das Thema – seine Eltern, die kein Geld für ein zweites Kind haben wollten, aber welches für eine türkisfarbene Ledercouch hatten – wäre ein spannendes für seinen Psychoanalytiker gewesen, aber Nils ohne «e» Liebe würde niemals einen aufsuchen. Sigmund Freud, C. G. Jung und Noam Chomsky hatte er hingegen gelesen.

Das Einzelkind Nils Liebe war immer einzeln geblieben. Es war ein Grundgefühl. Er konnte sich zum Beispiel später der Hände seiner Mutter auf seinem Rücken entsinnen, wenn er fiebrig im Bett lag, nicht einschlafen konnte und die Wand anstarrte, in der Erinnerung konnte er diese Hände beinahe wieder spüren. Weshalb er sich nicht gern daran erinnerte. Er hatte ihr den Rücken zugedreht, um diese Hände ertragen zu können. Er erinnerte sich an Wissen: Er wusste zum Beispiel, warum ihre Hände sich da befanden, was sie ihm mit ihren auf seinem Rücken liegenden Händen vermitteln wollte, wusste um ihre Mutterliebe, und von ihm aus hätte sie es nicht noch unzählige Male in Worte fassen müssen: «Ich bin ja da. Es wird bald besser, mein Schätzchen.» Stattdessen wurde es schlimmer. Diese Liebesgeschichte an sich.

Bücher waren ihm weitaus sympathischer als Menschen. Bücher waren ihm nicht unterlegen. Als er Barthaare zu zählen und zu masturbieren begann, dachte er, dass beides, das Nicht-Lesen seiner Eltern sowie seine daraus resultierende Bücherliebe, deren Provinzverwurzelung geschuldet sei, die übrigens auch seine Mitschüler und Lehrer im Griff hatte wie eine chronische Krankheit. Er schien als Einziger dagegen immun. Später hatte sich erwiesen, dass die Provinz keine Ursache dafür sein konnte. Nils Liebe hatte herausgefunden, es lag an den Menschen an sich.

Das Gefühl, nicht alleine zu sein, kannte er nicht. Aber auch nicht die Sehnsucht, diesen Zustand zu ändern.

Er las noch ein wenig mehr. Sofern das möglich war. Kämpfte sich durch Robert Musil. Auch durch den zweiten Band mit den ungeordneten Fragmenten. Und dachte beim Mann ohne Eigenschaften ein wenig an sich. Er brauchte die Worte der großen Dichter, um die um ihn herum gesprochenen ertragen zu können.

Das Alleinsein. Es war ein Zustand, sein Zustand, wie Wasser flüssig war, und Eis kalt. Zwischendrin war Sanela. Mit Sanela war Nils Liebe jemand gewesen – jemand anders als er selbst. Er war zu zweit gewesen. Aber das, hatte er auf die unangenehmstmögliche Weise herausgefunden, war wohl ein einseitiges Gefühl.

Sanela war, er konnte und würde es heute noch beschwören, aus dem Nichts aufgetaucht. Er hatte allein im Klassenzimmer gesessen und hatte die Tür angestarrt und wusste deshalb, dass sie nicht hereingekommen sein konnte, durch diese Tür jedenfalls nicht.

Plötzlich war Sanela da, dann war sie genauso plötzlich weg, es hatte überraschend geschmerzt, körperlich auch, aber zum Glück war er eines Tages dem Schmerz entwachsen, wie er auch Kleidern entwuchs: ganz plötzlich, als hätte jemand über Nacht die Hosen gekürzt. Eines Morgens blitzten seine Knöchel zwischen Schuhen und Hosensaum hervor. Eines Morgens war das Gefühl des Alleinseins, des Seins ohne Sanela, vergangen.

Er lebte dann vor sich hin. Das Leben ging irgendwie weiter.

Sanela. Zwei

Zwei Dinge hatte sie wiederholt über sich gehört, und beide hatte sie nicht einordnen können: «Kriegskind» und «Waisenkind». Sie verstand nur «Kind» und horchte deshalb zu Recht auf, sie meinte, es ging um sie. Den Rest der Konversation verstand sie nicht.

«Waisenkind» klang schöner als «Kriegskind», weicher irgendwie, mit seinem stimmhaften «s». Sie mochte es, wenn sie Waisenkind über sie sagten, eine ganze Weile. Zu ihr sagten sie es nie.

Das Verstehen war abrupt über sie gekommen, wie es mit Sprache eben geschah: Die Sprache überfiel sie, was ihr das Lernen ersparte. An manchen Tagen waren es Worte, die sie plötzlich verstand, von einer Sekunde auf die andere, an anderen Sätze. Eine Werbetafel, eine Zeitungsüberschrift, den Gruß des Busfahrers. Einen Tag wollte sie sich für immer merken: den, an dem sie das Rezept auf der Mirácoli-Packung verstand, Mittwoch, Juli, der 7. Es gefiel ihr, dass man im Deutschen das Datum nach dem Monat setzen durfte und den Wochentag davor, als herrsche man über die Zeit. Sie liebte Mirácoli: Nudeln, Tomatensoße

UND Käse in einer Packung. Wegen solcher Dinge galten die Deutschen als effizient, ganz klar. Wie an jedem anderen Abend hatte sie am 7. Juli das Rezept gelesen, während sie die Nudeln, die Tomatensoße und den Käse, die sie auf der Gabel übereinanderlegte, aber nicht vermischte, in sich hineinschaufelte. An diesem Mittwoch hatte sie das Rezept aber unverhofft und schlagartig verstanden, hatte sogleich den Teller zur Seite geschoben, das eigene Verstehen noch einmal überprüft: Ja, sie begriff, nicht nur die «Minuten», sondern auch die «Zubereitung», das «heiß werden lassen», das «darüber streuen». Woraufhin sie das Datum auf die Verpackung schrieb, diese sorgfältig faltete und in ihren Koffer unter die Kleider legte.

Als sie verstand, was sie mit «Waisenkind» meinten, schnitt sie sich die Haare ab.

Es war kein großer Verlust. Die Farbe war ein Dazwischen, das sich irgendwo zwischen blond, braun und farblos tummelte, und die Haare hingen irgendwie herum und herunter, genauso halbherzig, wie sie sich eben nicht die Mühe machten, eine richtige, existierende Farbe zu generieren. Sie hatten bis zu diesem Tag eine Aufgabe zu erfüllen gehabt, was sie lustlos, aber dennoch erledigt hatten: Ihre Ohren zu verdecken. «Dumbo», hatten die anderen Kinder gerufen, auch im Kindergarten schon.

«Ja! Ich bin Dumbo und kann fliegen!», hatte sie erwidert, aber sich schon beim nächsten Mal nicht mehr die Mühe gemacht, den Mund für eine Reaktion zu öffnen.

Sie versuchte, die Schere beim Schneiden schräg zu halten, wie es ihre Tetka Marija tat, wenn sie Tetak Ivan die Haare schnitt. Wozu das wohl gut war? Sie begann links und schnitt direkt über dem linken Dumbo-Ohr. Die langen, willenlosen Strähnen fielen mit mehr Energie auf den Boden und in ihren Schoß, als sie bis dahin an den Tag gelegt hatten.

Eine Strähne ließ sie hängen, rechts. Eine, die ihr weiterhin bis über die Schulter reichte. Oben war ein Durcheinander entstanden, ein Vogelnest, das keine Geborgenheit bot, sondern soeben von einem größeren Raubvogel verwüstet worden war. Sanela war außerordentlich zufrieden, als sie die Schere zurück in die Küchenschublade legte. Zu den Messern.

Die deutschen Kinder sagten nicht «Dumbo». Sie überlegte: War es Höflichkeit? Sie wischte die Vermutung beiseite. Die Deutschen doch nicht. Auch nicht deren Kinder.

«Haben wir nicht genug Probleme? Brauchen wir auch noch das?», rief Tetka Marija in ihrer melodramatisch klingenden und genauso gemeinten Art und zeigte mit ihrem fetten Zeigefinger von oben herab auf Sanelas Kopf.

«Lass sie», erwiderte Tetak Ivan, was er meist erwiderte, aber selten passte es thematisch so gut wie an dem Abend jenes Tages, an dem sie «Waisenkind» verstand. Wobei sie sich nicht sicher war, ob Tetak Ivan die Veränderung auf ihrem Kopf überhaupt registriert hatte.

Eines der Kinder aus der Klasse, ein dickliches Mädchen mit rötlichen Haaren und mehr Sommersprossen auf der Nase als Nils, fragte: «Gefällt dir das gut mit der einzelnen Strähne, die herunterhängt?»

«Ja.»

Sie beantwortete alle Fragen mit «Ja», seit ihre quantitativ nicht umfangreiche, aber qualitativ fehlerfreie Studie ergeben hatte, dass die Menschen mehr Nachfragen stellten, wenn man ihre Fragen mit «Nein» beantwortete.

«Aha. Und das Gute ist auch: Wenn sie dir irgendwann nicht mehr gefällt, kannst du sie einfach selber abschneiden. Musst nicht einmal zum Friseur.» Das rothaarige Mädchen hatte bestätigend und sehr zufrieden mit der eigenen Schlussfolgerung genickt, bevor sie sich wieder nach vorne zur Tafel umgedreht hatte.

«Margarine» als Schimpfwort war in mehrfacher Weise erniedrigender als «Dumbo». «Backfett» sagten sie auch. Das blöde Deutsch reichte ihr leider noch nicht aus, um angemessen zu kontern. Es galt, das Erlernen der Sprache zu beschleunigen.

Seit sie in Deutschland war, stellte Sanela überrascht fest, dass es manchmal besser war, nicht zu wissen und nicht zu verstehen. Das wunderte sie, weil sie, seit sie denken konnte, schon immer wissen, begreifen und lernen wollte. Ihre Großmutter hatte sich ihrer geschämt: Im Dorf las man nicht. Die Haare waren nun weg, und das Verlangen, zu wissen und zu verstehen, war ebenfalls dabei, zu verschwinden.

Sie hatte auch die Sache mit der Margarine ein paar Tage lang nicht begriffen, obwohl sie den Begriff «Margarine» verstand. Margarin, in ihrer Sprache. Warum sich deutsche Kinder wohl für Margarine interessierten, warum sie in ihre Richtung blickten, wenn sie das Wort sagten? Aber die deutschen Kinder sammelten auch Plastikpüppchen mit neonbunten Haaren. Sanela musste nicht alles auf einmal verstehen.

Nils erklärte es ihr.

«Nimm dir das nicht zu Herzen», er nickte in Richtung der Jungen, die «Margarine» gerufen hatten. «Das sind kreteni.» Sie sorgte sich inzwischen, Nils könnte Serbokroatisch schneller lernen als sie Deutsch, was nicht nur beschämend für sie gewesen wäre, sondern auch ihm nichts nutzte. Sie hatte gehört, Serbokroatisch gebe es nicht mehr, dafür Serbisch, Kroatisch und Bosnisch. Was aber Unsinn war. Weil sie es sprach, und Tetka Marija und Tetak Ivan doch auch.

Nimm dir das nicht zu Herzen, hatte er gesagt. Die Sache mit dem Herzen verstand sie auch nicht, weshalb sie fragte: «Wo ich Herzen nehmen?»

Nils lächelte dieses Lächeln, das sie schon kannte, das er immer lächelte, wenn er nicht weiterwusste, als sei es seine Schuld, dass sie ihn nicht verstand. Er ließ dem Lächeln keinen Vortrag folgen, weil er da schon eingesehen hatte, dass Vorträge sie verunsicherten. Wenn einzelne Worte schon die Macht dazu hatten. Nils Liebe lernte, mit Sanela zu sein.

«Morgen», sagte er.

Morgen brachte Nils die Plastikpackung mit, eine leere. Sanella. Liebe ist Backen. Die Margarine schrieb man mit zwei «l».

Nils hatte recht. Die Deutschen und die Jungen in ihrer Klasse waren ausgesprochene kreteni, bis auf ihn.

Nils war es natürlich auch, der ihr das Wort Krieg erklärte. Er war dazu übergegangen, weniger zu sprechen und stattdessen mehr zu zeichnen und ihr Gegenstände zu zeigen.

Sie hörten «Kriegskind», er sagte «Morgen», und am nächsten Tag brachte er winzig kleine Zinnsoldaten mit. Sie hatte auch welche gehabt, früher. Er stellte sie auf, zwei Armeen mit jeweils vier Kanonen, sechs Kavalleristen und gut zwanzig Artilleristen. Einer hielt die Tricolore.

«Napoleon?», fragte sie.

Nils schien beeindruckt. «Ja. Und das ist Krieg. Guck, wenn sie miteinander kämpfen. So.» Er ließ zwei Kavalleristen vorrücken. Sie nahm eine der gegnerischen Kanonen in die Finger. Sie spielten Krieg, bis es zur Mathematikstunde klingelte. Die Frau mit dem langen Namen, der durch einen Strich unterbrochen wurde, unterrichtete das Fach, und sie betrat das Klassenzimmer bei diesem Klingeln mit entschlossenem, strengem Schritt, weshalb sie die Soldaten schnell unter die Bank räumten. Der Krieg zu Hause war mit Napoleon übrigens nur schwer vergleichbar.

Kriegskind. Waisenkind. Na, wenn sie meinten.

Sprechen

Das Mädchen war ihm fremd auf eine verstörend vertraute Weise. Es sprach nicht. Es lächelte nicht. Letzteres zum Beispiel war ihm vertraut, er selbst verzog die Mundwinkel auch nur, wenn er tatsächlich lachen musste, was äußerst selten geschah. Die Dinge, die seine Mitschüler oder seine Eltern zum Lachen brachten, befremdeten ihn mehr, als dass sie amüsierten. Seine Mutter ermahnte ihn regelmäßig, nach dem Essen die Zähne zu putzen, beim Sitzen den Rücken durchzudrücken, und eben auch, die Nachbarin oder die Bäckereiverkäuferin aus Gründen der Höflichkeit anzulächeln. Er ging jedes Mal, wenn sie ihn zum Zähneputzen schickte, ins Bad und nahm sich auf dem Weg ein Buch mit, in dem er las, während Wasser auf die Zahnbürste tropfte, auf die er sogar Zahnpasta geschmiert und die er dann ins Waschbecken gelegt hatte. Er drückte auch den Rücken durch, nicht weil er die Ängste seiner Mutter vor einer krummen Wirbelsäule ernst nahm, sondern weil der Aufwand, aufrecht zu sitzen, geringer war als der, lange Diskussionen zu führen. Beim Lächeln aber verweigerte er sich standhaft, und das hatte noch nicht einmal mit seiner generellen Infragestellung des Höflichkeitskonzepts an sich zu tun: dass man Menschen gegenüber, denen man keinerlei Interesse oder Sympathie entgegenbrachte, verlogene Formalien einzuhalten hatte, als Schauspielkunst, die keinem ehrlichen Gefühl entsprangen. Aber auf dieser Ebene, die seine Mutter niemals verstehen würde, weigerte er sich noch nicht einmal. Nils Liebe hatte sich selbst beim von seiner Mutter verlangten Lächeln in einem Kaufhaus im Spiegel beobachtet und dabei festgestellt, dass die Art, wie er die Lippen aufeinanderpresste und die Mundwinkel auseinanderzog, so unnatürlich und gequält aussah, dass er Menschen damit unmöglich das angenehme Gefühl vermitteln konnte, das diese Art von Mundgebärde ja hervorrufen sollte. Er tat den Mitmenschen, die es laut seiner Mutter zu hofieren galt, den Gefallen und lächelte nicht.

Das Mädchen lächelte ebenfalls nicht. Es sprach auch nicht, und es verstand nicht, das musste Nils Liebe sich immer wieder in Erinnerung rufen, weil die großen braunen Augen, mit denen es die Welt um sich herum aufnahm, jedes Detail, auch jedes Wort, das sie nicht verstehen konnte, aber offensichtlich dennoch beurteilte, zu keinem Zeitpunkt verständnislos oder gar verunsichert aussahen. Nils Liebe mochte das Mädchen.

Man hatte sie zu ihm gesetzt, natürlich.

«Nils, das ist Sanela. Sanela kommt aus Jugoslawien zu uns. Sie spricht unsere Sprache nicht, noch nicht, und sie wird Hilfe brauchen. Mit der Sprache und auch in den anderen Fächern. Es wäre schön, wenn du dich ihrer annehmen und ihr helfen würdest. Den Unterrichtsstoff kannst du ja schon. Du kannst ja alles», sagte die Lehrerin und lachte auf. In dieser unsicheren Art.

Dinge, auf die Nils Liebe die Lehrerin nicht aufmerksam machte:

1. Jugoslawien war dabei auseinanderzufallen. Erst vor ein paar Tagen hatten die meisten europäischen Staaten Kroatien und kurz darauf Slowenien anerkannt.

2. Das Mädchen war nicht «zu uns gekommen». Es war in eines der wenigen Länder geflohen, die Flüchtlinge aus dem Kriegsgebiet aufnahmen.

3. «Sich jemandes annehmen» war ein herablassender Begriff, der Überlegenheit offenbarte. Das Mädchen zeigte sehr deutlich, dass man besser nicht den Versuch wagte, sich ihrer anzunehmen.

4. Er konnte bei weitem nicht alles. Dass sie ihm hier auf der Schule dennoch nicht viel beibringen konnten, war in diesem Zusammenhang äußerst bedauernswert.

Das Mädchen saß also neben ihm. Es rechnete schnell und fehlerfrei. Es hatte eine ausladende Schrift und auffallend große Ohren. Mit diesen Ohren saugte es die Sprache auf. Nils Liebe hatte nicht die geringste Ahnung, wo er beginnen sollte, weshalb er nachmittags in die Buchhandlung am Marktplatz radelte und ein deutsch-serbokroatisches Wörterbuch besorgte. Am nächsten Tag begannen sie, miteinander zu sprechen.

«Ja sam Nils.»

«Ich sein Sanela.»

«Zdravo.»

«Hallo.»

«Das Stol. Tisch.»

«Tisch.»

«Das Stolica. Stuhl.»

«Stuhl.»

«Sad Geographie.»

«Ja. Geographie.»

Es war ein Gespräch.

Nils Liebe las nicht ein Buch nach dem anderen wie die meisten Menschen. In der Regel begleiteten ihn mehrere Bücher gleichzeitig: zwei bis drei Romane unterschiedlicher Epochen, ein Fachbuch und für den Fall, dass er nur ein paar Minuten zum Lesen hatte, wenn er beispielsweise an der Bushaltestelle wartete, dazu noch ein Gedichtband, eine Sammlung von Kurzgeschichten, ein Theaterstück. Sanela gewöhnte sich an, morgens in seinem Schulranzen zu kramen und sich die Titel der Bücher, die er dabeihatte, anzusehen. Sie kommentierte nicht – Nils Liebe führte das Schweigen besser auf mangelnde Sprachressourcen zurück –, aber zweimal hatte sie genickt. Einmal bei Kafka, einmal bei Byron. Morgens, während seine Klassenkameraden vor dem Spiegel standen und Hemden zu Jeans anprobierten und sich Gel in die Haare schmierten, stand Nils Liebe vor seinem Bücherregal und überlegte, ob Anna Seghers zu Vargas Llosa passte. Oder doch besser zu Ovid.

Eines Tages – sie hatten die Fünf-Wort-Satz-Grenze passiert, Sanela hatte angefangen, das Verb, das sie manchmal sogar richtig beugte, an die zweite Stelle zu stellen: «Ich finde nicht gut, dass Schwerkraft gibt» – nahm Nils Liebe seinen gesamten Mut zusammen und setzte eine Idee um, die ihm eines Nachts, er schlief in letzter Zeit nicht mehr so traumlos und tief wie früher, gekommen war. Auf einen Zettel schrieb er, da er wusste, dass Sanela sich mit ausgesprochenen Zahlen aufgrund der Eigenheit der deutschen Sprache, die zweite Ziffer vor der ersten auszusprechen, schwertat, «16 Uhr» und «Marktplatz». Und schob den Zettel mitten in der Mathematikstunde zu ihr hinüber. In der Mathestunde musste sie sich nicht besonders konzentrieren.

Ein Nicken ist unbestreitbar auch eine Antwort.

Am Nachmittag bremste er bei jeder gelben Ampel und wartete jede Rotphase geduldig ab, und so gelang es ihm, erst fünf vor vier am Marktplatz zu sein. Sanela allerdings war schon da, hatte die beigefarbene Hose an, die sie auch sonst immer trug, ihre Jeansjacke, keinen Rucksack.

«Hallo.»

«Hallo. Zdravo.»

«Zdravo.»

Bevor es unangenehm wurde, erledigte er mit einer Gewissenhaftigkeit, die er sonst nur bei chemischen Experimenten an den Tag legte, die Aufgabe, sein Fahrrad anzuschließen, und lotste sie anschließend in den Buchladen. Für die bescheidene Größe und die schlechte Sortierung der einzigen Buchhandlung der Stadt schämte er sich, als habe er die Bücher selbst ausgesucht und, Epochen und Genres vermischend, alphabetisch in die Regale sortiert. Die ganze Idee kam ihm plötzlich äußerst dämlich vor.

Ein Blick zu ihr. Sie trug so etwas wie ein Lächeln im Gesicht. Irgendwie auch ein Anfang.

Nils Liebe nickte der Buchhändlerin zur Begrüßung zu, beeilte sich, zu den Romanen zu kommen, verharrte kurz vor dem Regal und zog dann Ernest Hemingway heraus. Hielt ihr das Buch hin. Sanela las den Titel, lachte auf, nickte.

Er nickte auch, presste die Lippen aufeinander, stellte das Buch zurück. Suchte die Reihen ab, a, b, k, l, m, da war es, er zeigte ihr «Die folgende Geschichte», Cees Nooteboom. Sanela zuckte fragend die Schultern. Natürlich, eine Neuerscheinung, er schämte sich für seine Wahl, womöglich hatte man in Jugoslawien in den letzten Monaten nicht viel Zeit oder Muße für Übersetzungen gehabt. Er blätterte das Buch auf, zeigte ihr den ersten Satz. «Meine eigene Person hat mich nie sonderlich interessiert, doch das hieß nicht, dass ich auf Wunsch einfach hätte aufhören können, über mich nachzudenken – leider nicht.»

Sanela las leise, langsam, und bewegte dabei die Lippen. Als sie fertig war, verzog sie die Augenbrauen in etwas, das Nils Liebe als Anerkennung zu deuten wagte. Also versuchte er es mit Gabriel García Márquez und Milan Kundera.

Sanela hatte längst verstanden. Sie warf einen vorsichtigen Blick zur Buchhändlerin, bevor sie sie endgültig vergaß. Die Buchhändlerin beachtete die beiden nicht, sie kannte Nils als einen guten Kunden. Sanela suchte nun ihrerseits die Regale mit Blicken ab.

«Lirika?» Es war das erste Wort, das zwischen den beiden seit der Begrüßung gefallen war, und deshalb klang es zu laut und unangebracht, sogar die Buchhändlerin zuckte zusammen, blickte auf und zu den Kindern. Ach was, Kinder, Jugendliche waren das inzwischen. Nils Liebe kannte sie, seit er als verrotzter und verstrubbelter Vierjähriger seine Mutter angeschleppt hatte, die äußerst unwillig das Geld über den Kassentresen geschoben hatte. So anders als andere Kinder, dieser Nils. Aber trotzdem schon ein Mädchen gefunden, wie bezaubernd. Und sie seufzte, dieses Seufzen, das nur zum Teil herablassende Überheblichkeit einer Erwachsenen ausdrückte. Da war auch Neid, der der Kenntnis entsprang, dass dieses zarte erste Mal niemals,

niemals wieder ... Und sie erinnerte sich: Horst Weiler, zehnte Klasse, 1958.

Im Jahr 1992 und an jenem Nachmittag dachten aber Nils Liebe und Sanela in der Buchhandlung der ersten Liebe von Horst Weiler, der an ebendiese erste Liebe bestimmt seit zehn Jahren nicht mehr gedacht hatte, nicht im Entferntesten an Gefühle. Da hatten zwei gerade ihre Sprache gefunden und mit Herzensangelegenheiten nichts am Hut. Nils Liebe hatte eine Frage gestellt, und Sanela hatte sie beantwortet, indem sie zuerst Samuel Beckett aus dem Regal zog, darin blätterte, dann auf Seite 36 fand, was sie gesucht hatte, und das Buch Nils Liebe reichte, der ihr für die Antwort dankte, indem er nur einen Blick auf die Buchstaben warf, vor sich hin lächelte, nicht ihr zu, sondern, ohne dieses Lächeln auch nur zu registrieren, zielsicher nach «Der gute Mensch von Sezuan» griff und das Stück ungeduldig nach einem Zitat durchforstete.

Es fiel kein weiteres Wort an diesem Nachmittag. Es war die spannendste und ergreifendste Unterhaltung, die Nils Liebe in seinem vierzehnjährigen Leben bislang geführt hatte. Ein Dialog ist sachlich gesehen eine von zwei oder mehreren Personen abwechselnd geführte Rede mit Gegenrede.

Sanela war, so hätte es ihre Lehrerin formuliert, an diesem Nachmittag ein Stückchen mehr in diesem Land angekommen. Sanela selbst hätte das weder an diesem Nachmittag noch jemals später so formuliert, aber beim Heimweg fühlte sie, dass ihre Schritte auf dem Asphalt fester waren. Als hätte sie etwas mehr Recht, über den deutschen Boden zu wandeln.

Zum Abschied hatte Nils Liebe Sanela die Hand gereicht

und kaum merklich gelächelt. Sanela hüpfte vom Bürgersteig, als sie an dieses Lächeln dachte, und lief ein paar Schritte auf der Straße, bevor das erste Auto hupte und sie wieder zurück auf den Fußgängerweg sprang.

Man

Sanela selbst ging es zwar viel zu langsam, die Lehrer jedoch sprachen im Lehrerzimmer darüber, was für ein Wunder es sei, wie schnell dieses Mädchen sich die Sprache aneigne, und das, obwohl beide Eltern, wobei die Mutter doch schon vor dem Krieg gestorben war, oder nicht. Ja, es sei auf jeden Fall die richtige Entscheidung gewesen, sie zu Nils Liebe zu setzen, auch dem Jungen tue es gut, endlich könne er mal seine Begabung einsetzen. Sanela musste das alles zum Glück nicht hören.

Sanela war auch viel zu beschäftigt: Sie saugte die Sprache auf. Sie lauschte ihr wie später der Musik. Den Klang der Worte nahm sie mit dem ganzen Körper auf. Weiche Konsonanten, lange Vokale, Pausen, Stimmführung, die deutsche Sprache als Partitur. Worte aneinanderzuhängen bereitete ihr Freude. «Kann ich auch Deutschunterrichtsheft sagen?», fragte sie Nils und merkte, dass sie ihm damit eine Freude machte. Seine Freude, ein positiver Nebeneffekt, und das würde für immer so bleiben. Autotüröffner, Kellertreppenstufe, Mauerspaltloch, Herbstmorgenspaziergang.

Nils Liebe spürte, wie sie die Sprache aus ihm herauszog, er war verwirrt und stolz, er wollte ihr alles geben, was er über grammatikalische Konstruktionen wusste, und der Gedanke, sie presse ihn aus wie eine Zitrone, kam ihm nicht. Die Zitronenschale schmeißt man nach dem Auspressen in den Müll.

Manchmal wollte er sie trösten. Sanela kannte Wut nur als Gefühl der Maßlosigkeit, wenn sie wütend wurde, waren es sogar ihre Haare, die abstehenden Ohren liefen rot an, ihre Stimme musste die Welt übertönen, ihr Herz hämmerte, ihr Blut pulsierte, dass die Finger zitterten. Meistens war diese Wut nach innen gerichtet, Sanela hasste sich selbst. Auch für alles, was andere taten.

Das wird mit der Zeit vergehen. Gefühle lassen sich umkehren. Man kann zum Beispiel auch andere hassen für alles, was man selbst tut.

Damals aber war Sanela noch wütend auf die deutsche Sprache. Die Artikel wirbelten in ihrem Kopf und weigerten sich standhaft, sich vor das richtige Wort zu setzen, Sanela erkannte, obwohl sie genau lauschte, keine Logik, nach der sie die Artikel in ihrem Kopf hätte ordnen können, es war ihr schon immer schwergefallen, nicht zu können. Nils Liebe sah die Wut zuerst an ihren Oberschenkeln: Sie spannte den gesamten Körper an, und die Oberschenkel schnellten nach oben und knallten gegen die Schulbank, als drücke sie sich mit den Füßen vom Boden ab. Dann waren da Fäuste auf der Tischplatte, dann war da dieser wilde Blick. Es machte ihm Angst, er wollte sie trösten. In grammatikalischen Fragen würde sein Trost reichen. Er erklärte ihr, dass die Genusbestimmung wortabhängig und mitunter sprachgeschichtlich begründet sei, aber wie immer, wenn Sanela wütend war, war sie des Zuhörens nicht in der Lage.

«Warum männlich? Ein Rock ist für Frau. Ein Rock ist ‹sie› wie Frau. Aber Mädchen auch ‹das› in Deutsch.» Sie zischte jedes Wort.

Manchmal musste Nils Liebe lachen. Wochenlang fragte sie ihn jedes Mal, wenn er eine man-Konstruktion verwendete (man beginnt Fragen immer mit einem Fragewort, man geht an Weihnachten in die Kirche, man liest in Deutschland nicht viel): «Wer ist dieser Mann? Welcher Mann?»

«Man ist irgendjemand. Oder niemand», versuchte sich Nils Liebe an einer Erklärung. Selbst er bekam Kopfschmerzen von diesen grammatikalischen Fragen.

«Ein Mann ist ein Niemand», folgerte Sanela, und Nils Liebe, der eigentlich wusste, dass diese Folgerung ein zufälliges Nebenprodukt des Spracherlernungsprozesses war, liebte diesen Satz.

Nachts fragte Nils Liebe sich, ob er Sanela liebte. Er wusste nicht viel über die Liebe, nur das, was er in Büchern gelesen hatte, seine Eltern waren ihm kein Vorbild. Wenn deren allabendlicher trockener Begrüßungskuss Liebe sein sollte, dann wollte er auf Liebe verzichten. Nils Liebe schloss wieder die Augen und drehte sich zur Wand, vielleicht würde die Frage verschwinden.

Brief I

«Sag mal, Junge, bist du vielleicht verliebt?»

Nils verschluckte sich zwar nicht an dem Stück Schnitzel, das er just in jenem Moment mit seinen Backenzähnen zermalmte, dachte aber sofort daran, dass sich die Schlüsselfigur in einem Roman an dieser Stelle wahrscheinlich verschluckt hätte.

Zäh, das Fleisch. Er musste an Jona denken, den vom Wal Verschluckten, dann an Moby Dick, an das Walfangschiff *Essex*, das im Jahre 1820 durch Rammstöße eines Pottwals versenkt wurde, und daran, dass dessen Fünf-Mann-Besatzung nur überlebt hatte, weil sie sich von ihren verstorbenen Kameraden ernährt hatten, an den Begriff Kannibalismus, an den Begriff Kannibalismus in der Astronomie, wo er den Umstand definierte, dass kleinere Galaxien von größeren verschluckt werden, daraufhin dachte er an Dunkle Materie und folgerichtig an Neutrinos, aus denen diese, wie man vermutete, zu einem kleinen Teil bestand, an die Frage, ob sich zuerst Galaxien oder Sterne gebildet hatten –

«Nils?»

«Ja?»

«Hast du mir überhaupt zugehört?»

«Ja.» Er hatte sich gerade gedanklich der Modifizierten Newton'schen Dynamik widmen wollen.

«Den Eindruck habe ich nicht. Was habe ich gerade gefragt?»

«Ob ich verliebt sei.»

«Und, bist du es?»

Die Frau las doch Erziehungsratgeber. Sie hatte auch ein Buch über hochbegabte Kinder gelesen und es in der Schublade ihres Nachttisches unter den Erziehungsratgebern versteckt. Er hatte sich auf Seite zwei zum ersten Mal wiedergefunden, dann auf Seite vier, auf Seite sieben und eigentlich auf jeder weiteren.

Die Bratkartoffeln bereitete seine Mutter mit Speck und nur wenigen braun gerösteten Zwiebeln zu. Das liebte er an ihr.

«Die Bratkartoffeln schmecken vorzüglich.»

«Nils», ein Seufzen, «kannst du nicht ‹lecker› sagen wie jedes normale Kind?»

Konnte er nicht, sonst hätte er es höchstwahrscheinlich getan. Warum hatten sie es heute eigentlich alle mit der Liebe? Julius hatte Sanela und ihn bei der Briefübergabe erwischt, ihm den Brief entwendet und ihn laut der kichernden Klasse vorgelesen, wobei er «Molière» selbstverständlich falsch ausgesprochen hatte.

«Na und», hatte Nils Liebe auf einen Zettel geschrieben und ihn zu Sanela hinübergeschoben. Sanela hatte ihn gelesen und in ihrer ausladenden Schönschrift, die er für die in die Buchstaben gelegte Sorgfalt bewunderte, auf die Rückseite ebenfalls ein «Na und» geschrieben. Er hatte den Zettel gefaltet und ihn in die Hosentasche gesteckt.

Gleichschenklige Dreiecke, Orthogonale und Winkelhalbierende. In der Pause lachten die anderen wieder, dann klingelte es endlich zur Stunde, Geschichte.

Nils Liebe kippelte mit dem Stuhl. Jeder Schultag nahm irgendwann ein Ende. Er musste nur warten. Am liebsten begründete die Geschichtslehrerin Geschichte. Zehn Gründe, wie es zum Ersten Weltkrieg kommen konnte. Vier Gründe, warum Kaiser Wilhelm II. Otto von Bismarck entlassen hatte. Sie begründete Judenhass im Mittelalter, die Erfindung der Druckerpresse und die Kolonisierung Amerikas.

An jenem Tag hatte die Lehrerin den Entschluss gefasst, dem vergangenheitsorientierten Unterrichtsfach Aktualität zu verleihen und einen momentan tobenden Konflikt auf dem europäischen Kontinent in eine Aufzählung von Gründen zu pressen: Die Spiegelstriche malte sie an die Tafel, sobald sie das Klassenzimmer betrat. Die Kreide quietschte bei ihr häufiger als bei anderen Lehrern.

Nils Liebe ahnt nichts. Er kippelt mit dem Stuhl, wartet, glaubt, Sanelas Zettel in seiner Hosentasche spüren zu können, und schreckt erst mitten in der Entwürdigung auf.

«Ich kann nicht so sagen. Nicht einfach erklären, wie Krieg begonnen.»

Nils Liebe lässt den Stuhl auf den Boden knallen. Ein Blick zur Seite. Sanela sieht aus wie ein angegriffenes Raubtier kurz vor dem Sprung. Er wird sich diesen Gesichtsausdruck merken. Folgenden Gedanken wird er hingegen vergessen: Hoffentlich blickt sie mich niemals so an. Warum sollte sie auch.

Die Lehrerin, untersetzt, dynamisch, kompetitiv und stets geblümt gekleidet, suchte sich zu Beginn jeder Stunde mit einer beinahe magischen Zielsicherheit den Schüler aus, der am schlechtesten vorbereitet war, rief ihn an die Tafel, fragte Gründe ab. Lachte, wenn sich die Wissenslücken im lautstarken Schweigen, in auf und ab wippenden Füßen, in um den Finger gedrehten Locken offenbarten. Das Lachen wussten die Schüler, sie waren noch Kinder, nicht als Unsicherheit zu entlarven. Sie ahnten, hätten das aber nicht in Worte fassen können, dass es um nichts anderes ging als darum, die eigene Macht zu zelebrieren.

Sanela aber, Sanela ist nicht schlecht vorbereitet!, hätte Nils Liebe einwenden können, aber was kann man von ihm erwarten, bei all seiner Intelligenz ist auch er ein der Schulhierarchie ausgeliefertes Kind, Sanela ist nicht schlecht vorbereitet. Was Sanela ist, müsste doch eigentlich nicht erwähnt werden.

«Doch, jeder Krieg lässt sich erklären.» Wie eine Hexe im Märchenbuch winkt die Lehrerin mit dem krummen Finger, «komm doch nach vorne zu mir, Sanela, und erzähl uns ein bisschen von eurem Krieg.»

Sanela lässt ein paar Sekunden vergehen, bevor sie zur Entwürdigung schreitet. Ein Blick zu Nils Liebe. In seinem Kopf dreht sich alles. Scham. Machtlosigkeit. Begreifen.

Zu welcher Ethnie gehört deine Familie, Sanela? Kannst du uns erklären, warum Muslime sich plötzlich gegen die Orthodoxen gerichtet haben? Und Serben gegen Kroaten? Wie hat sich das denn angefühlt, als die Nachbarn, neben denen man so lange gelebt hat, plötzlich zu Feinden wurden? Und wie ist es im Krieg mit dem Essen? Habt ihr denn noch Fragen an Sanela, Kinder? Die Kinder hatten noch Fragen an Sanela. Hast du echte Panzer gesehen? Kennst du jemanden, der gestorben ist? Wo sind deine Eltern?

Nils Liebe ist schwindelig, heiß und übel zugleich. Er fixiert einen Punkt auf der Tischplatte, jemand hat ein K ins Holz geritzt. Sanela steht mit dem Rücken zur Tafel und hat alles Raubtierhafte verloren. Nils Liebe blickt auf, sie schaut, als habe sie auf diesen Blick gewartet.

Nils Liebe hebt die Hand.

«Ja, Nils, hast du eine Frage?»

«Nein. Ich wollte versuchen, den Konflikt auf dem Balkan zu erklären. Man kann ihn historisch ...»

«Vielen Dank, Nils, wir wissen alle, dass du das erklären könntest. Wir haben aber das Glück, jemanden hier zu haben, der den Krieg persönlich erlebt hat. Und wir dürfen von dieser Erfahrung profitieren. Heute lassen wir die Zeitzeugin erzählen.»

Nils denkt, die Zeitzeugin ist Sanela, sie ist ein Mensch. Seine Mitschüler kichern, Stühle werden gerückt, Blicke ausgetauscht, Figuren auf Heftumschläge gekritzelt. Man hat Sanela an die Tafel gestellt. Sie blickt verstört und zu ihm.

Nils Liebe hält es nicht mehr aus. Ihm fällt nichts ein, was er tun, wie er ihr helfen könnte, er hat nur dieses eine Gefühl: Ein Ende muss her. Er beugt sich zu seinem Rucksack und packt seine Sachen ein: das Geschichtsbuch, das Heft, das Federmäppchen, das Lineal. Auch Sanelas Sachen packt er in seinen Rucksack. Sanela beobachtet ihn und wartet auf die eine Sekunde, in der er vom Rucksack aufschaut und zu ihr herüberblickt. Sie nickt. Nils Liebe steht auf.

«Komm, komm», sagt Sanela, ihre Stimme plötzlich fester, lauter, oder kommt es ihm nur so vor? Nils Liebe wirft je einen Rucksack über jede Schulter. «Was wird das hier?», fragt die Lehrerin, das Kichern verstummt. Sanela ist es, die die Tür hinter ihnen zuschlägt.

Nils Liebe, der noch nie eine Schulstunde geschwänzt hat, folgt Sanela durch die Stadt. Sie halten Abstand, Sanela macht große Schritte, läuft schnell. Im Park setzt sie sich auf die erstbeste Bank. Bis um ein Uhr, bis es in der Schule klingelt, was sie selbstverständlich nicht hören können, bleiben sie dort sitzen. Alles, was Nils Liebe sagen könnte, wäre zu offensichtlich, so ist es besser, sie schweigen. Um Punkt ein Uhr steht Sanela auf: «Ich muss gehen, meine Tante mag nicht, wenn ich zu spät», sie reicht ihm die Hand. So eine Berührung. Dann geht jeder seines Weges.

Nach dem Mittagessen, das seine Mutter und er in uneiniger Schweigsamkeit zu Ende gebracht hatten, machte er sich an die Hausaufgaben. In seinem Federmäppchen fand er einen Zettel. «Einfach ich schreibe dir noch ein Brief.»

Er bewahrte ihre Briefe in seinem Tresor auf. Der Code lautete 2520, die kleinste natürliche Zahl, die durch alle Zahlen von 2 bis 10 geteilt werden kann. In seinem letzten Brief an Sanela hatte er sie gefragt, wo sie seine Briefe aufbewahrt, eine Frage, die mit zur Schau gestelltem Selbstbewusstsein eine andere verbarg, die er sich nicht zu stellen traute: ob sie seine Briefe überhaupt aufbewahrte. Vermutlich in ihrem großen, blauen Koffer, mit dem sie nach Deutschland gekommen war. Der Koffer diente ihr als Schrank und Tresor zugleich, sie verwahrte darin Kleidung, Schulsachen und Bücher, und da sie ins Zimmer ihrer beiden jüngeren Cousinen einquartiert worden war, wo sie auf einer Matratze neben deren Etagenbett schlief, hatte er ihr ein paar Tage zuvor ein Zahlenschloss geschenkt, mit dem sie den Koffer abschließen konnte, damit die beiden Nervensägen nicht darin schnüffelten. Den Zahlencode für das Schloss hatte er ebenfalls auf 2520 eingestellt.

Manchmal sagte Sanela: «Ich muss noch einmal nach Hause.»

Das Warum verbat er sich strengstens. Nicken war ein effektives Surrogat für das Warum, hatte er in den vergangenen Wochen herausgefunden.

Wenn sie dorthin zurückkehren wollte, was sie zu Hause und der Rest der Welt Kriegsgebiet nannte, müsste er mit, ahnte er, und vielleicht war diese Ahnung ein Wissen. Sein Vater hatte sich einen hochmodernen Hartschalenkoffer aus Polypropylen zugelegt, den er sich ausleihen würde, ohne zu fragen. Polypropylen war ein teilkristalliner Thermoplast.

Sein Lieblingsbrief war der siebte.

Es war kein Liebesbrief.

Hochvererterer Nils Liebe,
ich habe mich ser gefreut, dass Sie mir ein Brief haben geschrieben wider. Ich habe Ir Brief 6 mal gelesen. 5 mal vor dem Essen (heute hat meine Tante Marija «sirnica» gemacht, das ist ein Essen aus zuhause, aber hier schmeckt nicht so gut wie bei uns, weil man kann hier nicht gut kaufen Quark, was dafür richtig ist) und 1 mal nach dem Essen, und jetzt schreibe ich Ine, und dann noch ich muss Hausaufgaben machen. Mate und Biologie habe ich schon gemachen, das war ser einfach. Deutsch ist nicht so einfach, wegen Aufsatzverbesserung.

Hochvererterer Nils Liebe, das gefellt mir, diese Beginn, Sie haben mir geschrieben, dass Sie weg wollen aus diese Stadt, und das ich kann ser gut verstehen. Ich will auch weg aus diese Stadt. Ich will zu Wasser. Ich liebe Wasser. Aber nicht wie See. Wasser muss viel sein, so viel, dass man sieht nur Wasser. Und ich versuche schwimmen bis Ende von Wasser, aber nie ist Ende. Nie Ende, nur Wasser, und dann schwimme ich bis Freiheit, und Freiheit hat keine Name. Weil Freiheit muss Name nicht haben. Manchmal ist Wasser voll Wut. Ich bin auch manchmal voll Wut, und ich bin dann wie Wasser, wie Wasser in Herbst und Winter. Bestes Wasser ist Adria.

Hochvererterer Nils Liebe,
wollen Sie mit mir zu Wasser kommen? Eines Abends wir wollen am Wasser stehen. Ja? Ich und Nils Liebe. Ich kann auch Fische fangen. Mit meine Vater ich war Fische fangen. In der Neretva, unsere Fluss. Mrena, Klen, Smudj, Stuka, Som. Ich weiß nicht auf Deutsch. Aber ich glaube, ich will auch nicht wissen manche Worter. Smudj, Stuka, Som man soll nicht übersetzen. Mein Vater immer über Feuer gebraten. Ich imer Kartoffeln in Feuer gelegt. Waren nur mein Vater da und ich. Feuer war so warm. Und Feuer macht Mücken weg. In Deutschland mein Onkel Ivan hat Grill, aber Grill liebe ich nicht, weil Feuer man sieht nicht. Dann Feuer hat kein Leben. Wenn richtiges Feuer ist, muss ich schweigen. Weil spricht Feuer.
Ich mechte mer am Mer sein.

Hochvererterer Nils Liebe,
wenn ich Wut habe, dann ich will Sachen werfen, aber ich habe nicht viel Sachen, welche gehören mir, und welche gehören mir, will ich nicht schmeißen, weil ich will nicht, dass meine Sachen gehen kaputt, und wenn ich werfe Sachen, welche gehören Tante Marija, dann ist Tante Marija voll Wut. Und wenn Tante Marija voll Wut, dann sie schreit und schlägt und schreit, und ire Oren und Hals werden rot, so ser rot wie Züge in Deutschland, und das ist dann ser, ser hässlich. Sonst das Schlagen tut auch weh für mich. Tante Marija auch voll Wut, weil ich bin Muslima, aber ich bin nichts Muslima, ich glaube nichts.
Ich manchmal kann nicht schlafen, und dann ich liege in Bett und will auch Tante Marija schlagen. Ich bin dann ganz ruig. Und dann ich weiß, dass nicht geht, dass ich Tante Marija schlage, weil sie meine Tante und ich auch bei sie wohnen muss. Aber ich denke an Sie, Nils Liebe, und dann füle ich ein bisschen besser. Weil Sie sind mein Freund. Nur Sie. Sonst Freunde habe ich keine, und will ich auch keine.
Ich habe das Buch angefangen lesen, das Sie mir geben. «Das Schloss». Es ist noch schwer für mich. Ich liebe ser das Buch, was ich verstehe. Ich liebe Herr K. und dass alles dunkel und nicht freundlich. Ich danke Ine hiermit. Ich werde Sie morgen in der Schule sehen und Ine diese Brief vor Erdkunde geben. Ich liebe das Wort Kunde. Erd-Kunde. Gibt auch Mensch-Kunde? Ich will alles über Mensch-Kunde wissen. Sie sind Alles-Kunde.
Ire Sanela

Alles-Kunde. Mensch-Kunde. Was für Worte.

Es war der erste Brief, in dem sie ihre Eltern erwähnt hat. Ihren Vater zumindest. Das mit den Mücken bezweifelte er. Forscher hatten seines Wissens noch keinen Beweis dafür finden können, dass das Verbrennen von Holz Mücken abschrecke.

Sie wollte eines Abends mit ihm am Wasser stehen.

Sie würde mit ihm am Meer stehen, sie würden Steine ins Wasser werfen, sie aus Wut und er aus Solidarität, zwei Gefühle, die die beiden begleiten sollten. Zu Sanelas Wut würde sich, wenn sie vom Meer zurück waren, Verzweiflung gesellen, was sie nicht gut ertrug. Auch das würde so bleiben. Manchmal fand sie es leichter zu gehen. Nils Liebe würde herausfinden, dass er an diesem und den anderen Briefen noch mehr hing als in diesem Moment.

Er hatte nicht 2520 auf dem Tresorschloss drücken, den Brief herausholen und lesen müssen. Er hatte ein fotografisches Gedächtnis. Und hätte er keines gehabt, so hätte er den Brief auswendig gelernt.

Mädchen-
besuch

Sein Zimmer sah aus wie sein Zimmer, und bis zu jenem Tag war er nie auf die Idee gekommen, das Zimmer als solches, vom ästhetischen Standpunkt aus, in Augenschein zu nehmen.

Aber nun stand Sanela in seinem Zimmer und blickte sich um. Und Nils Liebe war nicht sicher, ob sie sich so umblickte, wie Mädchen sich generell umblickten – er kannte keine Mädchen – oder wie nur Sanela es tat: Sie atmete sein Zimmer ein. Die Bücher, jedes einzelne, die Platten, über die sie mit ihren Fingern strich, was in ihm das überraschende Bedürfnis weckte, ebenfalls über die Platten zu streichen. Das Bedürfnis hatte keinerlei romantischen Ursprung, er wollte plötzlich einfach nur wissen, wie sie sich anfühlten, seine Platten. Den Schreibtisch atmete sie ein, die vierzehn Kleinteile der binären Uhr, die er gerade auseinandergebaut hatte, um sie später wieder zusammenzusetzen, die Kleidungsstücke neben dem Bett, das Bett, das seine Mutter gemacht hatte, faltenlos, den Schachtisch, den großen Globus, die Bonsais, das Aquarium. Sogar die Teppichfransen atmete sie mit ihren grünen Augen ein.

Ein Mädchen. So hatte es die Mutter formuliert, da ist ein Mädchen, für dich, an der Tür, und nach jedem einzelnen Wort hatte sie eine Pause gemacht in ihrer Verwunderung. Ein. Mädchen. Für. Dich. An. Der. Tür.

Sanela. Er war die Treppe hinuntergelaufen, hatte die Schritte seiner Mutter direkt hinter sich gespürt und sich Mühe gegeben, dem Wunsch, der eigenen Erzeugerin eine Art von Schmerz zuzufügen, der sie nicht töten, jedoch für die nächsten zwei, drei Stunden in einen handlungsunfähigen Zustand versetzen würde, keine Bedeutung beizumessen.

«Soso», sagte Sanela, nachdem sie den Vorgang des Betrachtens seines Zimmers abgeschlossen hatte.

«Was ‹Soso›?», fragte Nils Liebe aus Mangel an Alternativen.

«Nix. Ich mage das sagen: Soso. Saget immer Herr Flaucher.»

Herr Flaucher war ihr Mathelehrer, der nichts von höherer Mathematik verstand, bei linearen Gleichungssystemen und partieller Integration hörte es bei ihm auch schon auf, und jede Schülerantwort konterte er erst einmal mit einem nachdenklichen «Soso». Für Nils Liebe lag der Grund auf der Hand: Im Kopf musste er selbst noch rechnen.

«Herr Flaucher ist ein Idiot», sagte er deshalb.

«Meinetwegen», erwiderte Sanela, und von der Erwiderung ließ sich Nils Liebe nicht durcheinanderbringen, Sanela genoss es, lange Wörter einzuflechten. Manchmal ergaben sie Sinn.

Es klopfte. Und im selben Moment, in dem es klopfte, auf die Sekunde genau, senkte sich, wie magisch, die Türklinke, die Tür ging auf, einen Spalt breit, darin der Kopf seiner Mutter: «Na, ihr beiden? Kann ich euch etwas anbieten?»

«Nein, danke, nichts», sagte Nils Liebe.

«Aber Nils, du musst doch erst einmal deinen Gast fragen, bevor du nein sagst. Sanela, möchtest du gerne etwas essen oder trinken?»

Nils Liebe fiel plötzlich auf, das Wort «Gast» hatte keine feminine Analogie. Gästin. Eine Weile hatte Nils Liebe Neologismen gesammelt. Zeigezeh. Nachfreude. Fahrraden. Rechtgeberei. Aber das war schon ein paar Jahre her.

«Nein, danke, nichts», sagte Sanela und ließ sich aufs Bett fallen. Quer, mit dem Kopf zur Wand, die Füße baumelten herunter.

Seine Mutter hatte diesen Ausdruck im Gesicht, den Sanela anderen Menschen so einfach und häufig ins Gesicht zauberte und der Nils Liebe ein guter Grund erschien, Sanela zu lieben. Die Tür schloss sich.

«Komm, komm, komm!», sagte Sanela.

Nils Liebe wusste nicht, wohin. Sanela setzte sich so plötzlich auf, wie sie sich aufs Bett hatte fallen lassen, als sei das Aufsetzen eine genauso einfache Bewegung wie das Hinfallenlassen, als wende sie sich nicht damit gegen die Schwerkraft.

«Komm, komm, komm!», wiederholte Sanela und klopfte neben sich aufs Bett.

Nils Liebe setzte sich neben sie, so saßen sie. Das Zimmer verschwand. Ein weiterer Grund, Sanela zu lieben: Sie redeten nicht, wenn nichts gesagt werden musste. Aber in jenem Augenblick, da die beiden zum ersten Mal auf einem Bett nebeneinandersaßen – es wird über zwei Jahrzehnte dauern, bis sie auf einem Bett nebeneinanderliegen, und beim Nebeneinanderliegen wird es erst einmal bleiben –, hatte Sanela etwas zu sagen. Deshalb hatte sie Nils Liebe an diesem Nachmittag aufgesucht und seine Mutter in einen Zustand versetzt, der zwischen Glückseligkeit, Verblüffung und Besorgnis schwankte, wobei die Glückseligkeit überwog, wie sie feststellte, während sie ihren Filterkaffee trank und nach oben lauschte, ob aus dem Zimmer ihres Sohnes wohl etwas zu hören sei. Sie hörte nichts, auch nicht, wie Sanela zu ihrem Sohn sagte: «Ich muss nach Hause fahren. Nach Bosna. Will, dass du kommst auch. Okay.»

Das Okay war keine Frage.

In Bosnien herrschte weiterhin Krieg. Vor ein paar Tagen erst war die Nationalbibliothek in Sarajevo angezündet worden. Nils Liebe ging davon aus, dass Sanela diese Tatsachen bekannt sein dürften. Sanela war ein einziges Trotzdem. Er fragte sie nicht, wann oder auch wie sie in ihr Dorf gelangen sollten, er fragte auch nicht nach dem Warum. Er war sich nicht sicher, ob sie sein Kopfnicken bemerken würde, da sie ja neben ihm saß und auf die gegenüberliegende Wand starrte.

Um auf Nummer sicher zu gehen, sprach er es aus: «Okay.»

Dann saßen sie noch eine Weile so da.

In den Krieg

Sanelas Rucksack, den Nils Liebe auf seine unbeholfene Art angeboten hatte zu tragen, obwohl er nicht wusste, wie er das hätte bewerkstelligen sollen, er hatte ja einen eigenen auf dem Rücken, und zum Glück hatte Sanela abgelehnt, enthielt neben ihrem Portemonnaie, einem Notizheft, drei Binden, sie hatte ihre Tage bekommen, es ihrer Tetka verschwiegen und heimlich Binden aus dem Schrank geklaut, einer Ausgabe von Lord Byrons Gedichten und einem Foto von ihrem Vater auch eine große Schnapsflasche. Nils Liebe war beim Packen für den Krieg praxisorientierter und weitsichtiger vorgegangen: Er hatte Brote geschmiert, eine Packung Müsliriegel gekauft, weil die sättigend waren, Kaugummis für den Fall, dass sie so einen Hunger leiden müssten, dass ihnen alleine schon der Kauvorgang helfen würde, außerdem Traubenzucker, Schmerztabletten, Verbandszeug, einen kleinen, handlichen Atlas, ein Reiseschachspiel sowie zwei große Flaschen Wasser.

Im Sechserabteil saß eine ältere Frau mit Kopftuch, die aus dem Fenster starrte und sich an einer großen Plastiktasche festhielt, sowie ein junger Mann, der sich in seine

Zeitung vergrub und den Kindern keinerlei Beachtung schenkte. Was der Mann nicht ahnen konnte: Diese beiden waren nie Kinder gewesen. Sie werden zumindest den Versuch unternehmen, Jugendliche zu sein.

Die beiden hatten das Abteil betreten, wie Kinder häufig Räume betreten: Sie nahmen es ein. Die Welt gehört uns. Die Rucksäcke schmissen sie mit Schwung auf den Boden. Im Sitzen grinsten sie sich an. Diese kindliche Kraft.

In ihnen selbst, da fühlte sich das Grinsen aber ungewohnt und infolgedessen etwas unangenehm an, weshalb es der Junge gekonnt mit einer Frage unterbrach: «Magst du was trinken?»

Das Mädchen nahm seinen Rucksack auf den Schoß, schloss die Schnalle auf und zog eine Glasflasche heraus. Ihr Triumph ließ sich in der Selbstverständlichkeit dieser Bewegung nicht verbergen. Die Flüssigkeit war farblos, die Flasche ohne Etikett.

«Was ist das?», fragte der Junge, aber die Kleine ließ sich nicht zu einer Antwort herab, im Übrigen nicht ihret-, sondern seinetwillen. Er war mit großem Abstand der klügste Junge der Welt. Sie würdigte ihn noch nicht einmal eines Blickes, aber er wusste nicht um den Grund und ihr Schweigen nicht als Kompliment zu nehmen. Es ist einer der ersten Momente, in denen ihn das Mädchen seines Ichs enthebt, ohne es auch nur zu ahnen. Keine böse Absicht. Noch nicht.

Der Junge zwang sich, an anderes zu denken. Der Schaffner. Bis Zagreb waren es zehn Stunden. Er hoffte, keine Fragen beantworten zu müssen. An Zagreb selbst wagte er nicht zu denken. Es war nicht seine Reise.

Das Mädchen schraubte die Flasche auf, atmete kurz

aus, bevor sie sie an die Lippen setzte, nahm einen großen Schluck, kippte den Kopf dabei fachmännisch in den Nacken, atmete hörbar, fast erleichtert, aus, zog die Nase kraus und schüttelte den Kopf wie ein nasser Hund. Schnaps brennt in der Kehle, aber das weiß sie schon. Dann blickte das Mädchen zu ihrem Begleiter, reichte die Flasche wortlos an ihn weiter. Da war keine Frage, die es stellen musste. Das Mädchen stellte ungern Fragen.

Und der Junge? Kamen ihm Zweifel? Durchbohrte seinen außergewöhnlich klugen, von dunklen Locken umrahmten Kopf der Gedanke, das hier sei möglicherweise keine gute Idee? Wöchentlich flehte seine Mutter ihn an, die Locken zu schneiden, während sie ihm dabei durch die Haare fuhr, und er drehte den Kopf zur Seite, um der mütterlichen Zärtlichkeit zu entkommen, die ihm Schauer über den Rücken jagte. Er und dieses Mädchen, in diesem Zug, in diesem Abteil, auf dem Weg ins Nirgendwo, auf dem Weg in einen Krieg, den noch nicht einmal die Kriegsteilnehmer selbst zu verstehen schienen. Sie möchte das Grab ihres Vaters suchen, und er begreift es nicht. Wo denn? Zwischen den Trümmern, zwischen den Schüssen. Warf der Junge vielleicht noch einen letzten Blick aus dem Fenster, um zu sehen, ob der Zug das Gleis, die Behütetheit der deutschen Kleinstadt, die er ob ihrer Provinzialität verabscheute, bereits verlassen hatte? Ob er noch eine Chance hatte, die letzte, schnell aus dem Abteil zu rennen, den Gang entlang, und mit Anlauf aus dem Zug zu springen? Stellte er sich bei dieser Vorstellung die Frage, ob er, sollte er diese Chance noch haben und tatsächlich nutzen, das Mädchen an der Hand nehmen und hinter sich herziehen würde? Würde er alleine fliehen, auch vor dem Mädchen?

Nun war der Junge im Zug, und wie er dort gelandet war, konnte er nicht sagen. Es war geschehen, wie mit Sanela Dinge geschahen. Eines Tages hatte er sich am Bahnhofsschalter wiedergefunden, mit dem Geld in der Hand, er hatte das Sparbuch, für das er seit Jahren jeden Monat brav fünf Mark gespart und irgendwann im Sparschwein zur Sparkasse getragen hatte, geplündert, und eigentlich hatte er nur eine Sorge: Was, wenn sie fragten?

Es hatte aber niemand gefragt, zweimal nach Zagreb für Freitagabend, denn in Zagreb war kein Krieg. Was kam nach Zagreb? Eine dieser Fragen ohne Antwort. Nun war er in diesem Zugabteil, er saß ihr gegenüber, sie würden über Salzburg und Ljubljana fahren, es machte ihn schwindelig und glücklich, es machte ihn grinsen. Der Junge, der Schnaps in seinem vierzehnjährigen Leben noch nie gekostet hatte und diesen nur in kleinen grünen Jägermeisterfläschchen kannte, die seine Mutter seinem Onkel servierte, wenn der einmal im halben Jahr zum Abendessen kam, streckte seinen Arm aus und umschlang mit den beinahe gar nicht zitternden Fingern die Flasche. Setzte sie kommentarlos und ohne zu zögern an die Lippen, probierte sich vorsichtshalber gar nicht erst am Theater des Vorher-Ausatmens, des Kopf-in-den-Nacken-Werfens, des Kopfschüttelns, um nicht daran zu scheitern. Er schluckte, es brannte, er hustete. Das Mädchen grinste und wusch sich das Grinsen auch nicht gleich aus dem Gesicht. Ihr Grinsen hatte nichts Böses. Der Mann blickte nicht mehr in die Zeitung, er beobachtete die beiden, fragte sich, wie alt, warum, dürfen sie, wohin. Heutzutage, dachte der Mann, der sich bis vor ein paar Minuten zu jung gefühlt hatte, um so etwas zu denken. Er senkte den

Blick wieder, versuchte, sich auf die Sportnachrichten zu konzentrieren.

Sanela hatte vierzig Sekunden zuvor ihren zweiten Schluck Schnaps zu sich genommen. Jägermeister kannte sie nicht und hätte sich, hätte er ihr von den kleinen grünen Fläschchen erzählt, gewundert: Schnaps wird von eigener Hand hergestellt und in großen Flaschen aufbewahrt. Die Männer im Dorf hatten Pflaumen gewaschen und manchmal liebevoll über besonders schöne gestreichelt, ihre Steine entfernt, Früchte und Zucker zu gestreiften Mustern geschichtet, Gefäße mit einer Konzentration geschüttelt und Ohren rangepresst, als lauschten sie den darin eingesperrten Pflaumen. Wenn sie am Schluss den Schnaps durch Siebe abseihten, freuten sie sich, wie sie sich über Neugeborene auch zu freuen hatten.

An den Sommerabenden roch das Leben nach Rauch, Grillfleisch und Schnaps, auch der Mund ihres Vaters, auf dessen Schoß sie saß, die alte karierte Decke über die nackten Beine und die erdverkrusteten Füße gebreitet, und wenn er mit den anderen Männern zu den traurigen Gusle-Klängen sang, so sang er direkt in ihr Ohr. Jede gezupfte Saite ist wie eine Träne, die Männer sangen von Helden, weshalb Sanela sich das für immer so merken würde: Helden sind traurige Gestalten.

Schwarze Erde sättigt seinen Hunger

Und den Durst stillt er mit Blütenreif

Sie musste nicht wissen, was die Worte des Gesangs bedeuteten, weil sie deren Bedeutung zu spüren meinte. Einem Kind sind solch hochtrabende Gefühle erlaubt.

Der Bart des Vaters kitzelte. Die Flasche ging herum. Anschließend Sudzuk, Käse, Brot. Manchmal gab es

Baklava. Sie ließ den Zuckersirup auf der Zunge, bis auch der Blätterteig zerschmolzen war, dann drückte sie die Zunge gegen den Gaumen, es klebte. Sie liebte die Klebrigkeit, genau wie das Wohlgefühl in den Zehen, und würde es erst viele Jahre später, im Sessel eines Therapeuten, als Gefühl der Geborgenheit erinnern. Begrifflichkeiten, die Erinnerungen strukturieren.

Sanela hatte beim Packen, das kaum zehn Minuten in Anspruch genommen hatte, an ihren Vater gedacht. Die Gedanken an ihren Vater begleiteten sie durch die Tage und leider auch durch die Nächte, in denen sie aus dem Schlaf hochschreckte, verschwitzt, angsterfüllt, manchmal zitternd, um sich, sobald ihre Atmung sich beruhigt hatte, weiteren Schlaf zu versagen. Müdigkeit war besser als Albtraum. Beim Packen erwischte sie ganz plötzlich die Erinnerung an den Sommer mit ihrem Vater. Ein langer Sommer, einer, der kein Ende haben sollte, auf seinem Schoß, mehr fläzen denn sitzen, mehr schlummern denn zuhören, und die Düfte und die Schwüle und die Kraft. Sie wurde in ihrer Erinnerung nicht älter.

Sanela schlich sich ins Wohnzimmer, es war später Abend, Tetka und Tetak schliefen, ihre Cousinen sowieso, und stibitzte aus dem Schrank ihres Onkels die Flasche, aus der sie nun zusammen mit Nils Liebe trank. Nach jedem Schluck wechselten sie sich ab. Sie sprachen nicht. Dem Mann war es gelungen, sich auf einen Fußballbericht zu konzentrieren. Die alte Frau blickte weiterhin aus dem Fenster, in dem sich auch die beiden Kindergesichter spiegelten, die sie nicht sah, genauso wenig, wie sie die vorbeiziehenden Bäume, Häuser, Straßen, Kühe sah. Draußen wurde es immer dunkler. In der Dunkelheit sah sie andere

Kindergesichter. Die Kinder, deren Gesichter sie vor sich sah, lebten nicht mehr. Die Frau hielt sich weiterhin an ihrer Tasche fest, woran auch sonst.

Nach dem siebten Schluck tauchte die Erinnerung vor Sanelas Augen auf. Sie schüttelte entrüstet den Kopf, sie wollte sie nicht.

Früher Morgen, ein strahlend blauer Himmel, der Sommer verspricht, es ist erst Mai. Die Jahreszeiten haben die Neuigkeiten noch nicht vernommen: Bei uns ist Krieg. Sanela reibt sich die Augen, sie hat nicht gut geschlafen, niemand hat gut geschlafen. Schüsse, Schreie, Schüsse, Schreie, ein Donnern, und noch einmal von vorne: Schüsse, Schreie, Schüsse, Schreie und so fort. Man müsste meinen, man gewöhne sich mit der Zeit daran. Großmutter sagt, auf ihr schlechtes Gehör sei auch kein Verlass. Sanela hat zwei Decken in ihrem Bett, die sie sich beide über den Kopf gezogen hat. Gegen Morgen wird es ruhiger, manche gewöhnen sich an, erst in den Morgenstunden ins Bett zu gehen und bis zum Mittag zu schlafen. Andere wittern darin die Gunst der Stunde: In den frühen Morgenstunden gehen sie auf die Suche nach Lebensmitteln. Teilen ist derzeit keine Tugend.

Sanela hätte heute gerne noch weiter geschlafen. Ihr Vater hat sie geschüttelt, wie früher, als sie zur Schule musste, die Schule dient aber schon seit Wochen den Soldaten als Unterkunft, er hat ihr die Decken vom Kopf gezogen und sie an den Füßen gekitzelt, und wäre sie nicht so unendlich müde gewesen, hätte sie sich womöglich über die alltägliche Liebkosung gefreut.

Nun steht sie da, in ihrem knielangen weißen Nachthemd, barfuß, der Himmel blau, Licht, das über die Veranda ins Haus fällt, und ihr Vater, der den Zucker in seinem Kaffee umrührt. Neben seiner steht eine weitere Tasse, die er wortlos Sanela reicht, die noch keinen Kaffee trinken darf. Sie will es nicht hören.

«Doch, Sanela. Ich muss. Ich muss das tun.»

«Ich will es nicht hören», sie hält sich die Ohren zu wie ein kleines Kind, und das ist sie in dem Moment auch, sie ist ein kleines Mädchen, und er ist ihr Tata, und er soll bleiben, hier, bei ihr, bei Großmutter und den Hühnern. Er soll bleiben, und die anderen, die Oružane snage Bosne i Hercegovine und die JNA, die sind ihr alle vollkommen egal, ihr Tata soll bleiben, und all das kann sie nicht sagen, weil da dieser Kloß in ihrem Hals steckt und ihr Vater diesen Blick ausgepackt hat: jetzt nicht. Tu es nicht. Aber heute hat nicht sie etwas angestellt, sondern er. Sanela schweigt. Ihr Vater reicht ihr die Kaffeetasse. Er spricht von Bosna i Hercegovina, ihre Mutter und sich selbst, über Konfessionsgrenzen hinweg, Nationalismus ist seine Sache nicht. Sanela schüttelt stumm den Kopf, stellt die Tasse wieder ab.

«Doch. Trink. Trink einen letzten Kaffee mit mir», sagt er, sein Bart ist grauer geworden, stellt Sanela fest, sie weiß nicht, wann das passiert ist, am Kaffee verbrennt sie sich die Zunge und denkt: ein verdienter Schmerz.

Irgendwas sagt er noch. Moram heißt müssen, borba heißt Kampf, narod heißt Volk. Sanela hält sich die Ohren nicht mehr zu, in den Händen ist jetzt die heiße Kaffeetasse, aber was er sagt, hört sie nicht. Er sollte sich die Fingernägel schneiden, bevor er geht, denkt sie noch, sie sind zu lang, zu dreckig. Zieht man denn so in den Kampf?

Die Schnapsflasche steht auf dem Tisch. Die alte Kuckucksuhr schlägt sechs Uhr. Ihr Vater schenkt ein, erst sich, dann ihr.

«Komm, Lutko, trink. Komm, zeig mir, wie groß du schon bist. Trink wie ein Mann. Wir sagen es keinem.»

Selten hat sich Sanela so klein gefühlt wie in dem Moment, in dem sie das Schnapsglas aus der Hand ihres Vaters entgegennimmt, die Augen schließt, den Schnaps hinunterkippt. Sie verschluckt sich, der Husten, sie hustet wie ihre Mutter, und ihr Vater lacht sie aus und klopft ihr auf die Schultern. Zum Abschied küsst er sie auf die Stirn. «Ich liebe dich» muss er nicht sagen. Er küsst sie auf die Stirn, sein Rucksack steht auf dem Boden, ich habe ein Foto von dir eingepackt, das, auf dem du am Lagerfeuer am Strand sitzt, weißt du noch, letzten Sommer, dein Gesicht zwischen den Flammen, Sanela erwidert nichts, und er geht. Die Verandatür lässt er offen, Schnapsgeruch hängt in der Luft, draußen gackern die Hühner, ein Hund bellt, jemand weint, Sanela steht in ihrem weißen Nachthemd da und denkt, dass alles zu Ende ist, aber was ist dieses alles? Dann rennt sie hinaus, lehnt sich über die Verandabrüstung und übergibt sich. Schade um das Abendessen vom Vortag, wer weiß, wann es wieder Kartoffeln gibt.

Das nächste Mal, dass Sanela den Rucksack ihres Vaters sieht, ist er voller Blut. Ihr Vater ist auch voller Blut, er spricht nicht mehr, und die Kameraden sagen, sie soll loslaufen, schnell, zum Konvoi des Roten Kreuzes, sie soll loslaufen, schnell. Sie läuft.

Sanela kniff für ein paar Sekunden die Augen zusammen und schaltete die Erinnerung aus. Sie übte. Erinnerungen, Gedanken in abschließbare Schubladen sperren, Menschen nicht brauchen. Nils Liebe, dem der Alkohol erlaubt hatte, das Mädchen ohne Unterbrechung zu beobachten, sah, wie sie die Augen schloss, und dachte, beinahe großväterlich liebevoll und altklug, der Schnaps entfaltet seine Wirkung. Er freute sich darüber und ahnte nicht, dass Sanela alles, was sie erreichen wollte, immer erreichen würde. In diesem Moment erschien sie ihm vollkommen.

In der deutschen Sprache, was Sanela zu dem Zeitpunkt noch nicht wusste, steigt der Alkohol zu Kopf, während er im Serbokroatischen in den Kopf schlägt. Sanela hätte beiden Redensarten widersprochen: Ihr stieg und schlug er direkt in die Füße. Sie spürte den Alkohol durch ihre Adern fließen, der Schwerkraft hinterher, bis in die Füße, er wärmte den Körper und sammelte sich in den Zehen, sie musste die Schuhe ausziehen und auch die Socken, die sie sorgfältig zusammenrollte und in die Schuhe steckte, und sie lachte innerlich über ihre Ordentlichkeit und auch über ihre nackten Füße, die plötzlich lustig aussahen, und blickte auf zu dem Jungen, der sie beobachtete und dabei versonnen lächelte. Sie führte es auf den Alkohol zurück, wagte für eine Sekunde jedoch den Gedanken, ob das Lächeln nicht auch ihr gelte, und schob ihn sogleich beiseite: So war dieser Junge nicht. So war Nils Liebe nicht. Sie auch nicht. Und erst recht nicht sie beide zusammen.

Sanela setzte sich wieder auf und lächelte zurück, sie sprachen weiterhin nicht, nahmen aber beide immer wieder einen Schluck aus der Flasche, der Mann war über seiner Zeitung eingenickt und schnarchte genüsslich, weil er nicht zu Hause schlief, wo seine Frau sich seit siebzehn Jahren jede Nacht über sein Schnarchen beschwerte. Die alte Frau mit dem Kopftuch starrte immer noch aus dem Fenster, in dem sich die Kinder jetzt, wo es richtig dunkel geworden war, noch stärker spiegelten, und hielt sich immer noch an ihrer Tasche fest. Sie hatte ihre eigenen

Kinder vor Augen, aber im richtigen Moment wurde sie von der Gegenwart übermannt, sie blickte auf und bemerkte das Lächeln. Der Junge lächelte das Mädchen an, es sah auf, es lächelte zurück, und die alte Frau war die Einzige, die um die Bedeutung des Lächelns wusste.

Vierzehn

Nils Liebe glaubte nicht an Gott. Nils Liebe glaubte an Wissenschaften, an physikalische Kräfte und chemische Verbindungen, an die Kraft von Klängen, wenn Genies Worte und Töne so magisch miteinander verketteten, dass Welten entstanden, die ihm erlaubten, der tatsächlichen zu entgehen. Er glaubte das, was er las, und stellte das, was er dachte, fortwährend in Frage.

Als er vier Jahre alt war, da hatten sich Buchstaben plötzlich zu Worten zusammengetan, das N, das er als solches schon lange kannte, war an das U herangerutscht, das D hatte sich mit dem E zusammengetan, «Nudeln» hatte er gelesen, vor Überraschung kurz gestockt, bevor der Rest, das «mit Herbstgemüse», sich ihm auf Anhieb ergeben hatte. Seine Mutter hatte sich abrupt zu ihm umgedreht, was hast du gesagt, ich habe nichts gesagt, ich habe gelesen, sie hatte ihm einen Blick zugeworfen, dann aufs Kochbuch geschaut, es zugeklappt, du kannst lesen, ja, kann ich, magst du nicht rausgehen in den Garten, wo ist denn dein Ball. Nils Liebe hatte seinen Ball im Gebüsch versteckt, weil er Ballspielen hasste.

Etwas fehlte ihm, Jahre später würde er es formulieren können, Stolz, Anerkennung seitens seiner Mutter wären vielleicht angemessen gewesen, jetzt aber fehlte ihm nur etwas, es trieb ihm Tränen in die Augen, die er sich erst im Garten, wo die Mutter ihn nicht mehr sehen konnte, mit dem joghurtverschmierten Ärmel aus dem Gesicht wischte. Heute war Nils Liebe vierzehn Jahre alt, wusste um das Glück der zusammengesetzten Buchstaben und hatte seiner Mutter den Mangel an Scharfsinn verziehen.

Nils Liebe fand, mit vierzehn sei es zum Sterben noch viel zu früh. Darüber dachte er jetzt einige Zeit nach, auch noch, als der Zug in Zagreb einfuhr.

Er atmete so flach wie möglich. Er hatte sich über so vieles bereits Gedanken gemacht, aber noch nie darüber, wie sehr sich die Brust beim Ein- und Ausatmen bewegte. Es war nicht möglich, das Anheben des Brustkorbes zu unterdrücken. Auf seinem Brustkorb lag der Kopf eines Mädchens. Er sah das Mädchen nicht, weil sein Kinn an ihre Haare stieß und er seinen Kopf nicht bewegen konnte, um sie anzusehen, ohne Gefahr zu laufen, sie zu wecken. Ihre Haare waren weich, der Schädel darunter hart, wie bei jedem anderen Menschen. Nils Liebe starrte in den Himmel. Der Himmel war hellgrau, beinahe weiß, und die gigantischen Rauchschwaden vor diesem Hintergrund klar umrissen, als hätte sie jemand mit einem schwarzen Filzstift auf ein weißes Blatt Papier gezeichnet. Nils Liebe hätte die Hand ausstrecken und nach ihnen greifen können, sie zogen langsam vorüber und veränderten dabei ihre Form, und Nils Liebe dachte an einen Aufsatz, den er letztes Jahr schreiben musste: Beschreibe eine Wolke. Der pädagogische Hintergrund dieser Aufgabe war das Erlernen von

Metaphern und das Einüben bildhafter Vergleiche. Die größte Rauchschwade sah aus wie der Kopf eines Drachen mit offenem Maul, und im schwarzen Rauchgemenge darunter hätte man den Drachenkörper erkennen können. Nils Liebe schrieb nicht gerne Aufsätze, bekam aber immer gute Noten dafür.

Vorhin war noch Feuer gewesen. Von hier aus, sie lagen auf einer Wiese, er schätzte zwei, drei Kilometer vom Dorf entfernt, konnten sie orangefarbene Feuerstrudel sehen, jeder von ihnen wurde nach einiger Zeit – Zeiträume konnte er seit gestern, oder war es vorgestern, nicht mehr schätzen – von schwarzem Rauch zersetzt. Anfangs hatte es bestialisch gestunken, nun störte sich die Nase nicht mehr an der schwefligen Luft. Die Ohren hatten sich an die Salven, die Schüsse, sogar an die seltenen Explosionen gewöhnt. An das t-t-t-t wie an das schtzngrmm, an das Helikoptergebrumme. Nur die Schreie ließen ihn noch zusammenfahren.

Sanela hatte seit gestern Nachmittag nicht ein Wort gesprochen. Also hatte er geredet. Er hatte beschrieben, was er sah, was auch sie sah, und zu den Dingen, über die er etwas wusste, hatte er Erklärungen abgegeben. Dass Buchen ein erstklassiges Brennholz darstellen, da sie lange, hell, heiß und ruhig brennen. Dass der M-84 eine Weiterentwicklung des russischen T-72A-Panzers ist, der über eine neue computerisierte Feuerleitanlage verfügt. Dass sein Großvater ihm von seiner Zeit in der Kriegsgefangenschaft erzählt und er diese Geschichte aufgeschrieben habe, als er sechs Jahre alt gewesen sei, sie in Geschenkpapier eingepackt und feierlich seinem Großvater überreicht habe. «Junge, Junge, spielen sollst du, nicht schreiben», habe sein Großvater kommentiert und die Geschichte, zumindest in

Nils' Gegenwart, nie gelesen. Nils Liebe hatte geredet und erzählt, und irgendwann waren auch ihm die Worte ausgegangen. Als sie nicht mehr laufen konnten oder weil sie sich nicht ins Dorf trauten, hatten sie sich, ohne sich abzusprechen, ins Gras gesetzt und dem Krieg zugesehen. Das war ja das Gute an Sanela: dass sie nicht miteinander reden mussten.

Sein Bauch rumorte, das war der Hunger. Er sehnte sich nach zu Hause, nur ein wenig. Nils Liebe war der Kluge, der Überkluge, das Wort hatte er selbst erfunden, und eine Zeitlang hatte er es gehasst, überklug zu sein. Auch seiner Eltern wegen. Sein Vater nahm ihn ins Fußballstadion mit, zweiundzwanzig Männer rannten schwitzend einer Lederkugel hinterher, Tausende ebenfalls schwitzende Männer brüllten, sangen, sprangen wie auf Kommando auf, wenn auf dem Spielfeld etwas ihrer Ansicht nach Aufregendes passierte, Nils Liebe ekelte sich vor dem Biergeruch, Popcorn schmeckte ihm nicht, die Momente, in denen all die Menschen um ihn herum in derselben Sekunde dasselbe brüllten, na komm schon, ja, Tor, Tor, machten ihm Angst. Sein Vater legte ihm in solchen Momenten gerne eine Hand auf die Schulter und machte es nur noch schlimmer. Seine Mutter verständnislos, traurig, enttäuscht und dann wütend, dabei gab sie sich außerordentlich Mühe, der Wut keinen Raum zu geben, das hatte sie in einem Ratgeber gelesen, dass man das Kind nicht mit der eigenen Überforderung belasten soll. Immer wieder derselbe Kreislauf, der es ihm verbot, ihr von seinen Freuden zu erzählen: dass er verstanden hatte, wie Musik aus dem Lautsprecher kommt, oder dass er Papier selbst hergestellt hatte. Er lernte das Schweigen und ein paar Sätze dazu: «In der Pause haben wir Fußball gespielt. Ich habe ein Tor geschossen.» Und seine Mutter lächelte.

Jetzt war da das Mädchen. Das Mädchen schlief friedlich, dachte Nils Liebe, und dann dachte er noch ein wenig über das Wort «Frieden» nach und darüber, wie es sein konnte, dass das Mädchen mitten im Krieg so friedlich schlief. Das Mädchen verstand Nils Liebe, wie Nils Liebe das Mädchen verstand, er glaubte, sie brauchten keine Worte, sie war die Erste in seinem Leben, die ihn verstand, und bereits jetzt blitzte in seinem überklugen Kopf, den er auf seine Jacke gebettet hatte, der Gedanke auf, vielleicht würde sie die Einzige bleiben.

Weil sie sich auch ohne Worte verstanden, hatte das Mädchen auch keine gebraucht, um ihm zu erklären, was sie genau hier machten und wollten. Er meinte, es inzwischen verstanden zu haben, zugleich verstand er nichts. Ein neues Gefühl. Seinen Eltern hatte er vorgelogen, er schlafe ein paar Tage bei einem Freund, mit dem er an einem Roboter bastle, seiner Mutter hatte er, mit dem Hinweis, sie wolle ihn doch sicherlich nicht bei seinem neuen Kumpel blamieren, untersagt, die Eltern des erdachten Freundes anzurufen, das Mädchen hatte er nicht gefragt, wie lange sie bleiben würden. Das Mädchen hatte ihn nicht gefragt, ob er mitkommen würde. Mittlerweile müssten seine Eltern die Polizei alarmiert haben.

«Du kaufst Fahrkarten für Zug, Freitagabend ist gut, ich denke.» Fragezeichen kamen in ihrer Sprachmelodie nicht vor. Ihr Haar roch nach Rauch und Asche, aber da, wo sie beide gerade lagen, roch alles nach Rauch und Asche, das Gras, die Steine, ihre Rucksäcke, ihre Kleidung, sie selbst. Nils Liebe hatte Hunger.

Sanela erwachte, setzte sich rapide auf, Nils Liebe erschrak und fuhr ebenfalls hoch. Alles schmerzte, er hatte stundenlang in derselben Position gelegen. Er streckte sich.

«Wie lange ich habe geschlafen?»

«Ein paar Stunden, fünf, sechs, schätze ich.» Sie redeten also wieder miteinander. Das Mädchen beschloss solche Dinge allein.

«Gut. Ich habe nicht geträumt. Das ist gut. Meistens ich träume viel. Und nicht gut.»

Da krachte es. Im selben Moment bebte der Boden. Nils Liebe griff nach Sanela, es war ein Reflex, er wollte sie beschützen, er wollte, dass sie ihn beschützt, der Unterschied spielte keine Rolle. Die Welt wurde mit einem Mal zum Stummfilm: Nach der Explosion konnte Nils Liebe nichts mehr hören, zerplatztes Trommelfell, dachte er und wunderte sich, dass die Ohren nicht schmerzten, er japste nach Luft, Rauch, Panik, er konnte Sanela noch erkennen, auch die brennenden Häuser am Stadtrand, nur hören konnte er nicht. Sanela sprang auf und zog ihn hoch, nahm ihren Rucksack und seinen, und dann rannte sie los, vielleicht hatte sie «Komm» gerufen. Nils Liebe war kurz verwundert, aber seine Beine bewegten sich tatsächlich, so wie auch sein Herz offensichtlich weiter schlug, das Zwerchfell weiter Luft einsog. Körperarbeit. Die ganze Zeit über sah er Sanelas Beine vor sich, der Saum ihrer Jeans verdreckt, die Turnschuhsohlen ein ehemaliges Weiß. In jeder Hand hielt sie je einen Rucksack, die nach vorne und hinten schossen. Turnschuhsohlen, dachte Nils Liebe, das sind fünfzehn Buchstaben.

Irgendwo im Wald ließ Sanela sich auf den Boden fallen, der mit den ersten Herbstblättern bedeckt war. Gelb, orange, rot, auch im Krieg. Nils Liebe blieb stehen, lehnte sich an einen Baum. Möglicherweise eine Buche. Er schnappte nach Luft, er hörte noch.

«Es ist alles gut. Alles ist gut. Mir geht es gut», sagte Sanela.

Und Nils Liebe dachte zum ersten Mal: «Und ich?»

Am Meer

Dann lag es vor ihnen. Sie kletterten über die Dünen, Sanela voraus und er hinterher, klar, es war ja auch ihr Land und somit ihr Territorium, dachte Nils Liebe, dann fiel ihm ein: In Deutschland lief sie ebenfalls immer voraus.

«More!», rief Sanela, und er machte es ihr automatisch nach, ohne sie imitieren zu wollen: «More!» Das Meer wütete, angestachelt vom Herbst. Die Wellen warfen den Schaum ans Ufer, als wollten sie warnen, der Sand war nass und kalt. Sanela aber zog die Schuhe und die Socken fast noch im Laufen aus, anschließend die Jeans, was Nils Liebe nur für einen Moment verwirrte. Sie ließ die Kleidung im Sand liegen, rannte auf das Meer zu und direkt hinein. Nils Liebe schauderte anstatt ihrer, als Sanelas Füße, Unterschenkel, Knie vom Wasser umspült wurden. Sie stoppte nicht für eine Sekunde.

«Komm, komm, komm!»

Jetzt auch noch eine Erkältung!, dachte Nils Liebe und ärgerte sich sofort über seine Mutter in seinem Kopf und sehnte sich doch eine Sekunde lang nach ihrer Fürsorge, dann bückte er sich, um seine Schnürsenkel aufzubinden.

Das Wasser war schmerzhaft kalt, wie auch anders? Sanela war glücklich. In den flachen Wellen rannte sie, parallel zum Ufer, immer weiter und schrie. Der Wind trug ihre Worte nach vorne statt zu ihm. Er rannte ihr hinterher, irgendwo bellte ein Hund. Als er außer Atem kam, zog Sanela sich ihr Männerhemd über den Kopf, dann das T-Shirt, und warf sich in die Wellen. Die Sachen landeten im nassen Sand. Nils Liebe machte vier Schritte, sammelte sie auf und ließ sich damit in den Sand fallen, an einer Stelle, die der Schaum nicht erreichen würde. Er fröstelte und schnappte gleichzeitig nach Luft. Sanela schwamm.

«Komm, komm», hatte sie ihn in Zagreb geweckt. Der Zug stand schon. Er brauchte keine Sekunde, um sich daran zu erinnern, wo er sich befand. Am Bahnhof eilten und wieselten und rannten und drängten und schoben und drückten alle, er war noch dabei, sich an diese Bewegungsformen, die Lautstärke sowie den Anblick von bewaffneten Soldaten zu gewöhnen, da fiel ihm ein, warum. Die Menschen wollten hier weg. Sie hingegen waren soeben angekommen. Er gab sich Mühe, Sanela nicht aus den Augen zu verlieren. Sein Kopf schmerzte vom Schnaps.

Was er sich über Sanela merken würde: dass sie die Menschen jederzeit und immer dazu brachte, das zu tun, was sie von ihnen wollte. Er war nur einer davon. Jetzt lag Nils Liebe in Hemd und Unterhose auf dem Rücken, er fror, starrte in den bewölkten Himmel, eigentlich war die Kälte egal. Er hatte weder das wütende Meer noch die glückliche Sanela im Blick. Die letzten Tage waren ein Wirbel von Bildern, Geräuschen, Gerüchen, Gefühlen, sie waren durcheinandergeraten wie Fotos in einem Karton, er müsste sie ordnen, aber es waren so viele, dass er nicht wusste, wo er anfangen sollte. In Zagreb hatten sie das letzte Mal richtig gegessen. Pašticada, Cevapi, Đuveč, Ajvar, Pljeskavica, Mlinci. Die vielen Kuna-Scheine, die sie in der Wechselstube für ihre Mark bekommen hatten, vermochten viel. Nils Liebe hatte das Gefühl, im Essen zu baden, und wartete auf Bauchschmerzen, aber vergeblich. Seine Mutter betonte immer, er habe so einen empfindlichen Magen. Sie packten Burek, Strudel und Pogača in dünne, rosafarbene Servietten und taten gut daran: Nils Liebe lernte innerhalb von vierundzwanzig Stunden – Sanela hatte diese unnötige Erfahrung bereits gemacht –, dass Hunger Schmerzen verursachte. Erst war da Schwindel, dann wackelige Beine, dann begannen die Körperteile unkontrolliert und unabhängig voneinander zu zittern, irgendwann schmerzten sie auch. Der Magen übrigens interessanterweise nicht mehr als anderes.

Sanela hatte sich den Lastwagen des Roten Kreuzes genähert, als treffe sie alte Freunde. Nils Liebe folgte ihr, weniger, weil er interessiert daran war, wie sie ihren Plan in die Tat umzusetzen gedachte, auch nicht, weil er ihr etwa gerne folgte, sondern weil die Alternative, hier irgendwo alleine zu sein, ihn zutiefst ängstigte. Die Männer und Frauen waren mit dem Beladen der Lastwagen beschäftigt und übersahen sie. Also rief Sanela. Diese Mädchenstimme, die all die dröhnenden, Kopfschmerz verursachenden Geräusche um sie herum mit einer Selbstsicherheit übertönte, die nicht nur ihn, sondern auch die Erwachsenen zu erstaunen schien: Alle drehten sie ihre Köpfe zu ihnen. Zwei sprangen von der Laderampe herab und kamen auf sie zu. Sanela reichte ihnen die Hand. Dieses Lächeln.

Er verstand nur «Bosnia» und «molim Vas», was «Bitte» hieß. «Danke» hieß «hvala», aber das Wort gebrauchte

Sanela im anschließenden Gespräch kein einziges Mal. Die Männer schüttelten den Kopf. Andere gesellten sich zu ihnen, auch von ihnen bald ein Kopfschütteln. Sanela aber lächelte. Und erklärte. Als wären da kein Kopfschütteln, keine verschränkten Arme, keine entgeisterten Blicke. Sie zählte augenscheinlich auch nicht automatisch die Menschen mit, die sie inzwischen umkreisten. Es waren mittlerweile neun, sieben Männer, zwei Frauen. Einige sprachen Englisch, zwei Französisch. Eine Frau strich Sanela über den Kopf. Sanela zog Nils' Pullover hoch, griff an seinen Gürtel und holte Scheine aus der Gürteltasche heraus. Er hörte Bosnia. Und auch «ne». Und das Lachen der Männer und Frauen. Es war freundlich und sehr bestimmt.

Dann hatte Sanela ein Foto hervorgeholt, auf dem ein bärtiger Mann, es musste ihr Vater sein, zu sehen war, der seine Hände in die Hüften stemmte, breit lachte und aussah, als könnte er alle Kinder dieser Welt und insbesondere dieses Mädchen beschützen. Sanela hatte dazu eine Geschichte erzählt, mit einer Stimme, die alles um sie herum und selbst den Autolärm verhallen ließ. Einer der Männer übersetzte für die ausländischen Mitarbeiter des Roten Kreuzes ins Englische, und so verstand auch Nils.

Nils Liebe verstand: Wenn man eine schwerkranke Mutter hat, die schließlich an Krebs stirbt, selbst über abstehende Ohren und ein außerordentliches Interesse an Büchern verfügt, aber in einem Dorf aufwächst, in dem die meisten Bewohner der Meinung sind, dass Lesen eine Zeitverschwendung ist, wenn man sich mit einer Großmutter herumschlagen muss, die einen dafür verflucht, kein Junge geworden zu sein, und einem immerzu mit einer feuergrubenartigen Hölle droht, an die man zwar nicht glaubt, die sich aber dennoch immer wieder in die Albträume schleicht, dann braucht man jemanden, an dem man sich festhalten kann. Dieser Jemand war der Mann auf diesem Foto, der tatsächlich so aussah, als könnte man sich gut an ihm festhalten. Dann aber, ganz plötzlich, hassten sich alle, die Tante die Großmutter, der Nachbar seine Frau und die Lehrerin die Hälfte der Klasse. Und dann schossen sie auch noch. Ihr Vater zog in den Krieg und kam nicht mehr lebend zurück. Ihre Großmutter starb bei einer Explosion, da war Sanela im Wald, um Pilze zu suchen, der Hunger war groß.

Eine Nachbarin nahm Sanela mit nach Deutschland. Sanela war die Strecke, die sie zu zweit zurückgelegt hatten, schon einmal gefahren, das fiel ihm jetzt erst ein, nur in die andere Richtung. In Deutschland leben Sanelas Tetka und Tetak, die schon Monate früher geflohen waren, die Tante mütterlicherseits, sie war orthodox. Sie mochte seit kurzem die Muslime nicht mehr. Also auch nicht Sanela, die Halbmuslimin, obwohl Sanela an gar keinen Gott glaubte. Nils Liebe versteht, dass er so gar nichts versteht, weder über das Leben noch über das Mädchen, das ihn gerade durch das Leben führt. Er hat Heimweh, zum ersten Mal in seinem Leben. Eines aber weiß er sicher: In diesem Krieg ein einzelnes, bestimmtes Grab zu finden ist ein Ding der Unmöglichkeit. Selbst für sie. Aber er wird es ihr sicher nicht sagen.

Und dann, so ist es mit diesen Erinnerungen, die wie Fotos in einem Karton durcheinandergeraten, erinnerte sich Nils Liebe nur noch daran, wie sie in dem Laderaum des Hilfslasters zwischen vier Männern und vielen Kisten und Kartons eingepfercht saßen und wie sie ihren zerdrückten Strudel aus den Servietten auswickelten und mit den Männern teilten und die Männer ihr Wasser mit ihnen. Aber wie sie in diesen Laster geklettert waren, welcher der Männer es ihnen erlaubt hatte, das wusste er nicht.

Nils Liebe setzte sich auf und blickte zum Meer. Sanela schwamm immer noch weiter hinaus. Die Wellen um sie herum wirkten von hier, vom Ufer, gewaltig, jede einzelne schien darauf aus, Sanela zu verschlucken. Nils Liebe sah Sanelas Kopf, aber keine Arme, die sich strampelnd oder hilfesuchend nach oben erhoben. Ihm war, als gäbe sich Sanela den Wellen hin.

Er rief ihren Namen. Möglicherweise war der Wind so freundlich, den Ruf zu ihr zu tragen, aber es war nicht von Bedeutung: Sanela drehte sich nicht um. Nils Liebe sprang auf. Er zitterte. Er wollte ihr nicht hinterher. Und rannte zum Wasser.

Der Hilfskonvoi hatte sie gestern in Višići, ihrem Dorf, abgesetzt, sie hatten zwei Massengräber gefunden, ohne Namen. Nils Liebe hätte herumgefragt, aber Sanela ging den Leuten im Dorf aus dem Weg. Nils Liebe hatte schon vor Tagen aufgehört, verstehen zu wollen. Sanela hatte auf der Straße so lange die Hand hinausgehalten, bis ein Auto anhielt und ein alter Mann, der ihnen bis auf die Frage «Wohin» keine weitere stellte, sie bis ans Meer nahm.

Im seichten Wasser bremste Nils Liebe ab. Weiße Gischt umspülte seine Füße und Unterschenkel, eiskalt. Als wollte sie warnen, geh da nicht hinein. Nils Liebe seufzte und machte zwei Schritte nach vorne. Er war noch ein Kind. Er wollte nach Hause. Er hatte Angst.

Bevor er sich ins Wasser warf, blickte er noch einmal zu Sanela. Sie schwamm zurück, auf das Ufer zu.

Man II

Nils Liebe hielt einen Granatzünder in der Hand. Er hatte ihn am Boden entdeckt, glitzernd und glatt. Das Metall war aufgeheizt von der Sonne, in der er gelegen hatte. Er strich darüber, so waren seine Finger beschäftigt. Die Füße drückte er in den Boden, er wollte sie festkleben. Er schwitzte.

Sanela kauerte neben ihm in einer Position, die unbequem aussah. Sie saß in der Hocke und umschlang die Knie, er dachte, das könnte die sogenannte Embryohaltung sein. Aber ihr müssten doch die Füße einschlafen.

Nils Liebe konnte sich nicht mehr erinnern, wie das Gespräch begonnen hatte. Vielleicht lag es an der Menge der Dinge, die in den vergangenen drei Tagen passiert waren, vielleicht aber auch an deren Beschaffenheit, dass er so verwirrt war. Jetzt also hielt er gerade einen Granatzünder in der Hand.

Er wollte sich das Blut nicht vorstellen, auch wenn Sanela endlich die Arme ausbreitete und einen großen Kreis in die Luft malte, um ihm zu zeigen, wie groß die Blutlache gewesen war. Die Männer, die ihren Vater hereinbrachten, hatten Bärte gehabt. Ihre Großmutter hatte sie erst einmal in der Speisekammer versteckt. Sie wussten nicht, wer diese Männer waren. Es waren Freunde, die den schwerverletzten Kameraden nach Hause brachten.

Lauf, Sanela, lauf, so schnell du kannst.

Die Konvois musste sie nicht beschreiben, er kannte sie jetzt selbst. Er war mit einem hierhergekommen. Das Hier hatte sich als ein Schauermärchen erwiesen. Wie schnell man sich an Dinge gewöhnte, an den Anblick von Elend, zum Beispiel. Auch das Herzklopfen, wenn man die Lastwagen mit den roten Kreuzen erblickte, kannte er. Hunger. Und Heimweh. Die Menschen stehen am Straßenrand und jubeln. Sie hatten kein Heim. Er hatte mitgejubelt. Er hatte wieder etwas gegessen. In ein paar Stunden würde er nach Hause fahren. UNPROFOR. Sein deutscher Pass hatte die Dinge augenblicklich geändert. Zagreb. Dann Zug. Dann zu Hause. Sie hatten das Grab immer noch nicht gefunden. Was denn sonst.

Nils Liebe fragte Sanela nicht, ob sie mit nach Hause kommen würde. Manches muss man gar nicht ausgesprochen hören. Ich habe kein Zuhause – das wäre in dem Zusammenhang mit all dem, was sie in den letzten Tagen gesehen hatten, ein banaler Satz. Nils Liebe wollte ihn nicht hören und sie nicht zwingen, ihn auszusprechen.

Aber da war noch ein anderes Gefühl, das ihm zaghaft Angst machte und über das er lieber nicht nachdachte: der Wunsch, alleine, ohne sie, zu sein. Er will darüber nicht nachdenken, weil er nicht ohne sie sein wollen will. Er mochte dieses andere Gefühl: dass es ihn und Sanela gab. Und Sanela und ihn. Und sie beide. Er dachte gerne an die Zugfahrt zurück. Wie lange war das her.

Sanela lief, so schnell sie konnte, so schnell war sie noch nie in ihrem Leben gerannt. Sie kam außer Atem und wunderte sich, dass die Not und das Adrenalin ihre Unsportlichkeit und schlechte Kondition nicht außer Kraft setzten. Während andere Kinder auf Bäume geklettert waren, hatte Sanela gelesen. Nun lief sie.

Nils Liebe sah sie nicht an, während sie erzählte, die Haltung, in der sie da kauerte, gefiel ihm nicht. Aber er sah vor sich, was sie erzählte: wie sie durch diese gespenstischen, zerstörten Straßen lief, mit Häusern, als hätte jemand vergessen, sie zu Ende zu bauen oder sie komplett abzureißen, Menschen, lebende, sterbende und tote. Wie sie die Menge erreichte, die sich vor den Konvois aufbaute, wie sie ihren Weg bahnte. Wie sie in die Knie ging, sich noch kleiner machte, als sie war, um zwischen den Beinen der Leute durchzukriechen.

Er stellte sich sein Bett vor, die orangefarbene Biberbettwäsche, die Zimmerdecke, die er sah, wenn er den Kopf aufs Kissen legte und hochblickte. An der Decke noch die Leuchtsterne und Planeten, die er als Kind zusammen mit seinem Vater dahin geklebt hat. Er wollte nachdenken und war zugleich froh, es nicht tun zu können, weil er Angst vor dem Ergebnis des Denkprozesses hatte. Das Sein ohne Sanela. Wie ist er hierhergekommen?

Sanela ist nicht sportlich, aber sie ist flink. Das muss sie nicht erzählen, das weiß er. Sie schlängelt sich zwischen den Menschen, die auf die Konvois gewartet haben, durch, und dass manche ihr hinterherrufen: «Kud si krenula?», hört sie: «Wo willst du hin?»; und sie würde ihnen gern antworten, wenn sie nicht all ihre Kraft und ihren Atem bräuchte, um sich nach vorne durchzukämpfen. Vorn war ein deutscher Konvoi. Die Deutschen lassen sich an der Nase herumführen, und sie sind nett zu Kindern.

Manchmal stockte ihre Erzählung so plötzlich, wie sie eingesetzt hatte. Nils Liebe verstand nicht, warum. Es waren nicht die schmerzlichen Stellen, aber was wusste er schon, was Sanela schmerzte. Manchmal schien es ihm, ihr schmerzte nichts. Auch darüber wollte er nachdenken, wenn er wieder in seinem Zimmer war. Nils Liebe warf einen Blick auf die Armbanduhr: In zwei Stunden kann er sich auf den Weg nach Hause machen. Er wird seine Mutter umarmen. Er wird seinen Vater umarmen.

Sie erzählte. Mit den Medikamenten und dem Verbandszeug in den Händen lief Sanela so schnell wie möglich zurück. Hände griffen nach ihr, um das zu greifen, was sie in den Händen hält, aber Sanela ist zu flink. Sie läuft. Ein paar Tage später stirbt ihr Vater. Die Erzählung hört hier auf, dachte Nils Liebe, und überlegte fieberhaft, was er ihr entgegnen könnte, denn zu sagen gab es definitiv nichts. Das wusste Sanela, oder wusste sie nur um die Bedeutung von Pointen, jedenfalls aus dem einen oder anderen Grund fuhr sie mit der Erzählung fort.

Sanela hatte die restlichen Medikamente dann mit nach Deutschland genommen. Als sie allein im Zug saß, hielt sie die Packungen in den Händen und wendete sie hin und her, genau so, wie Nils Liebe jetzt, während sie davon erzählte, den Granatzünder in seinen Händen hin und her wendete. Ihr Blick fiel auf das Verbrauchsdatum. Die Medikamente waren vor vier Jahren abgelaufen.

Sanela sah ihrem Vater nicht beim Sterben zu. Während sie erzählte, blickte sie manchmal in die Ferne, manchmal nach unten, dann nuschelte sie in ihre Knie, die sich vor ihrem Gesicht befanden, und kein einziges Mal zu Nils. Wozu brauchte sie ihn, hier? Und überhaupt?

«Wenn man alle sterben sieht, dann will man auch sterben», sagte Sanela.

Es war das erste Mal, dass sie eine Satzkonstruktion mit dem Indefinitpronomen «man» bildete.

Zu Hause

Zu Hause fällt Nils Liebe ins Bett und sofort in den Schlaf. Seine Mutter hat die Tür zu seinem Zimmer aufgelassen, sie bleibt im Türrahmen stehen und lässt die Tränen laufen, als sie ihren Sohn wieder in seinem Bett liegen sieht, als sie sieht, wie schnell ihm die Augen zugefallen sind. Das Abendessen hat er verschlungen. Ihre Fragen hat er kaum beantwortet. Sie versteht die ganze Geschichte nicht. Das Mädchen kommt aus Jugoslawien, nun gut, aber die Mutter weiß nicht viel vom Krieg. Ihr Sohn versteht den Krieg besser als sie, so wie er die meisten Dinge besser versteht, und jetzt hat er diesen Krieg auch noch gesehen, erlebt. Sie wird niemals den Moment vergessen, als er endlich aus dem Zug ausstieg mit seinem Rucksack, Dreck im Gesicht. Was sie aber versteht: Der Junge ist wieder da. Er hat von UNPROFOR geredet, von einem LKW: «Die UNO, die kennst du doch, Mama», manchmal hat er so was Belehrendes, ihr Nils. Und ist dennoch ein Kind. Sie will ihn jetzt, heute nicht aus den Augen lassen. Sie geht ins Schlafzimmer, holt sich eine Decke und setzt sich damit auf den Sessel im Zimmer ihres Sohnes. Nils Liebe schläft tief und fest.

Sanela schläft nicht. Sie hat sich auch den Dreck nicht aus dem Gesicht gewischt und sich die Haare nicht gewaschen. Ihre Tetka hat ihr eine gescheuert und dann noch eine und noch eine, ihre Cousinen haben geweint, und ihr Tetak hat der Tetka nicht widersprochen. Dumm, blöd, bescheuert. Minderbemittelt. Verantwortungslos, und auch noch eine Schlampe. Letzteres ergibt keinen Sinn, aber Sanela hat die Klappe gehalten. Sie starrt an die Decke. Sie vermisst Nils Liebe und dann doch nicht. Dann hasst sie ihn plötzlich und weiß nicht, warum.

Sonst ist da niemand. Und nichts.

Als sie das erste Mal schossen, hat ihre Großmutter gesagt, die seien besoffen. Geh wieder ins Bett, Mädchen, das sind nur Besoffene, die sich einen blöden Spaß leisten. Niemand hatte etwas anderes gedacht. Fünf Monate später hatten diejenigen, die schon bei dieser ersten Schießerei keineswegs besoffen waren, auch ihre Großmutter getötet.

Sanela in Deutschland. Sie war dem Krieg gerade zum zweiten Mal entkommen, das hätte auch niemand gedacht. Und Nils Liebe hat sie auch heil zurückgebracht. Warum sagt eigentlich niemand danke?

Seine Eltern hatten ihn von ihr weggezogen, als sei sie eine hochansteckende Krankheit. Er hatte sich nicht gewehrt. Er war müde. Sie auch. Sie sehnt sich. Sie hätte jetzt so gern ihren Vater bei sich. Aber da ist niemand.

Kein Brief

An dem Tag, an dem sich die Dinge für immer ändern sollten, hatte sie keinen Brief geschrieben.

Wenn sie an jenem Tag einen Brief geschrieben hätte, hätte er das wahrscheinlich als profan und konventionell empfunden, als ihrer nicht würdig. Allein die Bezeichnung: Abschiedsbrief.

An jenem Tag hatte er eine Cordhose getragen, eine braune. Und ein rotes T-Shirt mit Brusttasche rechts, auf der wiederum ein Rumkrokant-Eisfleck von gestern prangte. Er zog es dennoch oder vielleicht gerade deshalb an.

An jenem Tag hatte er ein Brötchen mit Leberwurst gefrühstückt, dazu ein Ei, und seine Zeitung gelesen. Seine Mutter hatte ihn dabei unentwegt beobachtet. Er hatte, bis das Frühstück vorüber war, kein einziges Mal an Sanela gedacht. Oder doch? Hatte es denn für den weiteren Verlauf dieses Tages eine Bedeutung? Die Dinge waren entschieden. Sie hatte sich entschieden.

Warum? Er würde ihr die Frage erst viele Jahre später stellen können. Sich selbst stellte er sie lieber nicht.

Sie hatte an jenem Tag gar nichts gefrühstückt, ein

Umstand, den niemand hinterfragte, was zwei mögliche Erklärungen haben konnte: Sie frühstückte selten. Oder aber es fiel niemandem auf. Sie beschloss, die zweite Annahme als Faktum zu nehmen. Es passte. Heute hatten die Dinge zu passen. Immerhin sollte es ihr Todestag werden.

Aber erst einmal ging sie noch spazieren. Am See. Kleines Wasser. Keine Wellen, also ein sinnloses Unterfangen. Sie dachte an ihr Meer, an den kalten, klebrigen Sand an ihren Fußsohlen. Sie hatte den Bus zum See genommen und niemandem das Wohin erläutern müssen. Auch das passte.

Sie umrundete einmal den See, ließ die ersten gefallenen Blätter der Bäume, die sich langsam dem Herbst ergaben, genussvoll unter den Schuhen knirschen. Genau deshalb war sie nicht zu erreichen gewesen, als Nils Liebe es um 10 Uhr 22 bei ihr versuchte, und nicht etwa, weil sie sich da bereits mit dem Tomatenmesser die Pulsadern aufgeschnitten gehabt hätte. Sie war, ohne vorangegangene Recherche oder glaubhafte Beweise, zu der Überzeugung gelangt, die Zacken eines Tomatenmessers würden den Prozess beschleunigen.

Es war bereits Nachmittag, 14 Uhr 31, als sie in die Küche ging und die obere Schublade aufzog. Ihre Finger zitterten überraschenderweise nicht. Kurze Überlegung: Ort? Ein wirklich passender fiel ihr nicht ein. Sie beschloss, es direkt hier zu tun, in der Küche, und wenn sie dann noch dazu imstande wäre, so würde sie dann mit bereits blutenden Armen durch die Wohnung laufen und eine schöne, immer dicker werdende Blutspur hinterlassen. Und sich dann auf den Teppich im Wohnzimmer legen. Schön. Ihr fiel der Begriff «morbid» ein, aber sie war sich nicht sicher, was das Wort genau bedeutete. Nils wüsste es.

Sie begann mit dem rechten Handgelenk, weil sie Rechtshänderin war und davon ausging, dass es ihr leichter fallen würde, erst einmal mit der ungeübten, linken Hand zu schneiden, bevor diese blutete und sie möglicherweise Kraft verlor. Es schoss ihr noch durch den Kopf, dass Nils diese logische Gedankenfolge sicher zu schätzen wüsste.

Nils. Es ging hier nicht um Nils. Sanela konnte es ihm nicht sagen. Er reichte nicht aus. Er würde ihr auch niemals ausreichen. Daran würde er allerdings erst Jahre später leiden.

An jenem Tag hatte Nils ihr einen Brief geschrieben. Nachdem er sie nicht erreicht, alle Hausaufgaben gemacht, sich heimlich einen Kaffee zubereitet, seine Bonsai-Pinie begossen, deren Höhe gemessen, diese in eine Tabelle eingetragen und dann eine Schachpartie von Lasker-Schlechter von 1910 nachgespielt hatte, setzte er sich wieder an den Schreibtisch und schrieb ihr. Drei Seiten lang. Es war ja auch Sonntag.

Dann versuchte er es noch einmal per Telefon bei ihr. Niemand hob ab.

Danach aß er mit seinen Eltern zu Mittag. Barschfilet, Kartoffeln, Spinat.

Während des Mittagessens ließ er sich von seinem Vater überreden, am Nachmittag mit ihm zum Tennisclub zu fahren und eine Partie zu spielen. Er hasste Tennis und konnte wahrlich nichts dafür, dass er ein Talent zu sein schien. Er gewann 13 zu 12 und dann noch einmal 12 zu 10.

Dann trank er eine Cola im Club. Nein, ein Stück Erdbeerkuchen wollte er nicht. Wirklich nicht, Papa.

Dann erklärte er seinem Vater umständlich und beinahe kaum gereizt, warum er lieber den Bus nehmen wollte. Nein, etwas Besonderes habe er nicht vor. Nein, es läge ihm nichts auf dem Herzen. Da sei nichts. Ja, er wäre zum Abendessen daheim. Seit er aus dem Krieg zurückgekehrt war, was sie familienintern nur als «den Vorfall» bezeichneten, kam sein Vater am Abend früher nach Hause als jemals zuvor.

Dann wartete er siebzehn Minuten auf den Bus, Sonntagsfahrplan. Er stieg ein, stieg am Busbahnhof um. Nach sieben Haltestellen stieg er aus dem Bus aus, der ihn an den Stadtrand gebracht hatte. Bog in die August-Bebel-Straße ein. An der zweiten Kreuzung in die Blumenstraße. Zählte, in wie vielen Sprachen er das Wort Blume kannte. Kam auf sieben. Stieß auf die Vermutung, dass es beim Wort Liebe sicher mehr Sprachen wären. Zählte nach, es waren elf, und ärgerte sich über das vorhergesehene Ergebnis. Er brauchte das Wort Liebe ja gar nicht. Nils bog nach rechts in die Frankenstraße ein und erreichte um 14 Uhr 35 das Haus, in dem Sanelas Tante, Onkel, die Cousinen und auch Sanela selbst lebte.

Klingelte.

Wartete.

Der Türsummer blieb still. Nils Liebe beschloss zu warten und beschäftigte sich, um sich die Zeit zu vertreiben, irgendwann musste sie ja auftauchen, mit den Klingelschildern. Sanela lebte gezwungenermaßen im höchsten Hochhaus der Stadt. Dieses Hochhaus der Stadt hatte insgesamt drei Eingänge. Er zählte erst die Klingelschilder an dem Eingang, an dem Sanela ihm heute nicht die Tür geöffnet hatte, weil sie bereits mit blutenden Unterarmen auf dem roten Wohnzimmerteppich lag, die Blutspur war dick und hässlich, wie sie es sich gewünscht hatte. Es waren achtundvierzig Schilder.

An diesem Abend stellt Sanelas Tante im Krankenhaus in dem ihr eigenen, melodielosen Ton fest, dass es ja zwar durchaus rücksichtsvoll von Sanela gemeint gewesen sein mochte, dass sie sich, derart blutend, auf den roten Teppich gelegt hatte, dennoch sei das Blut um einiges dunkler als das Rot des Teppichs, sodass man diesen getrost entsorgen könne. Diesen Satz wird Sanela sich als den ersten, den sie nach ihrem Suizidversuch hörte, für immer merken. Sie wird sich auch merken: das Gesicht ihrer Tetka, Halbschatten, den ziehenden Schmerz in den Unterarmen, das unkontrollierbare Zittern, das dazu führte, dass ihre Arme und Beine zuckten, die Nichtberührung ihrer Tetka, die im Dunkeln leuchtenden Augen des Arztes, der sich über sie beugte, und die sie ein bisschen an die ihres Vaters erinnerten. Es wäre so schön. Aber für Träumereien war sie bereits zu wach. Das ganze Zimmer schien dunkel. Es passte.

Nils Liebe ging ein paar Schritte zurück auf die Straße und überschlug die Anzahl der Fenster, die er der Anzahl der Klingelschilder gegenüberstellte. Er kannte den Schnitt der Drei-Zimmer-Wohnung, in der Sanelas Familie lebte, und tippte darauf, dass die meisten anderen Wohnungen eher aus einem oder zwei Zimmern bestanden. Er ging davon aus, dass in jeder Wohnung mindestens zwei Personen lebten, und dann errechnete er, dass in diesen Teil des Hauses etwa vierhundertfünfzig Personen passten. Damit lebten hier zweihundert Prozent mehr Menschen als in seiner gesamten Straße. Nachdem diese Überlegung beendet worden war, schlenderte Nils Liebe zufrieden hinüber zum nächsten Eingang.

Als er mit dem Zählen durch war und zu Sanelas Eingang zurückkehrte, war es bereits 15 Uhr 09. Er hatte ausgerechnet, dass die ganze Stadtbevölkerung in etwa zweihundertachtundsechzig solcher Häuser hineinpassen würde.

Der Teil der Stadtbevölkerung, der ihm persönlich bekannt war, ein zugegebenermaßen verschwindend geringer und keinesfalls statistisch repräsentativer, würde sich allerdings weigern, in einem solchen Haus zu leben.

Vor Sanelas Eingang parkte nun ein Krankenwagen mit offenen Hintertüren. Er betrat das Haus, die Tür war eingehakt. Drin würde sich das Warten wesentlich wärmer anfühlen.

Sie brachten Sanela auf einer Trage herunter. Eilig, als gelte jede Sekunde. Zwei Sanitäter und einer, der neben der Trage herlief und eine Sauerstoffmaske über sie hielt. Ihr Körper bedeckt, ein Mann ohne weißen Kittel trippelte hinterher, wohl ihr Onkel, dem Nils noch nie begegnet war. Nils blieb stehen, sie eilten an ihm vorbei. Was sollte er auch tun. Er hatte Sanelas Gesicht gesehen. Blass und leer.

Dann waren sie weg. Er sah noch nicht einmal den Krankenwagen davonfahren, hörte nur die Sirene. Nils wusste nicht, wohin. Oder was. Also blieb er stehen. Später nahm er den Bus.

Dreiund vierzig tausend neunhundert sechsund fünfzig

Während Sanela sich von den Bergen beweisen ließ, dass ihre Beine sich tatsächlich willentlich bewegen ließen, offenbar sogar vom eigenen Gehirn gesteuert, und dass ihr Gehirn überhaupt noch steuerte, während sie eines Morgens ein Blatt aus einem Notizblock riss und in viereinhalb Minuten ein fünfzeiliges, gereimtes Gedicht schrieb, das bereits auf sie gewartet hatte, als sie aufgewacht war, gelang es ihr, kaum an Nils Liebe zu denken. Sie hatte sich über das Gedicht, das am Morgen einfach da war, fast gar nicht gewundert, hatte es am Tisch stehend notiert, das Blatt gefaltet, in eine ihrer beiden Schubladen unter die Socken geschoben und im gleichen Moment geahnt, dass sie es nie wieder zur Hand nehmen oder gar lesen würde. Sanela nickte ihrer schweigenden Zimmerbewohnerin zu und machte sich auf den Weg zum Frühstück. Am darauffolgenden Morgen schrieb sie ein weiteres Gedicht, das wurde schnell zur morgendlichen Routine, was ihr Psychologe als Zeichen der Besserung wertete, ohne je nach dem Inhalt dieser Lyrikversuche gefragt zu haben, und Sanela freute sich darüber: mehr für den Psychologen als für sich selbst.

Während sich all das zutrug, arbeitete sich Nils Liebe erst in tage- und dann monatslanger Quälerei an ihrem Entschwinden ab.

Der Platz neben ihm in der Schule blieb leer. Seine Mitschüler waren, auch wenn er das niemals für möglich gehalten hätte, innerhalb von Stunden noch mehr verdummt. Zu Hause redete seine Mutter fortwährend auf ihn ein. Ihre Stimme war ein Summen, das sich durch nichts unterbrechen ließ, und es war ihm nicht möglich, aus diesem Summen einzelne Worte herauszufiltern. Selbst in seinen Träumen sprach sie noch zu ihm, und alle Türen, die er vor ihr verschloss, die zu seinem Zimmer, die zum Badezimmer, die mit neun Schlössern versehenen in seinen Träumen, konnten sie nicht zum Schweigen bringen. Ihre Stimme klebte in seinem Ohr. Einmal in der Woche fuhr er mit dem Bus, um an der Tür des Hochhauses zu klingeln, in dem Sanelas Tante und Onkel lebten, und erkundigte sich nach Sanelas Befinden. Das Mädchen war am Leben, in einer Klinik irgendwo in den Schweizer Bergen. Es würde nicht wiederkommen.

«Verstehst du das nicht, Sanela kommt nicht zurück!», gellte ihre Tante beim vierten seiner Besuche in der Lautstärke der Verzweiflung, packte ihn an den Oberarmen und schüttelte ihn, dass ihre langen, hellrot lackierten Fingernägel sich in seine Haut bohrten und Abdrücke hinterließen, die er im Aufzug noch deutlich sehen konnte und über die er sich auf masochistische Weise freute. Sanela würde nicht wiederkommen.

«Verstehst du?», wiederholte sie noch einmal mit Nachdruck, und der Nachdruck bestand darin, dass sie jede Silbe in die Länge dehnte, für diese zwei Worte brauchte sie beinahe sechs Sekunden, selbst die Konsonanten dehnte sie. Nils Liebe verstand und klingelte kein weiteres Mal, auch wenn er in der folgenden Woche wieder den Bus in die Siedlung nahm und dort einen Spaziergang machte. Frische Luft tat gut, und so konnte er dem Summen seiner Mutter entfliehen.

Das Leben zählte er in Stunden. Über jede vergangene freute er sich, als gelte es, die Stunden herumzubringen, bis ein Ziel erreicht war, auch wenn er das Ziel nicht hätte benennen können, ähnlich, wie er und unzählige Schüler vor und nach ihm die Minuten in den Erdkundestunden zählten, obwohl es danach mit Physik weiterging. Aber während der Unterricht mit absoluter Sicherheit nach spätestens fünfundvierzig Minuten ein glockenlautes Ende nehmen würde, konnte das Leben, so wusste er, noch eine ganze Weile dauern. Jedes Mal, wenn er auf die Uhr blickte und feststellte, dass der Minutenzeiger den Zwölf-Uhr-Strich passiert hatte, atmete er erleichtert auf. Es gab dafür keinen Anlass. Als neige sich das Leben dem Ende zu, aber das war einer dieser Trugschlüsse, denen auch Sanela zum Opfer gefallen war.

Im Nachhinein hatte Nils Liebe den Eindruck, er habe die Zeit in Stunden gezählt – von dem Augenblick an, in dem Sanela seinem Leben entschwunden war, bis zu dem, in dem er die kleine Stadt mit nur einer Buchhandlung verlassen konnte, um endlich studieren zu können, in der größtmöglichen Stadt, die für ihn zu der Zeit erreichbar war. Er verließ diese Heimatstadt mit einem großen Trekkingrucksack auf dem Rücken, die Bücher hatte er in Kisten vorausgeschickt, seine Eltern standen auf dem Bahnsteig und sahen aus, als hätten sie vergessen, wer sie abholen sollte. Nils Liebe winkte einmal aus dem Fenster des noch stehenden Zugs und suchte sich dann einen Sitzplatz auf der dem Bahnsteig gegenüberliegenden Seite. So musste er seine Eltern nicht sehen. Sein Vater ließ die Hand in der Höhe. Nils Liebe hatte seit Sanelas Entschwinden dreiundvierzigtausendneunhundertsechsundfünfzig Stunden gezählt.

Diese Stunden waren dahingeplätschert, das Leben gestaltete sich als langsamer Prozess. Erst schoss Nils in die Höhe, indem seine Beine rasch in die Länge wuchsen, nicht aber der Rest: «Streck den Hals in die Höhe», ermahnte ihn seine Mutter. «Na, was machen die Mädchen», fragte der Vater. Als er begann, Sigmund Freud zu lesen, hielt er sich beinahe drei Wochen lang an den Vorsatz, nicht öfter als zweimal am Tag zu onanieren. Mit fünfzehn fuhr er im Sommer ins Zeltlager, wo er herausfand, dass er auf Bienenstiche allergisch reagierte, dass er Till, den die anderen nur «Schwabbelbacke» nannten, in höchstens dreizehn Zügen schachmatt setzen konnte, und Mädchen dazu neigen, die Augen zu schließen, kurz bevor sie geküsst werden. Letzteres fand er heraus, indem er die Mädchen mit anderen Jungen beobachtete, nicht etwa durch eigene Erfahrungen auf diesem Gebiet. Am vorletzten Tag des zweiwöchigen Zeltlagers hörte er, wie einer der Jungs der Betreuerin Lisa – einer schlanken, hübschen Blondine, eine der wenigen, die ein Buch dabeihatte – auftrug, ihm, Nils Liebe, etwas auszurichten, woraufhin sie laut fragte: «Wer ist denn Nils? Ist hier ein Nils dabei?»

Nils Liebe kehrte Ende August nach Hause zurück. Er hatte beschlossen, noch schneller erwachsen zu werden, seine Beine wollten nicht aufhören zu wachsen, sein Vater hatte ihm einen eigenen Rasierer gekauft, und für das kommende Volkshochschulsemester meldete er sich für einen Serbokroatisch-Kurs an. Der nächstjüngere Teilnehmer des Kurses war eine achtunddreißigjährige Ärztin, die nach Belgrad gehen wollte, um dort Kriegsopfern zu helfen. Nils Liebe gab ihr bald Nachhilfe. Sie, die keine Kinder und keinen Mann hatte, war hin und weg von dem interessierten, hochintelligenten Jungen, und manchmal, nachts, dachte Nils Liebe an sie. Morgens machten ihn diese Gedanken verlegen. Dann war es auch schon Zeit, sich von der Ärztin zu verabschieden, die ihn dabei an sich drückte, er spürte ihren Busen an seiner Brust, es waren noch drei Jahre, bis er ausziehen konnte.

In diesen drei Jahren las er das jeweils erste und letzte Buch jedes Literaturnobelpreisträgers, baute einen Zeppelin mit Gummiantrieb und Propeller, brachte sich selbst die Hieroglyphenschrift bei, ging zweimal in die Disco, setzte sich mit der vierten Dimension auseinander, schrieb ein Hörspiel und eine Abhandlung über das totale Differential, sprach sechsmal ein Mädchen an, versuchte sich an Yoga, ehrenamtlicher Arbeit und Marihuana-Anbau, verweigerte seiner Mutter die Antwort auf die wochenlang wiederholte Frage, was sie denn falsch mache, meinte einmal, so etwas wie Verliebtheit zu spüren, verfasste einen einzigen Brief an Sanela, den er niemals abschickte, sah sich alle Filme von Federico Fellini und Andrei Tarkowski im Original an und langweilte sich ansonsten zu Tode.

Eines Tages bekam er in der immer noch nicht besonders großen Stadt zu Ohren, dass Sanelas Familie weggezogen sei und nun im Ruhrgebiet lebte. Essen, Bochum oder

Dortmund. Er konnte sich Sanela in keiner dieser Städte und im selben Augenblick in allen gleichermaßen vorstellen: Sanela brauchte keine Umgebung. Allerdings konnte er sich Sanela selbst nicht mehr genau vorstellen.

Nils Liebe ging am Tag nach seinem Abitur nach Berlin, in die größtmögliche Stadt innerhalb von Deutschland, für ihn noch nicht groß genug. Im Zug bereits meinte er zu spüren, wie sich seine Schultern entspannten, und in den Füßen kribbelte Energie. Während der Fahrt lief er bis zur Lok und stand dort eine Viertelstunde. Er dachte an Vögel, die mit den Flügeln flatterten, wenn sie zum Abheben ansetzten. An der Universität begann er mit Geschichte, Politikwissenschaft, Philosophie und Germanistik, im zweiten Studienjahr nahm er Romanistik hinzu.

Seine Professoren sagten ihm bald eine akademische Zukunft voraus, sie klopften ihm auf die Schultern und luden ihn zum Mittagessen ein. Er aber fühlte sich zwischen ihren Theorien gleichermaßen sicher wie verloren. Noch bevor er die Universitätsbibliothek zum ersten Mal betreten hatte, hatte er ausgerechnet, wie viele Jahrzehnte ein Schnellleser wie er brauchen würde, um alle darin befindlichen Bücher zu lesen, und die Antwort deprimierte ihn jedes Mal, wenn er daran dachte.

Mit seinen Kommilitoninnen ließ es sich reden, und besser noch, mit den Kommilitoninnen ließ es sich schlafen, manchmal. Er hatte mit der Kleinstadt schnell abgeschlossen, als er beim ersten Weihnachtsfest heimkehrte, schwor er sich, frühestens in zwei Jahren wiederzukommen.

Was Nils Liebe sich vornahm, das setzte er um. Berlin wurde bald zu klein, es folgten Paris, Boston und später, als er zu schreiben begann, unzählige Orte, die ganze Welt.

Mit den Frauen wurde es einfacher. Sie schätzten, was er dachte, sagte und schrieb, und es stellte sich heraus: Er hatte Humor. Zwei waren länger geblieben, so lange, dass sie meinten, ihre Sachen, ihre Pullover, Hosen, Röcke, Unterhosen, BHs und Socken in seinen Schrank und seine Kommode einsortieren zu müssen. Er hatte sich jedes Mal beim Öffnen des Schranks und der Kommode gewundert, weil er sich in beiden Fällen nicht erinnern konnte, wann das beschlossen worden wäre: dieser Einzug von Socken und Unterhosen. Es schauderte ihn beim Anblick, er rückte seine eigenen Socken beiseite, nicht um Platz zu machen, sondern um ihnen die Berührung mit den anderen – bei einer Frau gar bunt geringelten – Socken zu ersparen. Die Frauen waren dann zum Glück bald wieder aus seinem Leben verschwunden und mit ihnen auch die Wäsche aus seinen Schubladen.

Er hatte unzählige scherzhafte Heiratsanträge bekommen, seines Namens wegen, meistens von älteren, nicht besonders ansehnlichen, alleingebliebenen Frauen. Eine dagegen recht ansehnliche Frau, die er beim Geburtstag eines Kommilitonen kennengelernt und einige Tage später auf ein Glas Wein eingeladen hatte, fragte, als sie seinen Nachnamen erfuhr, sich bedeutungsvoll nach vorne lehnend: «Und, ist der Name Programm?» Kaum erwähnenswert, weil selbstverständlich: Er sah diese Frau nie wieder. Er küsste sie noch nicht einmal, geschweige denn, dass er sie in sein Bett mitzunehmen versuchte, obwohl das unersättliche Gefühl der Wollust zu ihm zu gehören schien wie die Sommersprossen, die auch im Winter hartnäckig an seiner Nase klebten.

Es gab Geburtstage, Weihnachtsfeiern, Silvesterpartys,

Osterfrühstücke. Feierabendbiere, Junggesellenabschiede, darauffolgende Hochzeiten, geteilte Ferienwohnungen, gemeinsame Wandertouren. Auch das, was man gemeinhin als Freunde bezeichnete. Reisen, Gespräche, Gelächter, Umarmungen und Briefe. Menschen, die ihn umkreisten. Eigentlich ein Leben.

Einmal schrieb er über Islamisierung in Bosnien und fuhr nach Višići, wo er das Grab von Sanelas Vater nicht fand.

Elf

Niels-Tito (Niels mit «e») war kein Kind wie andere Kinder, und mit seinem Namen hatte das, um laienpsychologischen Erklärungsversuchen von vornherein den Wind aus den Segeln zu nehmen, rein gar nichts zu tun.

Niels-Tito liebte seinen Namen, wegen des «e», wegen des Bindestrichs, wegen der Doppelung des «t» in Tito. Noch mehr als seinen Namen liebte Niels-Tito die Elf. Als Zahl und als Mengenbeschreibung. Mit Fußball hatte diese Tatsache, wie man es bei einem Jungen seines Alters erwarten würde, er war gerade neun geworden, rein gar nichts zu tun, Fußball mochte er so gar nicht. Weder zum Spielen noch zum Zuschauen.

Niels-Tito besaß: elf Kuscheltiere, die in seinem Bett schliefen, elf Hosen (sieben lange, vier kurze), elf Unterhosen, elf Unterhemden, elf Sweatshirts, kein Hemd, weil seine Mutter nicht bereit war, ihm elf Stück zu kaufen, und er sich weigerte, ein einzelnes in seinen Kleiderschrank zu hängen. Beim Thema Jacke, was exakt die gleiche Diskussion nach sich gezogen hatte, hatte er leider eine Niederlage einstecken müssen, wegen Kälte und Regen und Winter und weiteren vergleichbaren Argumenten, aber er hatte immerhin auf elf Mützen bestanden und besaß keinen einzigen Schal.

In seinem Federmäppchen befanden sich elf Stifte und im Schulranzen elf Hefte, obwohl er in der vierten Klasse nur acht Unterrichtsfächer hatte. In seinem Arztkoffer bewahrte er elf Instrumente auf, denn eines Tages würde er Arzt werden, was kein Wunsch war, sondern ein Wissen: ein Stethoskop, ein Nasenspekulum, eine Gipszange, einen Reflexhammer, eine Stimmgabel, einen Zungenspatel, ein (echtes!) Fieberthermometer, eine Einmalspritze, ein kaputtes, aber ehemals funktionierendes Blutdruckmessgerät, eine Pipette und eine Pflasterschachtel. Er besaß elf Bücher über die Anatomie des menschlichen Körpers. Er hatte elf Bilder an den Wänden seines Zimmers hängen. Er hatte von jeder Besteckart – Gabeln, Messer, Löffel, Teelöffel und Kuchengabeln – jeweils ein Exemplar entsorgt, sodass sie noch jeweils elf Stück besaßen, und bis heute nicht herausgefunden, ob seiner Mutter dieser Umstand gar nicht aufgefallen war oder ob sie ihn hingenommen hatte. Für den Fall, dass Letzteres zutraf, empfand er Dankbarkeit und möglicherweise sogar Liebe. Kinder sollten ihre Eltern lieben.

Beim Treppenhinuntersteigen lief er immer elf Stufen, dann hüpfte er die nächsten elf und so weiter im Wechsel. Es machte ihm keine Mühe und keinen Spaß. Er hatte elfmal seine Kinderbibel gelesen, komplett. Dabei gingen sie nie in die Kirche, seine Mutter war seit jeher der Überzeugung, wenn Gott vorbeikommen wollte, auf einen Kaffee, auf ein Glas Wein, so stünde ihre Tür jederzeit offen. Im Übrigen waren sie theoretisch Muslime, irgendwie.

Niels-Tito konnte elf Worte auf elf verschiedenen Sprachen sagen, die er sich selbst beigebracht hatte. Er hätte gerne elf Freunde gehabt. Und elf Haustiere, aber sie hatten nur die eine Katze. Beim Vater hingegen hätte ihm einer gereicht. Seiner Mutter gab er manchmal elf Gute-Nacht-Küsschen, meistens aber kein einziges. Am Wochenende legte er sich nach dem Frühstück, das sie beide in ihren Pyjamas einnahmen, gerne noch einmal mit einem Buch ins Bett, um Punkt 11.11 Uhr wiederaufzustehen.

Er hatte ein wenig Angst vor seinem elften Geburtstag. Was käme danach?

Niels-Tito (Niels mit «e») war kein Kind wie andere Kinder, was ihn selbst wahrscheinlich am allerwenigsten störte.

Ein Autist war er im Übrigen auch nicht.

Drei und einer

Die Männer, mit denen sie geschlafen hatte, hätte Sanela zählen müssen, die anderen nicht. Drei Männer hatte sie geliebt. Drei Männer und einen Jungen. Ach so, und ihren Jungen natürlich. Für ihren Jungen passte das Wort Liebe nicht, nicht, weil es zu klein geworden war, sondern einfach, weil es nicht passte. Deshalb sagte sie es lieber so: Es war ihr Junge.

Der erste Mann, den sie geliebt hatte, und das war eines der wenigen Klischees, denen sie gerne entsprach, war ihr Vater gewesen. Da war der Bart. Sie setzte sich auf seinen Schoß und lehnte ihr Gesichtchen gegen das seine, Wange an Wange oder Stirn an Kinn, damit der Bart so kitzelte, dass es gerade so nicht schmerzte, aber sie ihn spürte. Er deklamierte Gedichte, Lord Byron, Heinrich Heine und Branko Radičevic, Gedichte, die sie nicht verstand, aber mit ihm aufsagen konnte. Zum Einschlafen sang er Partisanenlieder, die so rochen wie er: nach Tabak. Filter Jugoslavija. Mit fünfundzwanzig gelang es ihr, einem Zigarettenpackungensammler eine Packung dieser Marke abzukaufen. Der Lohn von sechs Nachhilfestunden. Abends, bevor sie einschlief, zündete sie sich im Bett eine Zigarette an, zog im Liegen fünfmal daran, den Kopf auf das Kissen gebettet, damit auch das Kissen nachts nach Partisanenliedern roch. Hielt den Rauch so lange zurück, bis es schmerzte. Nach genau fünf Zügen drückte sie die Zigarette am Nachttisch aus, freute sich am täglich sichtbarer werdenden Brandfleck auf dem dunkelbraunen Holz und legte die Zigarette behutsam in die Schachtel zurück. Sie schlief ruhig und lange in jenen Wochen, die sich, auch wenn sie sich kein einziges Mal einen sechsten Zug erlaubte, schnell dem Ende neigten. Eine weitere Packung konnte sie niemals ausfindig machen, und eigentlich rauchte sie auch gar nicht.

Das hätte sie für keinen der anderen Männer getan.

Ihr Vater hatte schief gesungen. Ihrem Jungen sang sie zum Einschlafen nun auch Partisanenlieder vor, weil sie in die Töne von «Guten Abend, gut' Nacht» keine Geborgenheit betten konnte, da sie selbst dabei keine empfand.

«Wenn Gott will, wirst du wieder geweckt.»

Und wenn Gott nicht will?

Ihr Vater hatte sie so fest gehalten, wie sein Bart kitzelte, dass es gerade nicht schmerzte, was ihre einzige Erinnerung an die Fieberkrämpfe war, unter denen sie als Kind gelitten hatte. Aus den Fieberkrämpfen wuchs sie heraus, wie der Kinderarzt es ihren Eltern versprochen hatte. Später hustete ihre Mutter Blut, daraufhin gab es «die Eltern» nicht mehr, Sanela war noch überrascht, wie wenig ihr die Mutter fehlte, da kam schon der Krieg, und niemand sang mehr. Bald war auch ihr Vater tot.

Liebeskummer war der falsche Begriff. Aber Kummer traf zu, und Liebe auch, und Kummer wie Liebe blieben.

Später kam Akkan. Sanela war kaum volljährig und

Akkan soeben ein Mann geworden. Das gefiel ihr. Noch mehr gefiel ihr, dass er Moslem war. Ihre Tetka hasste ihn und ließ ihn nicht ins Haus. Sie musste Akkan lieben.

Akkan war kein kluger, aber ein gefährlicher Mann. Und unglücklich war er auch. Dass er nicht klug war, fiel ihr erst ziemlich spät auf, und dass sich die Redensart «blind vor Liebe» bewahrheitet hatte, sollte sie noch jahrelang ärgern. Akkan war einer von denen, die sich am besten auf dem Motorrad machten (sie hatte Klischees noch nicht verachten gelernt). Mit einer Lederjacke, die an einem Finger über der Schulter hing, selbstverständlich. Akkan hatte keine Telefonnummer. Wenn er sie sehen wollte, rief er an. Wenn sie ihn sehen wollte, wollte sie ihn sehen. Sie zählte die Beziehung erst in Tagen, Wochen und Monaten, später dann in Trennungen, Auszeiten und Seitensprüngen. Nach der siebten Trennung, der vierten Auszeit und vierzehn anderen Frauen, von denen sie wusste, verließ sie die Stadt, um ihn verlassen zu können.

Aber ein schöner Mann war er gewesen. Schöne Augen, schöne Haare, lang, zu einem Pferdeschwanz gebunden. Sie kämmte sie ihm, er schnurrte. Bis sie es einmal aussprach: «Du schnurrst ja», von da an kämmte er sich die Haare selbst. Sie hatte verstanden.

Wenn er sie sehen wollte, holte er sie mit dem Motorrad, einer alten Honda Fireblade, ab, hupte vor dem Haus, machte sich nicht die Mühe abzusteigen und hatte keinen Helm für sie dabei. Alle diese Schritte als Abfolge und jeden einzelnen für sich liebte sie. Mit dem Motorrad fuhren sie ohne Ziel los, wobei sie immer eins fanden. Sie warteten im Maisfeld auf den ersten Stern am Himmel, kletterten über den Zaun einer Koppel, um sich Reitpferde «auszuleihen», picknickten in leerstehenden Häusern auf einer alten rosa-weiß karierten Decke, die Akkan irgendwo aufgetrieben hatte, angelten (ohne Angelschein) und grillten den Fisch über einem Lagerfeuer (ohne Grillrost). Sie fuhren nach Stuhlweissenburg und nach Katzenelnbogen, weil die Namen schön klangen. Nach Kleve, weil dort die Sanella-Margarine zum ersten Mal produziert worden war. An den Genfer See, aber nur wegen Lord Byron. Sie schliefen miteinander, an all diesen Orten und an vielen anderen und eigentlich niemals in einem Bett. Außer in ihrem, der Tetka wegen, aber die bekam es leider nicht mit, obwohl Sanela sich Mühe gab, besonders laut zu stöhnen.

Akkan hatte einen Dreitagebart. Er kitzelte, anders als der ihres Vaters, aber er kitzelte. Er hatte viele Haare, auf der Brust, auf dem Rücken, an Armen und Händen.

Und am Ende, wie erwähnt, verließ sie die Stadt.

Hamburg. Akkan mochte keinen Wind und auch keinen ewig grauen Himmel. Es stellte sich heraus: Der Wind versicherte ihrem Körper, dass er noch lebte, und grau war der Himmel selten. Die Sonne schien, die Menschen waren nett. Sie schrieb sich an der Universität für Theaterwissenschaft ein.

Nach Akkan konnte sie nur noch Clemens lieben.

Clemens war blond. Die Haare ließ er sich alle zwei Wochen bei einem türkischen Friseur schneiden, wusch sie jeden Morgen mit dem Männershampoo von Head & Shoulders und kämmte sie nicht. In der Mitte und an den Ecken wurden die Haare beinah beobachtbar schnell dünner, dabei ging er erst auf die dreißig zu. Auf der Brust und am Rücken fehlten die Haare gänzlich. Und sie fehlten ihr.

Seine Augen waren auch irgendwie schön. Auf diese blaue Weise.

Am Abend ihres Kennenlernens, sie begegneten sich bei einer Tagung zum Thema «Episteme des Theaters», schrieb er mit einem Kugelschreiber, den er in der Tasche seines Cordsakkos trug, drei Nummern auf: die von zu Hause, die seines Büros an der Universität sowie seine Handynummer. Sein Handy, fügte er hinzu, sei häufig ausgeschaltet, weil er nicht immer und überall erreichbar sein möchte, das dürfe sie bitte nicht persönlich nehmen. Aber auf welcher dieser Nummern sie ihn auch anrief, sie erreichte ihn jedes Mal.

Clemens fuhr Fahrrad. Aus Überzeugung. Und verließ dabei die Fahrradwege nur, wenn es sich aufgrund der Verkehrsführung nicht vermeiden ließ. Die Fahrradwege waren ihr vorher kaum aufgefallen.

Seine Mutter schenkte ihr selbstgemachte Marmelade. Erdbeer, Quitte und Rhabarber. Außerdem Walnüsse aus dem Garten. Die Walnüsse lagerte Sanela im Schrank. Ihr Vater hatte Walnüsse immer mit einem Hammer aufgeschlagen, und sie hatte die Hirnhälften mit Freude und Akribie herausgepult.

Clemens holte sie niemals ab. Sie trafen sich vorm Kino, manchmal vor Museen, in Kneipen, Cafés, Restaurants, am Wochenende im Park, später im Park an «ihrem Baum», noch später bei gemeinsamen Freunden. Dann trafen sie sich abends nach der Arbeit in der gemeinsamen Wohnung. Zu den Theatervorstellungen, bei denen sie der Regie assistierte, begleitete er sie, auch wenn das bedeutete, dass er ein und dasselbe Stück mehrmals sehen musste.

Clemens putzte die Küche. Er putzte die Küche so, dass das Ergebnis sie ängstigte. Sie meinte, sich im Edelstahlherd wie in einem Spiegel zu sehen. Von der Spüle ganz zu schweigen. Der Spülmaschine vertraute er Teller, Tassen und Besteck an, aber keine Töpfe, Pfannen, Messer und Gläser. Die Messer schonte er, die Gläser polierte er, die Töpfe reinigte er, die Pfannen weichte er vor dem Reinigen ein, aber niemals zu lange.

In der geputzten Küche kochte Clemens. Zerkleinerte frische Kräuter, die er vom Markt oder aus dem Bioladen mitbrachte, mit einem Wiegemesser, hackte Knoblauch von Hand, damit er kein Aroma verlor, rieb vor dem Zitronenpressen die Schale ab, die er manchmal einfror, um sie später fürs Kuchenbacken zu verwenden. Überbrühte Tomaten mit kochendem Wasser, um ihnen die Schale abziehen zu können. Nahm Fische aus und an Weihnachten auch Gänse. Formte Knödel, Semmel- wie Kartoffel-, und bei Semmelknödeln unterschied er in böhmische und österreichische. Wickelte Parmesan, den er stets beim Italiener seines Vertrauens besorgte, in Butterbrotpapier, bevor er ihn in den Kühlschrank legte. Unterschied in Schneidebretter für Zwiebeln, Gemüse, rotes Gemüse, Obst, Fleisch, Fisch und alles andere. Sie kam ständig durcheinander, obwohl die Bretter nach Holz und Plastik geordnet waren und die Plastikbretter verschiedene Farben hatten.

Er schlug Aufkleber vor.

Sie verwendete nur noch das Brotschneidebrett, das konnte sie sich merken.

Sie selbst kochte nicht mehr. Es störte sie, wie er dabei hinter ihr stand, auf die freundliche Art seine Hilfe anbot und die Möhrenschalen, die danebengefallen waren, aufsammelte und in den Mülleimer warf. Und mit dem Schwamm über die Ablage wischte.

Clemens machte ihr Wadenwickel, als sie fieberte

brachte ihr Kaffee ans Bett

jeden Morgen

schenkte ihr ein Fahrrad

engagierte sich in einer Flüchtlingsorganisation

weil die alte Dame, der er früher im Altenheim immer vorgelesen hatte, gestorben war

rief einmal die Woche seine Mutter an

besuchte diese jeden Samstag

und kaufte vorher Lebensmittel ein, mit denen er ihren Kühlschrank und die Vorratsschränke auffüllte

notierte in die Bücher, die er las, wann er sie gelesen hatte

wo und warum er sie gekauft hatte

und ein, zwei Sätze darüber, wie sie ihm gefallen hatten

schenkte ihr Bücher

nicht zu Feiertagen, sondern zwischendurch

spielte Schach

wickelte sein Patenkind

brachte ihr am Valentinstag Blumen mit

und nachdem sie ihm die Bedeutung des Internationalen Frauentags erklärte, die dieser im Ostblock gehabt hatte, auch am achten März.

Sie liebte Clemens. Auch für all diese Dinge.

Als Clemens ihr eines Abends sagte, er wünsche sich ein Kind, drehte sie ihm den Rücken zu. «Ich will wirklich nicht drängen. Ich wollte es nur mal erwähnt haben», flüsterte Clemens und streichelte ihr liebevoll über die Schulter. Sie nickte, nicht als Zustimmung, sondern weil sie gewusst hatte, dass er das sagen würde. Oder so was Ähnliches. Clemens würde verstehen.

So entstand der Junge, für den das Wort Liebe nicht passte.

Clemens starb bei einem Fahrradunfall, die einzige Art zu sterben, die für ihn in Frage gekommen war. Ihr schwangerer Bauch war sehr gut sichtbar. Die meisten seiner Bekannten, stellte sie bei der Beerdigung fest, forschten ebenfalls an der Universität. Bis auf einen trugen sie alle Brillen. Der Autofahrer war betrunken gewesen. Clemens hatte mit Wein gekocht, aber zum Essen nur selten welchen getrunken.

Und dann war da noch der Junge, den sie einmal geliebt hatte. Der Junge war mit ihr zur Schule gegangen, und seit dem Tag, an dem sie beschlossen hatte, dass das Leben nichts für sie war, hatte sie ihn nicht mehr gesehen.

Sie hatte fortan aber fast täglich an ihn gedacht. Die Gedanken an ihn waren wie Mücken: summten kurz irgendwo über ihr und waren im selben Moment bereits nicht mehr zu lokalisieren.

Erst sehr spät, erst nachdem sie viele Nächte nachgedacht hatte, kam sie auf die Idee, sie könnte den Namen des Jungen, den sie einmal geliebt hatte, bei Google eingeben. Sie setzte ihn in Anführungszeichen, weil er einen Allerweltsnamen, wenn auch einen schönen, hatte. 8800 Ergebnisse in 0,42 Sekunden. Sie klickte auf «Bilder» und fand ihn auf der ersten Seite. Er schrieb, was denn sonst. Er schrieb gut, wie denn sonst. Er lebte in derselben Stadt wie sie. Sanela kramte Papier hervor, stibitzte aus dem Federmäppchen ihres Sohnes einen Füller und schrieb einen Brief.

In der Röhre

Zu ihren Ängsten und Phobien, hat Sanela soeben festgestellt, kann sie zweifellos die Klaustrophobie hinzufügen. Sie schiebt es auf die Krankenschwestern und die Ärztin: In ausufernden Wiederholungen hatten sie ihr erklärt, wie und wo und in welchem Fall der Notrufknopf zu betätigen sei, so detailliert haben sie sie auf die Geräusche vorbereitet, dass ihr nichts anderes übrigbleibt, als Angst zu bekommen.

Außerdem ist da das Warum. Warum sie in dieser Röhre liegt. Ein Hämmern hört, das in die Schläfen dringt, sodass sie meint, ihr Blut pulsieren zu spüren, und den gelben Notrufknopf – ein gelber Notrufknopf, geht ihr durch den Kopf, warum nicht rot? – anstarrt, als würde allein sein Vorhandensein sie retten können. Den Gedanken, warum sie hier liegt, muss sie beiseiteschieben, und sie versucht genau das: ihn zu schieben, bildlich, wie eine Schiebetür stellt sie sich ihn vor, eine schwarze. Sie schiebt mit beiden Händen, die Tür klemmt zunächst, dann gibt sie plötzlich nach.

Dann schiebt der Gedanke sich zurück. Sanela schließt die Augen und sieht den gelben Knopf auch vor den geschlossenen Lidern. Es heißt jetzt, in andere Welten zu gehen. Warm, denkt Sanela.

Istanbul, Akkan. Es ist so lange her, sie rechnet lieber nicht nach. Die Musik strömt aus allen Richtungen, selbst wenn keine spielt, hört sie die Melodien. Der Shisha-Geruch in der Nase, der sie schwindelig macht, aber manchmal ist ihr – es kann auch an der Shisha liegen –, als schwanke alles um sie herum. Die Farben, die flimmernden, die Matratze, die viel zu weiche, das Hotel hat billig und dreckig zu sein, das Wasser des Bosporus. Sie erinnert sich an Details, die ineinander übergehen wie Farben, nicht an Ereignisse. Akkan trug Cowboystiefel, schwarze, sie sieht die polierten Stiefel auf einem samtroten Diwan, sein Arm liegt sicher um ihre Schulter, auch wenn sie sich an seine Stiefel besser erinnert als an seinen Arm, und nichts stört sie, auch nicht seine männliche Überheblichkeit, die sie danach nie wieder bei einem Mann geduldet hat. Der Fischgeruch. Sie essen den Fisch von Plastiktellern, ein Straßengrill, dazu frisches Brot und Salat, es muss phantastisch geschmeckt haben, aber an den Geschmack erinnert sie sich nicht, nur noch an den Geruch. Die Muezzins, natürlich, wie Musik. «Pssst», sagt sie zu Akkan, wann immer die Muezzins zum Gebet rufen, ihr ist, als riefen sie sie. Akkan lacht sie aus, das sind doch nur die Muezzins, obwohl er, der Moslem, er posiert gern, in Istanbul keinen Alkohol trinkt. Die Frauen, die schönen, unter den Kopftüchern. Sie hätte sich gern eine Burka gekauft, um manchmal nicht mehr sein zu müssen, aber sie bringt den Mut nicht auf, Akkan zu fragen, wo sie eine bekommt. Männlichkeit und Religion darf eine Frau nicht verletzen. Die Rufe der Muezzins vermischen sich mit den hupenden Autos, der schroffen, stolzen Sprache, manchmal, im Hotel, auch mit ihrem eigenen Stöhnen. Wenn sie sich richtig erinnert, nahm Akkan sie von hinten.

Sanela weiß immer noch, dass sie in einer Röhre liegt, sie weiß es einfach, sie sieht einen gelben Notrufknopf, dessen Farbe sie nach wie vor verwirrt, und sie weiß auch immer noch, warum sie hier liegt. Aber es ist besser geworden.

Der Wind zerwühlte ihr die Haare, die Sonne schien, genug von Akkan. Von Akkan muss sie immer zu Clemens springen.

Ein Gespräch, das aus Wortfetzen besteht, die zusammen einen Sinn ergeben, so wie alles in dieser Röhre einen neuen, sonderbaren Sinn zu ergeben scheint. Sie sitzen in Hamburg in einem türkischen Straßencafé, trinken türkischen Tee, vielleicht deshalb die Erinnerung jetzt, sie nimmt drei Stück Zucker, um Clemens zu zeigen, dass er Deutscher ist. Manchmal muss sie das. Sie sprechen von Liebe, Clemens klopft mit seinen langen Fingern auf den Tisch, immer schienen ihr seine Fingernägel einen Tick zu lang für einen Mann, sie wollte es ihm sagen, in all diesen Jahren, dann starb er plötzlich. Das Gespräch ist ein philosophisches. Clemens stellt die Frage nicht. Aber er stellt fest, dass er die Frage nicht stellt.

«Ich frag dich jetzt lieber mal nicht.» Clemens trägt eine Sonnenbrille, sie nicht, und das findet sie ungerecht. Clemens ist unerträglich.

«Was?»

Das sind die Wortfetzen. Sogar seine Stimme, wie auch ihre eigene, meint sie zu hören, aber es könnte auch das Hämmern in ihren Schläfen sein, das sie verwirrt.

«Na, die offensichtliche Frage, wenn man von Liebe spricht.»

«Nee, das fragst du mich lieber mal nicht.»

Es hämmert nicht in den Ohren, wie sie vorausgesagt haben, es hämmert in den Schläfen, da ist sie sich sicher. Vielleicht sind ihre Trommelfelle geplatzt, vielleicht ist sie nun taub, vielleicht spürt sie jetzt Geräusche, so wie Gehörlose angeblich Musik durch Vibrationen spüren. Sanela ist verwirrt. Die Verwirrung hilft dem Vergessen auf die Sprünge.

Akkan hatte diese traurigen dunklen Augen, manchmal krempelte er seine Hemdsärmel hoch, verschränkte die behaarten Arme vor der Brust und starrte ins Nichts, als sei er soeben verlassen worden, dabei war er immer derjenige, der verließ. Clemens hatte diesen lockeren, entspannten Gang, ihn bekümmerte nichts, und nichts trieb ihn an. Von ihr hatte Großmutter schon damals gesagt, sie laufe wie ein Bauarbeiter. Großmutter, die sie dafür verflucht hatte, dass sie kein Junge geworden war, beschwerte sich bei ihrer Mutter darüber, Sanela hörte mit, wunderte sich und verspürte Stolz: Es war doch ihr eigener Gang. Sanela schläft nicht mehr mit Türken. Wie sie auch nicht mit Serben schläft, ihrem Vater zuliebe. Sie ist sich sicher, obwohl sie nicht an Gott glaubt, dass ihr Vater sie beobachtet, und ebenso sicher ist sie, dass ihm, was er von ihrem Leben sieht, nicht gefällt. Also lässt sie keine Serben in ihr Bett, so viel will sie ihm geben. Mit Asiaten schläft sie auch nicht und ist sich des Rassismus in dieser Entscheidung bewusst. Sie findet sie einfach nicht attraktiv.

Sie hat sich an das Hämmern in den Schläfen gewöhnt. Der Notrufknopf ist gelb. Sie möchte noch eine Weile in dieser Röhre liegen bleiben.

Männer lernt Sanela im Theater kennen. Sie sprechen sie

an, sie selbst muss sich keine Mühe geben. Sie wirkt. Sie lächelt, schreitet durch Räume, manchmal fährt sie sich durch die Haare. Männer blicken sie an. Manche nimmt sie mit. Es ist eine Frage der Lust. Aber niemals Türken, niemals Serben. Eine Weile schlief sie nicht mit Deutschen, sie wollte Clemens nicht untreu werden. Eine Weile schlief sie mit niemandem, Niels-Tito war, was der Kinderarzt und die Hebamme ein Schreibaby nannten, sie schlief eigentlich überhaupt nicht, machte alles selbst. Das gefällt ihr: dass sie immer alles selbst macht.

Auch deshalb möchte sie noch eine Weile in dieser Röhre liegen bleiben.

Einmal hat Niels-Tito sie gefragt: «Mama, möchtest du einen Mann haben?»

Sie saßen auf einer Bank auf einem Spielplatz. Immer saßen sie auf Spielplätzen auf Bänken, beobachteten, kommentierten und unterhielten sich.

«Nein.» Sie sagte nicht, ich habe ja dich. Manche Fehler lassen sich glücklicherweise vermeiden.

«Weil du mich hast?», fragte Niels-Tito.

Beide scharrten sie mit den Füßen im Gras. Beide trugen sie schwarze Sneakers, sie Größe 39, er Größe 34. Er hatte große Füße wie sein Vater, er hatte blonde Haare wie sein Vater.

Sanela ist schon immer der Ansicht gewesen, dass es besser sei, keine Antworten zu geben als unüberlegte. Sie schwieg. Niels-Tito ist niemand, der sich am Schweigen stören würde, man könnte sagen, es ist sein Lieblingszustand.

Sie ließ sich Zeit. Dann sprach sie die Wahrheit: «Nein. Ich glaube einfach nicht, dass es einen Mann gibt, mit dem ich es lange gut hätte. Jemand, den ich interessant fände. Jemand, der mich begeistern könnte. Jemand, dem ich mit Respekt begegnen würde.»

Niels-Tito nickte, als habe er verstanden, oder hatte er verstanden? Als es zu tröpfeln begann, standen sie gleichzeitig auf und trabten wortlos nach Hause.

Der Lärm verschwindet so plötzlich, wie er begann. In ihren Schläfen hämmert es noch nach, Phantomgeräusch. Sie ahnt mehr, als dass sie spürt, wie sie hinausgefahren wird, das Licht blendet, im Licht verschwimmt das Gesicht der Schwester, und sie meint, in dem Weiß Niels-Titos Gesicht vor sich zu sehen. Das Pathos dieses Gedankens schiebt sie auf den Hirntumor.

Sie wird bald Hilfe brauchen.

Puzzle

Bevor der Schock kam, war Erleichterung. Diese Puzzleteile, die plötzlich ihren Platz fanden. Sie stellte sich das folgendermaßen vor: Puzzleteile, große, dicker Karton, die von irgendwo oben heruntersegelten und sich in diesem langsamen, wie bewussten Flug ihren Platz suchten, bis man dieses Aha-Erlebnis hatte. Ach, deshalb. Es ging nicht darum, das entstandene Bild zu mögen. Es ging um Vollständigkeit.

Kopfschütteln, in dessen Heftigkeit bereits das Hilflose wie das Aussichtslose des gesamten Unterfangens steckte: So etwas ließ sich nicht abschütteln. Auch nicht im Kopf. Nicht aus dem Kopf heraus.

So etwas war ein guter Name. Für Krankheiten im Allgemeinen.

Die Puzzleteile, die plötzlich ihren Platz gefunden hatten, waren:

Diese Momente, in denen die Welt gekippt war. Entweder nach links oder nach rechts, nie zu beiden Seiten, immer langsam. Sodass man, bis man von so etwas gewusst hatte, sich auch hat sagen können: Das kam dir jetzt aber nur so vor. Es war, als kippte die Welt in der äußersten Ecke des Auges, im Weiß, nicht in der Pupille.

Das Vergessen. Nicht nur das einfache Vergessen von Dingen, das Handy auf dem Tisch oder die Autoschlüssel im Auto – das ließ sich noch als charmant, verträumt verkaufen. Das Vergessen von Menschen stellte schon vor größere Herausforderungen. Diese Chefin, die man noch niemals gemocht hatte. Hassen wäre zu viel Aufwand gewesen, aber einen Namen hatte sie gehabt, und der Name war abends wiederaufgetaucht, während sie die Tagesschau guckte. Die Straße, in der ... Manchmal entfielen ihr der Straßenname und der Grund, warum man diesen wissen sollte, auf einmal. Das machte das Leben einfacher wie auch schwieriger, meist beides nacheinander: Erst musste man an den Straßennamen nicht mehr denken, weil man ja nicht wusste, wozu. Was soll schon mit der Straße gewesen sein? Später, es konnten Minuten, Stunden oder Tage vergehen: Ach ja, die Adresse des Kinderarztes, sie hätte das Rezept holen sollen. Oder, peinlicher, die Freundin, mit der man verabredet war. Ja, ich bin auf dem Weg, ich stehe nur im Stau. Und sich dann schnell aufs Fahrrad setzen und losfahren. Stau, auf dem Fahrrad? Darüber hinweglachen. Hinweglachen als Maßnahme, als dauernd wiederholte.

Natürlich waren da auch Kopfschmerzen gewesen. Sie kannte Migräne, also bitte. Und dennoch: Die Augen drohten herauszufallen. Sie konnte die Fontanelle spüren, weil der Kopf exakt an dieser Stelle zerbersten wollte. Das Zerbersten schien Besserung zu versprechen. Meistens kam der Schmerz abends. Das Kind, zum Glück, schon im Bett. Einmal blieb sie auf dem Küchenboden liegen. Der Weg von der Küche ins Schlafzimmer: fast vier unüberwindbare Meter.

Eins, zwei, drei Puzzleteile.

Nummer vier: die Wut, aber nicht die übliche. Diese Wut begann in den Fingerkuppen und endete in den Handgelenken. Mit anderen Worten: Sie musste körperlich werden. Eine Vase gegen die Wand. Das Telefon, das teure. Mit dem Besen gegen die Wand, der plötzliche Wunsch, einen Baseballschläger zu besitzen und zu benutzen, unsachgemäß. All das übrigens nur, wenn das Kind nicht zu Hause war. Sie versuchte trotz allem, eine Mutter zu sein. Fäuste aufs Kissen brachten keinerlei Erleichterung, aber dafür Fäuste gegen den eigenen Kopf, bis es schmerzte.

Nummer fünf: Nummer fünf hatte sie vergessen, aber sie wusste, es hatte eine Nummer fünf gegeben.

Kotzen. Kurzzeitiges Taubheitsgefühl – manchmal eine Hand, als hätte sie darauf geschlafen, manchmal eine ganze Körperhälfte, meistens die rechte. Wenn sie sich über das komische Sticheln ausreichend gewundert hatte, war es auch schon vorbei. Taub, manchmal auch klassisch die Ohren. Mama, sag mal, bist du eigentlich taub? Hörst du mir zu? Ja, tue ich doch.

Die Kälte. Diesen Sommer trug sie ihre geliebten Kaschmirpullover. An manchen Tagen, an denen sie einen dieser Pullover trug, redeten sie von Rekordhitze. Und die blauen Flecken: Die Möbel standen nicht mehr da, wo sie schon immer gestanden hatten. Die Einbauküche verschob sich, jeden Tag ein bisschen. Sie stieß dagegen, natürlich, weil sie ja genau wusste, wo die Einbauküche gestanden hatte, bevor sie sich um ein paar Zentimeter verschob. Stühle wanderten übrigens auch. Das Kind fand es urkomisch:

Sie streckte den Hintern aus, ging in die Knie, um sich auf den Stuhl plumpsen zu lassen, und landete auf dem Boden. Seine Mutter, eine Komikerin. Das machte einiges wieder wett. Für das Kind.

Eine Krähe. Und eine Katze

Wenn Sanela Gedanken nicht ertrug, sperrte sie sie ein. Das ging gut. Ein paar dieser Gedanken waren banal. Dazu gehörten:

Menschen waren böse, abgrundtief.

Geld regiert die Welt.

Einen Weltfrieden wird es niemals geben.

Ihr Land existiert nicht mehr. Also auch nicht zu Hause, im Sinne von *doma*.

Nur wenige Menschen verstehen ihren Humor. Sie hatte die fassungslosen und verunsicherten Blicke der anderen in derselben Schublade verstaut wie den Weltfrieden, den es niemals geben würde. Aber wer wollte schon, dass man seinen Humor verstand. Wer hatte es nötig.

Neben Banalitäten gab es persönliche Dinge, die es einzusperren gegolten hatte: dass Niels-Tito anders war, auf die gute Weise. Die Tatsache, dass die meisten Menschen den Unterschied zwischen anders auf die gute und anders auf eine ungute Weise nicht verstanden, lag ebenfalls in einer Schublade.

Ihre Mutter war tot.

Ihre Großeltern waren tot.

Es machte keinen Sinn, alle, die tot waren, aufzuzählen.

Dass und warum sie selbst nicht tot war, war selbstverständlich auch eingesperrt worden.

Niels-Tito fragte nicht nach seinem Vater, höchstens gelegentlich, ob sie ihn vermisste. Jedes Mal log sie.

Sie vermisste niemanden, außer ihren eigenen Vater. Auch der war tot.

Schubladen konnte Sanela schließen. Mehreren Psychotherapeuten hatte sie im Laufe ihres Lebens den feinen Unterschied zwischen Verdrängen und Abschließen zu erklären versucht. Sie schloss ab. Und dann zog sie ihre Jeansjacke an, band sich einen ihrer bunten Schals um den Hals, steckte sich ihre Zigaretten in die Tasche und verließ das Haus. Sie lächelte der Nachbarin im Hausflur zu, der Bäckerin, dem Mann, der ihr seinen Platz in der U-Bahn anbot, ihrem Kollegen, ihrer unmöglichen Chefin, Niels-Titos Lehrerin, seiner Ergotherapeutin. Sie lächelte sie in einer Weise an, dass sie sich sicher sein konnte, mindestens einer von ihnen würde später an jenem Tag sagen oder zumindest denken: «Die strahlt ja so viel aus, da bekommt man gleich gute Laune, wenn einem jemand so begegnet.» Dieses Wissen beruhigte sie.

Warum es sie beruhigte, konnte sie nicht erklären.

In dem Moment, in dem Dr. Stark den Satz ausgesprochen hatte, hatte sie gewusst, dass auch dieser Satz in eine Schublade eingesperrt werden muss, und deshalb hatte sie ihn noch einmal und noch einmal und noch einmal im Kopf wiederholt, während Dr. Stark weitersprach. Von Chemotherapie, von Strahlen, von Nebenwirkungen, vom MRT und CT und weiteren Abkürzungen, und er sah nicht und sah deshalb auch nicht ein, dass sie nicht zuhören konnte, weil sie damit beschäftigt war, den Satz zu wiederholen, bevor sie ihn einsperren würde. Sie wiederholte ihn still, dann auch laut: «Das ist leider ein außerordentlich angriffslustiger Tumor.» Außerordentlich, was für ein ulkiges Wort. Als sei der Tumor mit seiner Angriffslust aus der Ordnung geraten.

«Wie bitte?» Dr. Stark war verwirrt. Er hatte gerade die möglichen Chemo-Zyklen in einen Kalender eingezeichnet. einundzwanzig Tage, dann fünf Tage Pause.

Sie sagte noch einmal: «Das ist leider ein außerordentlich angriffslustiger Tumor. Das hatten Sie doch gerade gesagt, ich habe es nur wiederholt.»

Er verstand immer noch nicht. Möglicherweise der richtige Moment, um den Satz einzusperren.

Niels-Tito. Das tat weh. Sie gab sich Mühe, außerordentlich Mühe, nun doch hinzuhören, auch wenn die Abkürzungen und Fachbegriffe sie ärgerten und das Zuhören erschwerten.

Neuroepithelial-Astrozytärer Tumor-Marklager-Proliferationsaktivität-Tp53-Protein-Glioblastom-U87MG-Rezidiv-Aphasie-Somnolenz.

Dr. Stark gab ihr vier Faltblätter und fünf Rezepte mit. Zwei der Faltblätter waren von Selbsthilfegruppen: eine für Betroffene, eine für Angehörige. Sie las «getroffen» statt «betroffen».

Selbsthilfegruppe Hirntumor, Betroffene.

«Guten Tag, mein Name ist Sanela, und ...»

Auf dem Weg aus der Praxis wollte sie sich übergeben. Sie wollte, musste aber nicht. So stand sie über der Kloschüssel und versuchte zu würgen, steckte sich sogar zwei Finger in den Hals, weil sie sich sicher war, diese Nachricht erfordere eine Reaktion, wahrscheinlich eine körperliche.

Entscheidungen werden getroffen werden müssen. Vorgangspassiv Futur I mit Modalverb.

Einmal hatte es diese Krähen gegeben.

Niels-Tito war sechs Jahre alt gewesen. Das Krähenpaar hatte vier Wochen lang an seinem Nest gebaut, verbissen und gewissenhaft, als gäbe es keine Welt mehr außerhalb diesem Gewirr von Ästen, zwischen denen das Nest hing. Nicht den Regen, nicht den Wind, nicht die Sonne, nicht die Dunkelheit und nicht Sanela, die auf dem Balkon saß und ihnen dabei zuschaute.

Bewundernd, neidisch beinahe.

Den Balkon betrat Sanela, um Kaffee zu trinken und eine Zigarette zu rauchen. Früh am Morgen und dann nicht mehr so früh am Morgen noch einmal, nachdem sie Niels-Tito zum Kindergarten gebracht hatte, auch nachdem sie ihn wieder abgeholt hatte, am frühen Abend, am späten Abend und auch am ganz späten Abend. Und zwischendurch.

Niels-Tito durfte nicht auf den Balkon. Er durfte morgens sein Frühstücksbrot in elf Stücke schneiden, später seine Schuhe zu binden versuchen, nachmittags einen Zeichentrickfilm sehen und abends alleine baden, während sie auf dem Balkon saß, Kaffee trank und rauchte. Dann schlief er.

Der Balkon gehörte Sanela. Die Männer, die in mancher Nacht in ihrem Bett schliefen und wieder verschwanden, bevor Niels-Tito pünktlich um halb sechs zu ihr getapst kam und sich in ihr Bett legte, immer unbedingt so, dass sie beide sich nicht berührten, durften ebenfalls auf dem Balkon rauchen. Nach der Zigarette verschwanden sie meistens und kamen nur selten noch einmal, und der Balkon gehörte trotz dieser seltenen Besucher letztendlich nur Sanela.

Eines Tages war das Krähennest fertig, und kurz darauf schlüpften die Jungen, ein natürliches Familienmodell. Sanela saß auf dem Balkon, rauchte ihre Zigarette und trank ihren Kaffee und sah den beiden Krähen, der Mutterkrähe und der Vaterkrähe, dabei zu, wie sie ihre Jungen fütterten: abwechselnd. Die Jungen streckten ihre kleinen Schnäbelchen aus dem Nest und verschlangen die Würmer. Aktive Vaterschaft.

Sie vermisste Clemens auch in diesen Momenten nicht.

Niels-Tito durfte nicht auf den Balkon und bekam deshalb weder den Nestbau noch die Krähenjungen noch deren umsorgende Kräheneltern zu sehen und somit auch nichts mit vom Naturkreislauf, der da im Baum in ihrem Innenhof seinen Gang ging.

Die Krähenjungen machten, immer vernehmbarer, Piep-Piep-Piep. Niedlich. Und rührend irgendwie.

Sanela las Niels-Tito «Was ist was?»-Bücher über vergleichbare Naturkreisläufe vor und war sich ihres mangelnden Einsatzes als Mutter bewusst.

Aber es war ihr Balkon.

Eines Nachts, es war in einer Nacht, in der sie ihr Bett mit keinem Mann und noch nicht mit ihrem Jungen teilte, wurde sie plötzlich geweckt. Krähengekreische, gellend. Ihre Ohren schienen hier im gellenden Dunkeln zu schmerzen. Sanela musste an Messer denken. Um nicht an Messer zu denken, zwang sie sich, an Katzen zu denken.

Sie musste außerdem an Frau Tomić denken, die früher im Dorf im Haus neben ihrer Großmutter gelebt hatte, damals. In dem gelben, mit den roten Giebeln. Frau Tomić hatte damals bereits allein gelebt, aber das Haus hatte ihr Sohn noch gestrichen, bevor er zu den Hrvatska vojska gegangen war. Bevor es die Hrvatska vojska gebraucht hatte. Sanela erinnerte sich, ihm beim Streichen zugesehen und den Geruch der gelben und der roten Farbe sofort geliebt zu haben. Er war recht früh und aus tiefster Überzeugung den Hrvatska vojska beigetreten, und seitdem hatte ihn niemand mehr gesehen, und alle wussten, sie würden ihn auch nie wiedersehen. Frau Tomić hatte, seit sie ihren Sohn zum letzten Mal gesehen hatte, nie mehr den knallroten Lippenstift wie früher aufgetragen. Sanelas Großmutter hatte erklärt, etwas Schlimmeres könne einer Mutter nicht zustoßen, und hatte sich zweimal bekreuzigt. Daran hatte Sanela gedacht, als sie, dreizehn Jahre alt, eines Nachts von den Schreien wach wurde, in jener Nacht war es, der der Morgen folgte, an dem sie von den Messern hörte. Tomić war ein auf den ersten Blick erkennbar kroatischer Name, und die Männer, die mit den Messern gekommen waren, hatten den Klang kroatischer Namen nicht gemocht. Die Hrvatska vojska, Menschen, die ihr freiwillig beitraten, hatten sie ebenfalls nicht gemocht, und deren Angehörige genauso wenig. Sanela sagte sich am nächsten Morgen, nachdem sie von den Messern gehört hatte, das Schlimmste, was ihr geschehen konnte, hatte Frau Tomić ja bereits er- und überlebt. Dann suchte sie ihr Springseil und hüpfte. An diesem Tag in ihrem Zimmer anstatt wie sonst im Hof. Dort saßen ihre Großmutter und die anderen Frauen aus dem Dorf, schüttelten ihre Köpfe, trockneten ihre Tränen nicht, wimmerten und stöhnten, beteten und bedankten sich ausführlich bei Gott, dass sie all das noch tun konnten.

In der Nacht, als die Krähen kreischten, zwang sich Sanela, die Augen wieder zu schließen. Auch als die Männer mit den Messern Frau Tomić aufgesucht hatten, hatte sie die Augen wieder geschlossen. Aber vorher, zur Sicherheit, die Nachttischlampe angeknipst.

Sanela schlief nach dem Krähenkreischen wieder ein, und als sie morgens aufwachte, waren da Niels-Tito, ein Müsli, das zubereitet, elf Obststücke, die für das Müsli geschnitten werden mussten, da waren die Nachrichten im Radio, da war ein Brot, das für den Kindergarten geschmiert, und Haare, die gewaschen gehörten. Es dauerte also eine halbe Stunde, bis Sanela endlich mit ihrem grünen Kaffeebecher den Balkon betrat. Es dauerte noch einmal so lange, bis sie sich hinsetzte, eine Zigarette aus der Packung zog, die auf dem kleinen Tischchen auf sie wartete, sie anzündete und aufschaute, bis sie wieder an die Krähen dachte.

Der feine Verdrängungsmechanismus ihrer Psyche, ein Wunderwerk geradezu. Schubladen, abgeschlossene.

Es war ganz still. Da war eine Krähe, die wie ziellos den Baum umkreiste, aber nicht darauf landete. Das Nest war noch da. Im Nest die toten Jungen. Unten, auf dem Boden, lag eine schwarze Vogelleiche.

Die Nachbarskatze hatte oranges Fell und hörte meist nicht auf den Namen Luca.

Sanela war unendlich froh, Niels-Tito diesen Naturkreislauf erspart zu haben. Sie war eine gute Mutter, auf die unkonventionelle Weise.

Neuroepithelial und Glioblastom, dachte sie, nachdem sie sich nicht übergeben hatte, waren Begriffe, die der Junge nicht lernen musste. Diesen Lauf der Natur würde sie ihm ersparen, zumindest, solange es ihr möglich war. Auf dem Rückweg kaufte sie Milch für den Kaffee und eine Tiefkühl-Salami-Pizza zum Abendessen. Der Junge würde sich über die Pizza freuen.

Brief II

Hochverehrter Nils Liebe,
so ging es doch, oder?
Ach, seien wir doch mal ehrlich: So ging es. Fragezeichen sind nichts für uns beide. Deshalb noch einmal:

Hochverehrter Nils Liebe,
so begann ich meine Briefe damals und setze es heute fort. Ich hoffe, dieser Brief trifft Sie in bester Gesundheit und ausgelassener Freude, trifft Sie in einer Verfassung, in der Ihnen das Leben angenehm und der Alltag, trotz der Öde und Monotonie, die Sie, so nehme ich an, immer noch fürchten, erträglich, gar genießbar erscheint. Nils, lieber Nils, geht es dir gut?

Hochverehrter Nils Liebe,
ich wünschte, es gäbe eine Erdkundestunde, vor der ich dir diesen Brief überreichen könnte, ich wünschte, das Leben ließe sich weiterhin in «nach der Schule», «in den Ferien» und «am Wochenende» einteilen, in «vor Mathe» oder danach. Ich wünschte, ich stünde vor Auf-

gaben, die man mit einem Gleichheitszeichen und einem Geodreieck lösen könnte. Ich wünschte, Aufgaben blieben nur dann unlösbar, wenn man das Geodreieck zu Hause vergessen hat. Oder den Zirkel. Ich wünschte.
Aber von Wünschen soll dieser Brief nicht handeln.
Wovon denn dann?

Hochverehrter Nils Liebe,
glauben Sie mir, wenn ich es Ihnen sage, dass ich Ihrer stets gedachte, jeden einzelnen Tag? Und ich wünschte, obwohl dieser Brief doch von Wünschen nicht handeln soll, der darin enthaltene schwärmerische Überschwang ließe sich diesem Satz irgendwie entziehen. Denn, obwohl ich über Sie nichts annehmen sollte, so meine ich doch, davon ausgehen zu können, und kann diesen Gedanken aus meinem Kopf nicht verbannen, dass Sie als der Mensch, der Sie geworden sind, diese Art von schwärmerischem Überschwang aus tiefster Überzeugung verachten.
Der Mensch, der Sie geworden sind. Als wären Sie früher kein Mensch gewesen. Als wärest du, zwischen Erdkundestunde und Mathetest, nicht mehr Mensch gewesen als die meisten, die mir seitdem begegnet sind.
Und wieder dieser Überschwang.

Hochverehrter Nils Liebe, Briefe zu schreiben, gehaltvolle, interessante Briefe gar, scheint mir nicht zu liegen. Wann habe ich den letzten Brief verfasst? Ich schreibe zwei Briefe im Jahr. Einen an meinen Vater, der zu tot ist, um ihn zu lesen. Und einen an jemanden, der Niels-Tito heißt und zu klein ist, um ihn zu lesen.

Hochverehrter Nils Liebe, der Sie heute sind. Es schreibt Ihnen Ihre alte Freundin, Sanela, die heute ist. Es gebietet sich meinem Verständnis nach, einem alten Freund, der nicht alt ist, wie man es im Alter wird, aber so alt, dass man ihn auf der Straße wohl nicht mehr erkennen würde, zu Beginn des Briefes zu erklären, warum man diesen Kontakt aufzufrischen sich entschlossen hat. Um den Adressaten im Anschluss auf den neuesten Stand des eigenen kläglichen Lebens zu bringen. Und ich denke, ich werde uns beides ersparen.
Ich schreibe dir, weil ich dir schreiben will, und ich bin, wie ich bin, nachdem ich war, wo ich war.
Beim Schreiben bin ich nicht in meinem Kopf, sondern im vermeintlichen Ihren. Was denken Sie? Zu pathetisch? Sind Sie vielleicht ein völlig anderer Mensch geworden als der, den ich in diesen Zeilen anschreibe?
Sie hatten mich in die Berge, Schweiz, geschickt, eine Klinik, in der ich mich von dem Gedanken erholen sollte, nicht mehr sein zu wollen. Die Lust zu leben kehrte nicht wieder, aber zumindest die Kraft. Später waren da natürlich Männer, die Jungs ließ ich aus, einer, der mein Herz zu brechen versuchte, viele, deren Herzen ich brach, und einer starb mir weg. Da waren Jobs, von Kellnern bis zum Jodeln, ich habe studiert und immer weiter gelesen, ich habe kurz einen blauen Fiat Panda besessen, spät angefangen zu rauchen, in Südamerika war ich noch nie. Ich arbeite am Theater, und jeden Morgen schreibe ich ein Gedicht. Da ist ein außerdem ein Junge.
An dem Tag, an dem wir uns zum letzten Mal sahen, trugst du ein schlichtes rotes T-Shirt mit einer Brusttasche rechts. Irgendwann, es ist nun auch schon

mehrere Jahre her, habe ich ein ähnliches T-Shirt in einem Kaufhaus entdeckt und es sogleich erworben. Ein schlichtes rotes T-Shirt mit einer Brusttasche rechts. Ich trug es häufig und gern, obwohl meine Farben de facto gar keine Farben sind: Ich trage Schwarz und Grau und bunte Halstücher. Das rote T-Shirt mit der Brusttasche rechts ist inzwischen zu einem Schlaf-T-Shirt degradiert worden. Nachts trage ich es.
Würde ich diesen Brief auf einem Computer tippen, so hätte ich den letzten Satz gelöscht. Aber ich schreibe mit einem Füller, den ich jemandem entliehen habe, den ich liebe. Er weiß nichts davon. Er verleiht nicht gerne, aber aus anderen Gründen.
An dem Tag, an dem wir uns zum letzten Mal sahen, wusste ich, und ich schämte mich und ärgerte mich und freute mich, dass nur ich wusste, dass dies der letzte Tag sein würde, an dem wir uns sahen. Weshalb ich mir auch die kleinen Details zu merken versuchte: das Rot des T-Shirts, die zwei Kugeln Eis, die wir uns teilten, Pistazie und Rumkrokant, Rumkrokant wegen des Rums, den wir probieren wollten, und du mochtest Pistazie lieber, die Neuronen-Theorie, von der du mir erzähltest, und der Stein, auf den wir uns setzten, der Unterschied zwischen «vergangener» und «letzter», den du mir hinterher erklärtest. Es ist nicht so, dass das nicht reichte, ich fühlte nichts. Das Grab hatten wir auch nicht gefunden. Ich hatte nichts. Der erste Therapeut, mit dem ich zu sprechen gezwungen wurde, fragte mich, ob es jemandem gebe, den ich gerne um Verzeihung bitten würde. Dafür, was ich ihm angetan hatte. Ich dachte bei dieser Frage an dich. Nicht weil ich den Wunsch oder

Drang verspürte, mich bei jemandem zu entschuldigen, auch bei dir nicht, sondern weil ich darüber nachdachte, wie du wohl den Unterschied zwischen «Entschuldigung» und «Verzeihung» erklären würdest, und weil ich dachte, dass das Verb «antun» dir sicherlich aufstoßen würde. Warum verlangte es ein Dativ-Objekt, warum war es kein reflexives Verb? Es ging doch in erster Linie um einen selbst. Diese Frage stellte ich übrigens jenem Therapeuten, und er nahm sich ein paar Sekunden Zeit, um den Unterschied zwischen Dativ- und Akkusativ-Objekt klarzumachen, und wollte im Anschluss wissen, ob ich mit der Grammatikfrage eine Mauer aufbauen wolle, hinter der ich mich verstecken könne. Ich denke, den Rest erspare ich dir.

Hochverehrter Nils Liebe,
meine Tante und mein Onkel sind aus der Stadt, in der wir beide gelitten hatten, in eine andere Stadt gezogen, in der ich litt, nachdem ich aus den Bergen zurückgekehrt war. Nein, ich suchte Sie nicht. Das Warum ist dem Leiden geschuldet. Meine Tante ist vor elf Jahren verstorben. Krebs. Meine Mutter, meine Tante, wer ist als Nächstes dran? Ich war dem Krebs in dem Fall dankbar und würde nun gerne schreiben, dass ich ihretwegen keine Träne vergossen habe, aber das entspräche leider nicht der Wahrheit. Doch ich habe mich, das versichere ich Ihnen, über jede einzelne meiner Tränen geärgert.

Hochverehrter Nils Liebe,
ich schreibe hier und schreibe und weiß doch nicht, was. Ich denke an Sie mit den wärmsten Gefühlen der Freundschaft und Dankbarkeit für Ihr mancherlei Verstehen.

Hochverehrter Nils Liebe,
ich schicke Ihnen ein «e» für Ihren Namen. Nils geht auch mit «e».
Mit größtem Respekt und bewundernder Hochachtung verbleibe ich
Sanela, die Ihre
PS: Ich werde mich der unzähligen PS, die in meinem Kopf herumschwirren, enthalten.

Pfützen

Nils Liebe versuchte, Enttäuschungen aus dem Weg zu gehen, wie andere Leute Pfützen ausweichen. Wie beim Schachspiel plante er voraus: Er ging Menschen, deren Gesellschaft ihm keine garantiert inspirierenden Gespräche versprach, aus dem Weg. Er las nicht das zweite Buch eines Autors, dessen erstes ihn begeistert hatte. Er mied Orte, von deren Atmosphäre oder Schönheit er schon so viel gehört hatte, dass sie ihn nur langweilen konnten. Alles, was hoch gepriesen wurde. Erlebnisse, auf die man zu lange gewartet hatte. Sex ist ein gutes Beispiel: Er liebte Sex, ohne Zweifel, hatte nach dem ersten Mal dennoch gedacht: Und deshalb das ganze Theater? Er hatte sich im letzten Moment zusammengerissen und diese Frage nicht laut gestellt. Obwohl sie eine interessante gewesen wäre.

Drohende Enttäuschungen konnte Nils Liebe ziemlich gut vorhersehen. Aber dann dieser Brief. Diese Sanela. Der Brief lag vor ihm, auf dem Küchentisch, und das schon seit einer Stunde. Das fotografische Gedächtnis ersparte ihm überflüssige romantisierte Handlungen wie das wiederholte Lesen eines Briefes. Also saß er nur.

Ein paar Tage später schrieb er zurück. Er nahm sich mehrere Stunden Zeit und schrieb den Brief in Zitaten, nicht um zu prahlen, sondern um ihr eine Freude zu machen. Er zitierte Persönlichkeiten, die Sanela damals gemocht hatte. Ein paar stammten von Autoren, von denen er dachte, sie könnte sie inzwischen mögen. Unter anderem Susan Sontag. Aus Gründen, über die er sich nicht die Mühe machte nachzudenken, ging er davon aus, dass Sanela starken Frauen Respekt entgegenbrachte.

In der Woche, nachdem er den Brief abgeschickt hatte, schaute er nicht in den Briefkasten, um eine Enttäuschung zu vermeiden, länger hielt er nicht durch. Zwischen Rechnungen, Zeitschriften und Werbeprospekten fand sich nichts, was eine persönliche Handschrift trug. Nils Liebe musste einige Tage später verreisen, bestrafte sich selbst für den verfrühten Blick in den Briefkasten, indem er sich vor der Abreise keinen weiteren erlaubte, und fand, als er zurückgekehrt war, in einem Briefumschlag ohne Absender eine Eintrittskarte zu einer Podiumsdiskussion über Susan Sontag vor, auf dem ein schlichtes gelbes Post-it klebte: «Sprich mich nicht an. Aber bring was zum Schreiben mit.» Sie spielten sich Bälle zu. Er klebte das Post-it an den Kühlschrank, steckte die Eintrittskarte ins Portemonnaie, tauschte einen Termin, über den er an dem betreffenden Abend hätte berichten sollen, mit einem Kollegen und wusste, Sanela könnte keine Enttäuschung werden.

Susan Sontag

Alleine schon aus beruflichen Gründen besuchte Nils Liebe häufig alleine Veranstaltungen jeglicher Art, nicht nur Pressekonferenzen, sondern auch Vorträge, Diskussionen, Tagungen, Konferenzen, Theater-, Opern- und Ballettaufführungen, Lesungen, Konzerte und jede andere Möglichkeit von Ereignis, bei der sich die vermeintliche Bohème der Stadt traf. Ein Großteil dieser sich selbst dafür haltenden Bohème war ihm persönlich bekannt, und so traf er auch diesmal bereits im Foyer einen Kollegen aus seiner Redaktion, zwei von konkurrierenden Zeitungen, den Intendanten des Hauses, eine Künstlerin, zwei Fotografen und ein paar Leute, die sich selbst als Kulturschaffende bezeichneten, da ihnen keine bessere Beschreibung für den Umstand einfiel, dass Geldverdienen im Sinne von seinen Lebensunterhalt bestreiten für sie keine Rolle spielte und sie sich selbst gerne von Künstlern umgeben sahen. Es mangelte Nils Liebe an diesem Abend also weder an Gesprächspartnern noch an Ablenkung, während er im Foyer wartete. Würde er sie erkennen? Er hatte die Google-Bildersuche mit Absicht nicht verwendet.

Dann klingelte es zum dritten Mal, und Nils Liebe verwechselte beinahe Enttäuschung mit Überraschung. Er blickte noch einmal zurück ins inzwischen leere Foyer und suchte sich dann einen Platz im Saal. Der Saal war fast bis auf den letzten Platz gefüllt, der zehnte Todestag von Susan Sontag, auf dem Podium große Namen, im Publikum Menschen, die etwas darauf gaben, sie gelesen zu haben, Nils Liebe war sich der eigenen Überheblichkeit bewusst. Er hatte darauf geachtet, einen der letzten Plätze ganz hinten zu nehmen, neben dem noch ein Stuhl frei war. Er konnte sich zwar sich selbst so gar nicht dabei vorstellen, wie er aufstand, winkte und «hier» rief, falls denn Sanela in letzter Sekunde den Saal betreten und nach ihm Ausschau halten würde. Würde er sie erkennen? Und dennoch, der leere, freigehaltene Platz. Die Menschen klatschten, der Moderator war ein Affe, der sich selbst gerne zuhörte. Nils Liebe beschloss, sich zu konzentrieren, und wie immer, wenn Nils Liebe etwas beschloss, zog er es durch. Er wartete nicht auf Sanela.

Weshalb er tatsächlich erst bemerkte, dass sich jemand neben ihn setzte, als es raschelte. Er schaute nach rechts. Die Haare, genau wie er sie in Erinnerung hatte, die Statur größer, der Anflug von Pummeligkeit verschwunden, dieser Blick. Sie sah ihm direkt in die Augen, zwinkerte ihn an, warf die Jeansjacke auf den Boden, mit einer Bewegung, die sprach wie ihr Blick: Wer seid ihr hier, was wollt ihr. Nils Liebe wäre immer noch in jeden Zug mit ihr gestiegen. Hinter ihr her.

Er gestattete sich kein Nicken. Über einen Handschlag hätte sie sicherlich laut gelacht. Lächeln kam ihm zwar seltsam vor, aber er konnte es nicht unterdrücken.

Die vergehende Zeit zählte er in Beiträgen auf dem

Podium. Der Biograph ließ es sich nicht nehmen, jeweils mindestens acht verschachtelte Sätze aneinanderzureihen, also Minimum sechs Minuten. Die Philosophin, die bestimmt die Redeleitung übernahm, worüber er sich trotz allem noch freuen konnte, des unbegnadeten Moderators wegen, sprach schnell, gewitzt und meist in Fragen, zwei Minuten, vielleicht drei. Einmal warf er einen Blick auf sein Handgelenk und durfte sich freuen: Es war 20 Uhr 34, er hätte auf zwanzig vor neun getippt. Aus den Augenwinkeln bemerkte er, wie Sanela sich herunterbeugte, in ihrem Rucksack kramte und dabei gemächlich raschelte, die entrüsteten Blicke ihrer Sitznachbarinnen registrierte sie noch nicht einmal, und dem Rucksack ein schlichtes schwarzes Notizbuch entnahm. Es war so unauffällig, dass es noch nicht einmal von Moleskine sein konnte, und darüber freute sich Nils Liebe, wie er sich über ihren Brief gefreut hatte: dass sie das unausgesprochene Versprechen nicht brach, Sanela zu sein. Er hatte häufig an sie gedacht in all diesen Jahren, wöchentlich, oder war es täglich gewesen. Sanela schlug das Notizbuch auf, legte es sich auf das linke Knie, was von Bedeutung war: Es war das Knie neben dem von Nils Liebe. Und das Notizbuch hielt Sanela so, dass sie sicher sein konnte, dass er ohne Probleme hineinblicken und mitlesen würde können. Sie schrieb.

Das Podium: ein einziges Machtspiel. Susan Sontag hätte gelacht.

Der Biograph in Unbedingtheit verfangen: Ich habe selbstverständlich alles von ihr gelesen.

Die Professorin, die verzweifelt zu beweisen versucht, dass akademisch arrivierte Philosophie mit vermeintlicher Coolness einhergehen kann.

Sprechende Klamotten: schwarze Hornbrille, schwarzer Pullover, schwarze Hose und leuchtend weiße Sneakers, die mehr schreien als einfach sagen: Ich bin anders, hipper, cooler, als ihr denkt. Meine Entscheidungen sind nicht vom kollektiven Gestus meiner Klasse bestimmt.

Siebenundvierzig Minuten, bis sie zu Joseph Beuys kommen. Da lassen sie sich aber Zeit.

Nils Liebe las mit, entspannte sich mit einem Mal, schmunzelte innerlich, kramte einen Stift aus seiner Jackentasche hervor, nahm Sanela das Notizbuch so aus den Händen, dass seine Hände nur das Papier berührten. Schrieb.

Dreiundfünfzig Minuten, bis sie zu Walter Benjamin kommen. Der Joseph Beuys der Philosophie.

Die Professorin, die gerne Susan Sontag wäre. Es aber leider nicht ist.

Es gibt so viele, die man lesen, aber nie kennenlernen sollte.

Andere Ebene, antwortete Sanela schriftlich, die ihm den Stift so plötzlich und bestimmt mitten im Schreiben weggezogen hatte, dass er zusammenfuhr: *Sie weiß viel und hat sogar ein paar schlaue Thesen, aber sie zerstört alles, was sie zu sagen hat, mit ihrem Narzissmus. Wie zu viel gezeigte Haut jede Erotik zerstört. Geh mit mir essen. Sag kein Wort.*

Und sie klappte das Notizbuch zu, steckte es in den Rucksack, stand auf und verließ mitten in der Veranstaltung seelenruhig den Saal. Die Köpfe drehten sich, wohin denn schon?, flüsterte die ihm bekannte Künstlerin, als Nils Liebe sich an ihr vorbeidrängte. Sie saß am Gang, er schüttelte den Kopf. Er genoss.

Sanela läuft vor, Nils Liebe hinterher. Zweimal dreht sie sich um, lächelt ihn an, zieht die Augenbrauen hoch. Na?

Na. Sie erreichen das Restaurant, das Sanela ausgesucht hat, in dem um die Zeit immer etwas frei ist, sie setzen sich, schweigen sich an, aus Überzeugung. Sanela bestellt, Austern, für beide. Nils Liebe mag Austern, was für ein Glück. Es ist das erste Mal seit zweiundzwanzig Jahren, dass er ihre Stimme hört. Ihre Augen sind von einem Grün, das sich über alle grünen Wiesen und Wälder erhebt. Sie blicken sich an, für ein Lächeln ist kein Raum. Sag kein Wort.

Noch haben die Dinge keine Bedeutung. Sie könnten Hinweise sein und sind es nicht, vorerst ist da nur Gespanntheit im Schwebezustand, auch ein Gefühl von: endlich. Das Leben beginnt.

Später übernimmt er die Rechnung. Sie hatte sie verlangt. Verlangen ist der passende Begriff. Ihr Charme ist ein Befehl.

Draußen stecken sie sich beide eine Zigarette an, er raucht die stärkere Marke. Als Sanela ein Taxi sieht, winkt sie es herbei, Nils Liebe spürt die Enttäuschung im Hals und Magen zugleich, sie klettert auf die Rückbank, steckt den Kopf wieder raus, komm, komm, komm. Morgen bereits wird er sich sehnen nach diesem Komm, komm, komm. Morgen wird sie es ihm noch geben. Nils Liebe hat sein Fahrrad am Theater abgestellt, und eigentlich braucht er es am nächsten Morgen, um zu einem Termin zu kommen, aber das ist kein Abend von organisatorischen Banalitäten.

Altbau, was sonst. Die Wände kahl, bis auf zwei Fotografien. Kunst. Kleidungsstücke auf dem Boden. Drei leere Kaffeetassen, und das schon im Flur. Bücher, Bücher, Bücher überall. Nils Liebe läuft die Regale entlang, auch um wieder sicheren Boden unter den Füßen zu gewinnen, beugt sich herunter, um die herumstehenden Stapel zu inspizieren. Was hatte er erwartet? Jedes Buch segnet er ab. Den Boden unter den Füßen bekommt er nicht zurück.

Sanela holt eine Weinflasche, zwei Gläser, ihre Zigaretten, und geht schweigend auf den Balkon. Er folgt ihr. Der Rotwein legt Besonnenheit über die aufgeregten Gemüter. Sie haben sich wieder.

Die Flasche ist leer, und auch im Sommer werden die Nächte kühl. Nils Liebe steht auf, ihm macht die Kälte nichts aus, er will hier sitzen, aber da ist etwas, das er spürt. Er steht auf, geht hinein, sie hinterher. Sobald sie die Küche betreten haben, überholt ihn Sanela, stellt im Vorbeigehen die leeren Weingläser in die Spüle. Sie ist die Erste, die dann in den Flur tritt.

Eine Tür steht einen Spalt offen. Ein Kinderbett ist im Zimmer zu sehen, verstreute Kuscheltiere, Kleidungsstücke, Bücher, Papiere, Legosteine. Niemand hatte sich Mühe gemacht aufzuräumen.

«Niels-Tito ist auf Klassenfahrt», sagt Sanela. Der erste Satz gilt dem Kind. Das Kind kann sie lieben. Nils Liebe kennt Eifersucht eigentlich nicht und kann sie deshalb nicht sofort als solche erkennen. Da ist aber dieses Gefühl, es beginnt in der Brust und zieht sich bis in den Magen, und das Gefühl formiert sich zuerst als eine einfache Frage: Und was ist mit mir?

«Wie heißt er?»

«Niels-Tito. Niels mit einem ‹e›.» Sie zieht die Augenbrauen hoch. Nils Liebe weiß keine Erwiderung. Und weiter geht's ins Wohnzimmer. Sanela nimmt eine Wolldecke vom Sessel und wirft sie auf die Couch. Reicht dir ein Sofakissen, oder soll ich ein richtiges beziehen? Nein, das passt so.

Sanela macht einen Schritt auf ihn zu, sie ist mindestens einen Kopf kleiner. Ihre Hand an seiner Wange. Sie tastet, das Tasten ist ein Fassen, das die Zärtlichkeit vergessen hat.

«Das war der einzige Weg, dich wiederzusehen, verstehst du das?», sagt Sanela leise.

Nils Liebe nickt.

Glück

Mit dem Glück wissen sie behutsam umzugehen. Es gilt, es nicht in Worte zu fassen. Das Schweigen hatte sich vom Abend ihres Wiedersehens an bewährt. Sie sehen sich jeden Tag, weil sie sich sehen wollen. Das immerhin, sagen sie sich, können sie besser als andere Menschen. Sie bauen auf Ehrlichkeit und halten sich von Höflichkeit fern.

«Interessiert dich das?» Nils Liebe kauft Karten, Kino, Theater, Oper, Ballett mag sie nicht, Lesungen, Ausstellungen. Sanela kocht. Sie trinken Wein, Bier, Cocktails und ungezählte Tassen Kaffee. Sie sitzen auf ihrem Balkon, es ist Sommer. Nils Liebe kommt nach neun, wenn das Kind schon schläft, er ruft an, wenn er vor der Tür steht, damit die Klingel den Jungen nicht weckt. Er geht häufig in den ersten Morgenstunden. Mehr geschieht nicht.

Einmal sagt Sanela: «Ich fühle mich lebendig, wenn du da bist.» Das «endlich» lässt sie unter den Tisch fallen. Da ist es, das nicht in Worte fassbare Glück.

Pasolini

Nils längste Beziehung hatte den Namen Annika getragen. Ein akzeptabler Name, verglichen mit vielen Vor- wie Nachnamen, die eine Beziehung von vornherein ausschließen. Zu Annika war ihm Astrid Lindgren eingefallen, wobei Kinderliteratur als Auswahlkriterium keine Rolle spielte, wie sie auch schon in seiner Kindheit keine Rolle gespielt hatte, dann Annika Hanson aus Star Trek und außerdem Annika de Buhr und Annika Idström. Von Idström hatte er «Mein Bruder Sebastian» gelesen und ihre Heftigkeit geliebt.

Annika Weiler, seine längste Beziehung, schrieb keine Bücher und war seines Wissens niemals mit einem rothaarig gezupften, Ringelsocken tragenden Nachbarsmädchen befreundet gewesen, das ein Pferd besaß. Annika Weiler schrieb Filmkritiken, die waren harsch und pointiert, ihr Lieblingsfilm war «Die 120 Tage von Sodom» von Pasolini. Ihre Urteile imponierten Nils Liebe mehr als ihr Äußeres, eine Besprechung hatte sie mit folgendem Satz begonnen: «In Deutschland, einem Land, dem eine Kinokultur vollkommen abhandengekommen ist – und das Wort vollkommen ist hier in aller Vollkommenheit gemeint –, gehört es sich, dem Publikum den Inhalt einer filmischen Erzählung, der bekanntermaßen von allergeringster Bedeutung für den Wert eines Films ist, zusammenzufassen, eine Aufgabe, die die Verfasserin hiermit ungern, aber pflichtbewusst übernimmt.» Er merkte sich den Satz.

Andererseits: Er hatte ein gutes Gedächtnis. Ihr Äußeres: blonde Haare, die sie schulterlang trug, offen, ein auf höchst langweilige Weise schönes Gesicht, in dem selten ein Lächeln auftauchte, graue und dunkelblaue Kostüme, die obligatorisch schienen für Frauen, die in ihrer Redaktion arbeiteten. Er fragte sich und dann später, als sie seine Freundin war, sie selbst, ob es nicht unbequem war, in den engen, knielangen Röcken im Kino zu sitzen. Sie kannten sich lange nur vom Sehen, nickten sich im Aufzug zu und begegneten sich in Konferenzen nie, er Politik, sie Feuilleton. In der Kantine, wo auch sonst, lernten sie sich kennen. Er aß mit einem Kollegen, der ihn auf einer Skala von eins bis zehn bei acht langweilte, sie setzte sich zehn Minuten später dazu, weil sie den Kollegen ebenfalls kannte. Er überlegte erst, weil es in der Branche allgemein nicht und speziell bei dieser ernsten Tageszeitung noch weniger üblich war, Kollegen zu loben, und dann sprach er es doch aus, weil er Dingen, die üblich waren, indifferent bis ablehnend gegenüberstand: «Ich mag, was Sie schreiben. Wie Sie David Lynch interpretieren.»

Ihm imponierte weiterhin, dass sie mit einem gelassenen «Danke» darüber hinwegging und sich ihrem Pasta-Gericht widmete. Farfalle mit Steinpilzen, es war August.

Sie aßen an den folgenden vier Tagen zusammen zu Mittag und nahmen immer beide dasselbe Gericht, erst vegetarische Frühlingsrolle mit Chilisoße, dann Schweinerückensteak «Jägerart», asiatisches Gemüse aus dem Wok mit Basmatireis, Hähnchenbrustfilet in Currysoße. Am darauffolgenden Montag sah er sie nicht. Er nahm sich Käsespätzle.

Am Dienstag ebenfalls nicht. Eine Reise hatte sie nicht erwähnt.

Am Mittwoch schaute er bei einem Bekannten in der Feuilletonredaktion vorbei. Sie war nicht da. Der Bekannte ermüdete ihn mit verwackelten Bildern seiner Kinder. Nils Liebe hatte Kinder noch nicht einmal gemocht, als er selbst eins gewesen war. Sich selbst hatte er ja ebenfalls nie gemocht. Aber schon immer bewundert.

Eine Reise offenbar, dachte er, eine Reise, die sie nicht erwähnt hatte, weil es ihr vollkommen unwichtig war, ob er ihre Pläne kannte.

Er vergaß sie. Menschen zu vergessen fiel ihm leicht.

Ein paar Wochen später begegneten sie sich auf der Geburtstagsfeier eines Kollegen wieder. Sie sah braun gebrannt aus. Sie nahm ihn mit zu sich.

Seine längste Beziehung hielt neunzehn Monate lang, es blieb von ihr: das große Filmlexikon, ein schöner, handgeschreinerter Esstisch und eine Wintermütze, die er ihr immer noch zurückgeben wollte. Ihr Vater hatte ihn im Sommer auf einen sechstägigen Segeltörn durch die norwegischen Schären mitgenommen. Ihr Vater und er sprachen wenig in jenen Tagen, mal über den Wind, mal die Richtung, den Wein oder skandinavische Literatur. Zwischen den Fjorden hatte er viel Zeit, an Sabine zu denken. Sabine hatte er zwei Wochen zuvor als Pressesprecherin kennengelernt und sie ein paar Tage später als Begleiterin zu einem Abendtermin mitgenommen, seit jenem Abend stellte er sie sich nackt in seinem Bett vor. Als sie zurückkehrten, wartete Annika am Hafen, hatte Tränen in den Augen und ahnte nicht, dass Tränen in Frauenaugen in ihm Aggressionen weckten. Die Tränen waren, wie sie ihm später im Bett erklärte, dem Umstand geschuldet, dass ihr Vater seit dem Tod ihrer Mutter niemanden mehr zum Segeln mitgenommen hatte. Er lag auf dem Rücken in ihrem Bett, und um das zu erzählen und ihm ihre Tränen zu erklären, hatte sie ihren Kopf auf seine Brust gebettet (den Sex hatten sie bereits erfolgreich hinter sich gebracht).

Nils Liebe begann, mit Sabine zu schlafen. Immer und immer wieder, und dann noch einmal. Einmal? Wer hat von einmal gesprochen? Verlangen kannte er, Verlangen kannte er zur Genüge, das Muss, das Muss-Jetzt-Sofort, das nur durch Tun gestillt werden konnte. Es schien logisch: Hunger wird ja auch nur durch Essen gestillt. Bei Sabine setzte die Logik aus. Aus dem gestillten Verlangen entstand keine Sättigung. Nach dem nächsten Mal, sagte er sich, würde er satt sein, oder nach dem ersten gemeinsamen Wochenende, nach zwei Monaten bestimmt, aber all das war nicht der Fall.

Wenn er in der Mittagspause mit Sabine geschlafen und danach einen guten Text geschrieben hatte, freute er sich auf einen Filmabend mit Annika, mit der er ebenfalls weiterhin schlief. Beschäftigungsmaßnahmen. Es ging ihm gut.

Sabine ging es nicht gut. Sabine hatte einen Ehemann und drei Kinder, die sie für entzückend hielt und sehr liebte. Es überraschte ihn, dass ihn die Kaiserschnittsnarbe nicht ekelte. Der Ehemann und die drei Kinder, von denen das dritte die besagte Narbe nach neunzehn Stunden Wehen verursacht hatte, eine Information, die er unwillentlich und ungern erhielt, verursachten Sabine albernerweise ein schlechtes Gewissen.

Annika ging es bald auch nicht mehr gut. Es begann in dem Moment, in dem sie herausfand, wie er seine Mittagspausen verbrachte. Sie fand es durch einen dummen Zufall heraus, wie ja das ganze Leben aus dummen Zufällen besteht. Er dachte an bedingte Wahrscheinlichkeiten, und wenn man es einmal so sah, das ganze Universum und Leben (nicht nur das heutige, unsere, sondern alles Leben all die Jahrtausende zuvor) nichts als eine Aneinanderreihung, Verkettung von Zufällen war, dann durfte man Kleinigkeiten wie seine Liaison mit Sabine so wenig wichtig nehmen wie seine Beziehung zu Annika. Aber auf dieser Meta-Ebene wollte Annika die Sache nicht diskutieren. Als es Annika nicht mehr gutging, ging es ihm auch nicht so gut. Sie wollte weder Filme mit ihm schauen noch mit ihm schlafen. Drei Tage lang blieb sie in seiner Wohnung, in seinem Bett liegen. Also blieb ihm nichts anderes übrig, als in die Redaktion zu gehen und einen phantastischen Kommentar zur Staatskrise in Ägypten zu schreiben. Sie jammerte schluchzend von Vertrauensbruch und einem Paartherapeuten.

In dieser Situation konnte es ihm nicht gutgehen, was er augenblicklich und ganz ohne die Hilfe eines Paartherapeuten erkannte, weshalb er Annika Weiler, die unfassbar kluge und stilistisch einwandfreie Sätze über hervorragende Filme, die außer ihr nur sehr wenige Menschen wirklich verstanden, produzieren konnte, aus seinem Leben verabschiedete. Von Sabine verabschiedete er sich der Einfachheit halber gleich mit.

Danach kaufte er sich die Karl-Marx-Gesamtausgabe.

Von Annika blieben das Filmlexikon, der Tisch und die rote Bommelmütze, die er ihr sicher bald zurückgeben würde, und von Sabine blieb die Erinnerung an ein Wollen, das ihm in vielen einsamen Nächten half. Die Kaiserschnittsnarbe konnte er vergessen, wie auch ihr gesamtes Aussehen aus seiner Erinnerung verschwand. Sanela hatte nach dem schönen Holztisch gefragt, aber niemals nach seiner längsten Beziehung, überhaupt nicht nach seinen Beziehungen, weil Sanela Sanela war und ihr solche Fehler nicht unterliefen. Er hatte ihr Annika in drei Sätzen skizziert und am nächsten Tag endlich ihre Mütze mit in die Redaktion genommen, um sie im Feuilleton vorbeizubringen. Annika Weiler bedankte sich, sie habe die Mütze schon ganz vergessen, aber bald komme ja der Winter, und ob sie nicht mal wieder zusammen zu Mittag essen sollten, das wäre doch schön. Kein Wort davon war ehrlich. Es gelang ihm, seinen Teil dieses Gesprächs aufs äußerste zu begrenzen.

«Hallo! Ich hab hier noch diese Mütze von dir gefunden.»

«Danke.»

«Ja.»

«Stimmt.»

«Gern mal.»

«Entschuldige, ich habe einen Termin.»

Als er wieder an seinem Schreibtisch saß, googelte er ein Rezept für «sirnica» sowie nach einem Laden für südosteuropäische Lebensmittel, in dem er den richtigen Quark dafür bekommen würde.

Gefühle. Begegnung

Manchmal war Hass. Wie die meisten Empfindungen, zu denen sie sich bereit erklärte, meinte auch der Hass, sich das Recht nehmen zu dürfen, körperlich zu werden. Den Hass spürte Sanela in den Fingern und im Hals, während sich Liebe, die sie durchaus manchmal verspürte, eher in den Füßen bemerkbar machte: Sie musste hüpfen. Und es sah schön aus, wie sie mit ihrem Sohn manchmal zusammen auf dem großen Bett hüpfte, in dem sie in einigen Nächten auch nebeneinander schliefen, minutenlang, der Junge ließ sich dabei ab und zu nach hinten auf den Hintern plumpsen, beide Beine ausgestreckt, und sofort weiter auf den Rücken fallen, kichernd. Dann sprang er wieder beinahe direkt aus der Liegeposition auf, und weiter ging es. Sanela aber hüpfte nur, immer höher, immer höher, eine Liebeserklärung in Zentimetern.

Das Glück saß im Rücken, verursachte Schauer, die in schnellen Wellenschlägen nach oben wanderten, und krallte sich in den Nacken. Glück, allerdings, geschah selten. Angst verbot sie sich. Sie konnte sich aber daran erinnern, dass diese im Bauch Kreise gezogen hatte, die immer größer wurden, eine Art Schnecke zeichnete, deren Durchmesser vom Unterleib bis zum Zwerchfell reichte.

Hass in den Fingern und im Hals, sie musste also schreien, sie musste auch greifen, packen, reißen, konnte sich meistens gerade noch zusammennehmen, um nichts zu demolieren, in Kleinstteile zu zerlegen. Zerstörung ließ sich nur durch Lautstärke verhindern. Hass in den Fingern und im Hals, Hass auf den Jungen. Die anschließende Scham juckte am gesamten Körper, sie kratzte sich, als gelte es, ihre Haut zu zerstören, ein- oder zweimal bis zum Blut. Nichts, worüber man nachdenken musste. Dass sie verrückt war, «fucked up», wie sie selbst sagte, hatte sie nicht nur akzeptiert, nein, es rief Stolz in ihr hervor. So war sie. Den Stolz spürte sie übrigens in den Knien.

Da sie so war, hätte sie den Jungen eigentlich gar nicht hassen müssen. Nicht für das Abendessen.

Einer der Männer, die sie regelmäßig aufsuchten, damit sie mit ihnen schlief, und sie alle nahmen gern ihre Einladung an, die mehr einem Kommando glich, damit sie mit ihnen schlafen konnte, nannte sie im Bett gerne «Du geiles Stück». Er flüsterte es ihr ins Ohr und klang dabei nicht annähernd so verrucht wie sie, wenn sie so sprach. An diesen Worten geilte sich Sanela auf, wie sie sich grundsätzlich beim Sex mehr an sich selbst als an den Männern aufgeilte: weil sie es war. Sie war die Dringlichkeit, die Heftigkeit, die Gewaltsamkeit des Aktes.

Sanela hörte ausgesprochen gerne Bach, insbesondere die Klavierkonzerte, und meinte, die Gemütsaufwallungen, die in dieser Musik lagen, körperlich zu spüren, und glaubte, diese wiederum in den sexuellen Akt legen zu können. Auch wenn sie von Männern besucht wurde, hörte sie gerne Bach, und auch deshalb war der Besucher selbst austauschbar. Manchmal stellte sie sich, während sie einen Mann in sich spürte, Johann Sebastian Bach beim Sex vor: die Rosshaarperücke, die nach hinten verrutscht war, die zusammengekniffenen Augen konzentriert, aber niemals außer Kontrolle. Es half.

Als Niels-Tito noch klein gewesen war, ein oder zwei Jahre alt, hatte sie sich am traditionellen Muttersein versucht und im Park und auf Spielplätzen andere Mütter mit ihren Kindern getroffen. Sie hatten Decken ausgebreitet, die Kleinen mit Brotstückchen und Obstbrei gefüttert und sich, wie Sanela schnell feststellte, niemals unterhalten, zumindest ließen sich die einzelnen Sätze nicht zu etwas summieren, was sie als Unterhaltung hätte definieren können. Manche der Kinder waren auf Entdeckungstour gegangen oder gekrabbelt, untersuchten Gras, Steine, Stöcke, Schnecken, die ihnen ihre Mütter entwendeten, bevor sie sie in den Mund stecken konnten. Andere blieben bei den Müttern sitzen: Ängstlichkeit, die den Müttern aus für Sanela nicht nachvollziehbaren Gründen Stolz in die Augen trieb. Niels-Tito, der früh laufen gelernt hatte und sich seit dem Tag, an dem er den ersten Schritt gemacht hatte, weigerte, Sanelas Hand zu halten, Niels-Tito entfernte sich jedenfalls von allen. Von den Picknickdecken, den anderen Kindern, den Müttern, auch seiner eigenen. Demonstrativ ging er davon, und es war tatsächlich eine bewusste Handlung: wie er entschlossen wegmarschierte. Wie er sich mit dem Rücken zu ihnen ins Gras setzte und geduldig sitzen blieb, ohne etwas zu essen, zu trinken oder zu nörgeln, bis Sanela die anderen Mütter nicht mehr ertrug, ihn mit derselben Entschlossenheit packte, die er von ihr geerbt zu haben schien, und in den Kinderwagen setzte. Nein, sie waren am besten zu zweit allein. Während sie aber noch zwischen den Müttern gesessen und auf den Rücken ihres Sohnes gestarrt hatte, den der ihr zugedreht hatte, war der Hass langsam in die Finger gekrochen, die sie daraufhin in ihre Fäuste krallen musste, sowie in die Mandarinenspalten, aus denen nun Saft auf die schönen, karierten Decken tropfte.

Also mied Sanela andere Mütter mit Kindern, auch wenn die Kindergärtnerinnen sagten, Niels-Tito würde von sozialen Kontakten profitieren, während sie seine nicht vorhandene Bereitschaft bemängelten, Blickkontakt aufzunehmen, sich an Regeln zu halten, an Spielen teilzunehmen. Dem Bemängeln lag eine Diagnose zugrunde, weshalb Sanela fortan auch Kindergärtnerinnen mied, später auch seine Lehrer. Die Kinder mied sie nicht Niels-Titos wegen, sondern für sich selbst. Es störte sie nicht nur die Tatsache, dass Niels-Tito nicht wie andere Kinder war, sondern auch, dass sie sich selbst daran störte. Sie wusste um den Hass, den das Wissen in ihr hervorrief, Hass auf ihren Jungen, den sie manchmal auch äußern musste. Also mied sie die Kinder in letzter Konsequenz vielleicht doch ihm zuliebe.

Wie sich der Hass äußerte:

indem Sanela schrie. Aber nicht den Klassiker, niemals kam ihr ein «Ich hasse dich» über die Lippen. Dafür andere Sätze. Bis zu seinem vierten Geburtstag tröstete sie sich gerne mit dem Gedanken, dass er sich an diese Jahre niemals würde erinnern können, denn an frühkindliche Prägung glaubte sie aus Prinzip nicht. Die Prinzipien Sanelas, die sich selbstverständlich von Prinzipien anderer Menschen zu unterscheiden hatten. An: «Warum kannst du nicht ein normales Kind sein?»

«Womit habe ich dich verdient?»

«Guck mich an, guck mich an. Wie blöd muss man sein, um nicht seine Mutter anschauen zu können? Bist du blöd? Sag mir, bist du blöd?» würde sich Niels-Tito später nicht mehr erinnern können, er war ja erst drei gewesen. Hoffentlich.

Niels-Tito starrte sie an. Er hatte erst sehr spät zu sprechen begonnen und zeigte an Zeichensprache keinerlei Interesse. Vielleicht war es aber auch unter seiner Würde, diese besondere Frage mit einer Antwort zu würdigen. Bist du blöd?

Wie sich der Hass noch äußerte: indem Sanela lachte, lauthals lachte. Über Niels-Tito. Über Fertigkeiten, die ihm nicht gelingen wollten, das Zeigen mit nur einem Finger wie alle anderen Kleinkinder, auffallend lange verwendete er dafür die ausgestreckte Hand oder eine Faust, das Losreißen von einer Schraube im Kinderstuhl, die er eine Stunde lang ohne Unterbrechung untersuchen konnte, das Beantworten von Fragen Erwachsener wie Kinder, später in der Schule, als er schon lange verstand, eine Bildbeschreibung. Sie lachte ihren Jungen unmissverständlich aus und legte eine hörbare Boshaftigkeit in dieses Lachen.

Indem Sanela ihn packte, ihren Jungen packte und aufs Bett schmiss, bevor sie ihn ins Zimmer sperrte. Es begann, wie es in jeder Familie begann: Mach das, mach das jetzt bitte, auf geht's, wie oft soll ich es denn sagen, ich sage es nicht noch einmal, wenn du nicht, dann du nicht, jetzt habe ich aber genug, so, jetzt gehst du aber auf dein Zimmer, ich will dich nicht mehr sehen. Aber irgendwann zwischen all den Genugs schlich sich der Hass in ihre Finger und machte sich darin so breit, dass die Haut an den Fingerkuppen zu platzen drohte. Es blieb Sanela nichts anderes übrig, als Niels-Tito zu packen, in sein Zimmer zu tragen und aufs Bett zu werfen. Sie achtete natürlich darauf, dass sein Kopf nicht die Bettkante traf, auch eine Art von Mutterliebe.

Jesper Juul und andere Pädagogen waren der Meinung, Eltern dürften und sollten sogar ihre Gefühle äußern, sie müssten authentisch sein, und Kinder müssten ihre Eltern spüren. Eine Weisheit, die Sanela, die eigentlich keine Erziehungsratgeber las, sich gerne in Erinnerung rief, wenn die Scham den Hass beiseitegeschoben hatte und seinen Platz einnahm. Sie kratzte sich am ganzen Körper.

Wenn sie Niels-Tito dann wieder liebte, war das Gefühl so stark und rein, dass es sich allein dafür zu leben lohnte. Sie wollte bis an die Decke hüpfen, mit dem Kopf tatsächlich oben anstoßen, um diesem Gefühl auch nur annähernd gerecht zu werden.

«Du hast keine Mitte», hatte Clemens immer zu ihr gesagt. Es hatte liebevoll geklungen. In den Momenten, in denen sie so hoch hüpfen musste, dass ihr Kopf am besten an die Decke stoßen sollte, sehnte sie sich Clemens herbei, er sollte diesen ihren (wie ihren eigenen, nicht wie ihren gemeinsamen) Jungen sehen, ihn genießen können, was für ein Glück. Andererseits: Wollte sie den Jungen teilen? Natürlich nicht. Was für eine Frage.

Nils Liebe sollte Niels-Tito begegnen. Niels-Tito sollte Nils Liebe begegnen, endlich. Niels-Tito hatte von Nils Liebe gehört. Aufgrund der Geschichten, die Sanela ihm von ihrem außerordentlich klugen besten Freund aus der Schule erzählt hatte, stellte er sich Nils Liebe als jemanden vor, der einen auffallend großen Kopf hatte, denn irgendwo musste die Klugheit ja gelagert werden.

Nils Liebe stellte sich Niels-Tito gar nicht vor, weil er gar nicht auf die Idee kam, sich das Kind vorzustellen. Der Junge war blond und verstrubbelt, ihm fehlten die abstehenden Ohren seiner Mutter, und er blickte Nils Liebe nicht an. An einem Gespräch versuchten sie sich lieber erst gar nicht, sondern beschränkten sich auf ein gegenseitiges Hallo und besiegelten ihre Einsilbigkeit per Handschlag. Der Handschlag fiel schwach aus, der Junge entzog seine kleine Hand so schnell wie möglich, und beide schienen äußerst zufrieden damit. Sie gingen Eis essen, was man mit Kindern eben so macht. Sanela war wie unsichtbar, sie hielt sich zurück. Niels-Tito wollte drei Kugeln Pistazie, von denen er jede in elf gleichen Teilen löffelte, Nils Liebe ließ sein Spaghetti-Eis zerlaufen und rauchte erst einmal eine Zigarette, beobachtete den Jungen und zählte mit. Dann sprach er nach einer ersten, einander anschweigend verbrachten Viertelstunde, in der sie einen freien Tisch vor der Eisdiele gesucht, bestellt und auf das Eis gewartet hatten, wieder ein Wort.

«Elf?»

«Ja», der Junge blickte auf.

«Ist die kleinste Schnapszahl», erwiderte Nils Liebe, nicht im Geringsten mit der Absicht, mit dem Jungen Kontakt aufzunehmen oder sich interessiert zu zeigen, sondern weil es ihm eben gerade einfiel. Der Junge verstand es genau so, wie es gemeint war.

«Im Periodensystem ist elf die Ordnungszahl von Natrium», ergänzte er.

Nils Liebe fragte nicht, ob der Junge schon wisse, was Natrium sei. Der Junge bot ihm nicht an, von seinem Eis zu probieren. Keiner der beiden machte sich die Mühe, den anderen anzulächeln. Beide blickten konzentriert auf den eigenen Löffel, den Eisbecher vor sich, manchmal, aber zu keinem Zeitpunkt gleichzeitig auch in die Ferne oder zu Sanela, auch zum Tisch nebenan. Dort saß ein großer brauner Labrador und flehte Herrchen um ein Stück von der Waffel an. Herrchen war gnädig. Nils Liebe ließ der Erdbeersauce die Zeit, die sie brauchte, um die spaghettidünnen Fäden des Vanilleeises zu zerfressen, sodass alles nur noch ein Matsch war, dann löffelte er zufrieden. Niels-Tito schabte die kleingehackten Pistazienstückchen, die seine Eiskugeln geziert hatten, ab und legte sie auf die Serviette; er mochte Pistazieneis, aber keine Pistazien.

Sanela hatte sich ein Kindereis in Form eines Pinguins bestellt, ohne diese Wahl zu begründen. Sie beobachtete die beiden, versagte sich ausnahmsweise die Zigarette und war äußerst zufrieden, wie dieses erste Kennenlernen verlief. Äußerst.

Sex

Nils Liebe hatte alles gelesen, wirklich alles, und dennoch fiel ihm kein einziger Autor ein, der so über Sex geschrieben haben würde, wie man seiner Ansicht nach über Sex zu schreiben hatte: kein Abblenden, keine Romantik und niemals Pornographie, die sich von platter Nacktheit nährt. Er hatte lange gesucht. Gute Sätze wären ihm als Vorlage lieber als Nacktbilder gewesen. Er hatte diese Sätze nicht gefunden und die Suche bereits vor Jahren aufgegeben. Schade. Er versuchte, seine Enttäuschung über die Großen auf diesem Gebiet zu ignorieren, wenn er ihre Werke wieder las.

Sanela hatte gelernt, sich vom Sex das zu holen, was sie brauchte: einen Orgasmus. In gewisser Weise hatte sie Sex gelernt. Das Gegenüber spielte höchstens als notwendiges Hilfswerkzeug eine Rolle.

Von dem Tag an, als Nils das erste Mal mit einer Frau geschlafen hatte, wusste er, dass er sein Leben, wenn nicht dem Lesen, dann dem Sex verschreiben würde. An jenem Tag war er zweiundzwanzig Jahre, sieben Monate und drei Tage alt. Ein Spätzünder, hieß es, aber er hatte nicht spät gezündet, sondern mit den Mädchen in der Stadt, in der er aufgewachsen war, nicht gesprochen. Es hatte sich als bedauernswerte Tatsache herausgestellt, dass Mädchen erst dann mit einem schliefen, wenn man vorher mit ihnen sprach. Worüber denn?

Sanela war ungefähr acht, als sie von dieser Sexgeschichte erfuhr. Sie war verwirrt. Wer steckte was wo rein? Ihre Freundin hatte es auch nur so halb erklären können. Angeblich bluteten Frauen einmal im Monat. Sanela gab sich Mühe, sich das Ganze vor Augen zu führen: ihre Mutter, ihre Tetka, ihre Lehrerin nackt. Ein Blutrinnsal läuft an ihren Beinen herunter. Auf dem Boden ein dunkelroter Fleck. Einen solchen hätte sie doch schon einmal sehen müssen. Ein paar Wochen später lief sie mit ihrer Mutter im Dunkeln eine Straße entlang (sie konnte sich später nicht an das Wohin, nicht an das Warum erinnern, aber an das Dunkel, auf das sie gewartet hatte) und fragte: Kommt da Blut jeden Monat aus dir heraus? Und steckt Tata was rein? Es war dunkel, aber den Blick, den ihre Mutter ihr zuwarf, konnte sie dennoch erkennen. Ihr eigener Sohn war drei Jahre alt, als sie ihm das erste Buch zum Thema sexuelle Aufklärung kaufte, und die Buchhändlerin ihres Vertrauens schüttelte den Kopf und kommentierte ungefragt, es sei vielleicht noch zu früh.

Sanela hatte ihren Vater niemals nackt gesehen. Von ihrem Großvater oder Onkel Ivan ganz zu schweigen. Ein Nachbarjunge hatte ihr einmal seinen Penis gezeigt. Sie waren fünf Jahre alt und zogen sich für diese Darbietung hinter die Scheune zurück. In ihrer Erinnerung sah ein Penis wie ein verunstalteter Finger aus, der an einer falschen Stelle gewachsen war.

Nils Liebe wusste alles über Sex, was man über Sex wissen konnte. Das war keinesfalls seinem Faible für das Thema geschuldet, er wusste ja auch alles über argentinische Ameisen, Flugsimulatoren und stochastische Prozesse. Das Wissen war Theorie. An die Praxis war er genauso herangegangen, wie er gewöhnlich an Theorien heranging: Er wollte alles wissen und fragte. Er hatte die Frauen, mit denen er geschlafen hatte, gefragt und gefragt, bis ihm eine sagte, diese Gespräche seien nicht sexy, das sei ja eine Obsession. Also fragte Nils die nächste Frau, obwohl ihm eigentlich gefallen hatte, dass die letzte Obsession anstatt Besessenheit gesagt hatte. Wie sie «sexy» ausgesprochen hatte, hatte ihm ebenfalls ausgesprochen gefallen.

Sanela lernte also den Sex. Was blieb ihr anderes übrig. Und wenn Sanela etwas lernte – so war es beim Fahrradfahren gewesen und später in der Schule, so hatte es sich beim Erlernen der deutschen Sprache fortgesetzt und beim Studium, so hatte es sich in jedem ihrer zahlreichen Jobs bewiesen –, dann tat sie es mit Beharrlichkeit und unbedingt mit Erfolg. Und was beim Fahrradfahren und bei Sprachen funktionierte, funktionierte gewiss auch beim Sex.

Dass sie damals nicht den allerersten Kuss miteinander geteilt hatten, empfanden sie beide als Erleichterung. Nicht, weil sie verklärende oder sehnsuchtsvolle Gefühle aufkeimen zu sehen befürchteten, als sei der erste Kuss tatsächlich etwas Besonderes, sondern weil es ihnen dann doch zu klischeehaft, zu schicksalshaft erschienen wäre, in Anbetracht dessen, was nun war. Im Übrigen war ja in diesem Fall Sanela das Schicksal.

Als Nils das erste Mal nach einem Abendessen, das sie zu dritt eingenommen hatten, bei Sanela über Nacht blieb, zog er zugleich ein. Er blieb auch die nächste Nacht, die übernächste und die danach, die beiden Wochenendnächte. An einem der Tage hatte er sich eine Tasche mit Hemden, Hosen und Unterwäsche geholt. Und eine zweite mit Büchern. Regelmäßig sah er zu Hause nach der Post.

Die Nächte, die er bei Sanela verbrachte, schlief er selbstredend auf der Couch. Die war grün und abgewetzt, aber nicht so unbequem, wie sie auf den ersten Blick aussah. Er deckte sich mit einer braunen Wolldecke zu, die Sanela immer über Niels-Tito legte, wenn er fernsehen durfte. Die Decke roch nach den Schokoladenflecken, die sich in ihrem Braun versteckten.

Über den längsten Zeitraum seines Lebens hinweg dachte Nils Liebe nicht an Sex. Er sollte und durfte nicht an Sex denken.

Nebenan im Schlafzimmer lag Sanela. Sie lag da und schlief kaum. Dass sie nicht schlafen konnte, hatte rein gar nichts mit Sex zu tun. Wenn ihr ein Gedanke daran durch den Kopf ging, zuckte sie kurz mit den Schultern: Es war Nils.

Nils wusste, dass Sanela nicht schlief, nicht etwa, weil er sie etwa hören konnte – sie bewegte sich nicht, sie lag –, nicht, weil sie ihm davon erzählt hätte oder weil sie morgens mit Augenringen aus dem Schlafzimmer kam, sondern weil er es eben wusste.

Das erste Mal, dass das Wort Sex zwischen ihnen beiden fiel, sprachen sie über Bücher. Wann denn auch sonst? Sie saßen auf Sanelas Balkon, tranken nicht mehr, rauchten nur noch, Sanela fror, sie war zu faul gewesen, eine Jacke zu holen. Nils hielt sich zurück und bot ihr seine nicht an. Sie sprachen über Houellebecq. Sanela sagte «Sexszenen», daran kam sie ja nicht vorbei. Nils schluckte, das Wort war gefallen und befand sich nun irgendwie mit auf diesem Balkon, als etwas Drittes, Anwesendes.

Und deshalb bedauerte Nils, ausführlich und in der ihm eigenen, gewählten Sprache, dass ihm kein einziger Autor einfiel, der so über Sex schrieb, wie man seiner Ansicht nach über Sex schreiben sollte.

Sanela wunderte sich, warum das so sei. Dann waren die Zigaretten aufgeraucht. Sie gingen ins Bett beziehungsweise auf die abgewetzte Couch.

Das erste Mal, dass die beiden miteinander schliefen, war, entgegen allen ersten Malen, die sie so kannten, völlig von Erwartungen und Vorstellungen und Möglichkeiten losgelöst. Beide hatten sie sich nicht einmal einen Kuss vorstellen können, was konnte da schon sein.

Und so war es dann auch. Sie schliefen miteinander. Es blitzten Gedanken auf. Da war der Gedanke, wie natürlich Berührungen waren, denen keine Erwartung vorangegangen war. Da war der Gedanke, dass es keine Grenzen gab. In wessen Kopf welcher Gedanke aufblitzte, war nicht von Bedeutung, genauso wenig wie es von Bedeutung war, wer wen berührte, anfasste, packte. An den Haaren zog.

Dieser Moment: in dem sie ihren Körper abgab, «hingeben» hätte sie niemals aussprechen können, es war keine freie Entscheidung. Er übernahm, wie beim Staffellauf. Es war derselbe Moment, in dem kein Raum für Gedanken mehr war, weil es nur noch Körper gab und keine Worte. Auch wenn sie währenddessen miteinander sprachen. Nils Liebe, registrierte Sanela, hatte an dreckigem Wortschatz genauso viel Freude wie an literarischen Satzgefügen. Sie registrierte und genoss, ohne zu kommentieren.

Hinterher sprachen sie selbstverständlich nicht. Sie schliefen ja nur miteinander.

Beten

An dem Tag, an dem Sanela zum ersten Mal mit Akkan geschlafen hatte, hörte sie mit dem Beten auf. Das Beten hatte niemals einem Gott gegolten. Sanela betete ihrer Großmutter zuliebe. Die Großmutter war eine böse Hexe gewesen. Jeden Abend al-Fātiḥa. Bi-smi llāhi r-rahmāni r-rahīm und so weiter.

Es ärgerte sie, nicht in diesem Moment, aber im Nachhinein, dass sie an jenem Tag aufgehört hatte zu beten. Als wäre Sex etwas, das einem Gott, an den sie ohnehin nicht glauben wollte, nicht gefallen könnte. In jener Nacht weckte sie Akkan, indem sie über seine behaarte Brust strich, und hatte noch einmal Sex mit ihm. Gegen fünf Uhr morgens zog sie sich an, verließ sein Zimmer, ohne ihn zu wecken, schwang sich auf ihr Fahrrad und radelte nach Hause, wo sie sich gegen halb sieben die dröhnende Standpauke ihrer Tetka anhörte und sich an der Lautstärke ebenso wenig störte wie an dem Wort «Hure». Ihr Becken schmerzte, als hätte sie sich verkühlt.

Den Namen Niels-Tito hatte sie nie in Frage gestellt. Clemens hatte gefragt und sie damit eiskalt erwischt, sie hatte tatsächlich noch nicht daran gedacht: So ein Kind, das brauchte ja einen Namen. Sie teilte Clemens den Namen ein paar Tage später mit. Am Abend seiner Geburt blickte Sanela auf das blondbehaarte Bündel im Gitterbettchen neben sich, suchte vergeblich nach Zügen, die es von den anderen neugeborenen Säuglingen unterscheiden würden, wartete geduldig auf Muttergefühle und hatte plötzlich das starke Bedürfnis, die al-Fātiḥa aufzusagen. Flüsternd. Und seitdem jeden Abend.

Dann war Nils Liebe eingezogen. Genauso war es geschehen: Er war eingezogen, sie hatte ihn nicht darum gebeten, er hatte nicht um Erlaubnis gefragt. Es war geschehen, wie alles mit ihnen geschah, ohne Mühe.

Das Beten hätte Sanela Nils Liebe niemals erklären können. Weder die kleine Möglichkeit einer Existenz Gottes, die sie damit ja zuließ, noch die Schwäche, die sie sich selbst zugestand, indem sie betete.

Das Beten hörte auf. Jahrelang, jeden Abend seit dem Tag seiner Geburt hatte sie die Sure gesprochen, und an keinem dieser Abende in all diesen Jahren hatte Niels-Tito gefragt: Warum, was für eine komische Sprache, was heißt das? Und auch nicht an diesem einen Abend, Nils Liebe stand zum ersten Mal an der Tür, als sie ihn zu Bett brachte und das Gebet nicht sagte: Warum denn heute plötzlich nicht? Als habe er in all diesen Jahren das arabische Flüstern überhört.

Sanela, Nils Liebe und Niels-Tito versuchten sich fortan am Zusammenleben und ließen Gott dabei außen vor.

Momente. Ganz plötzlich. Der Junge hüpft auf ihrem großen Bett herum. Sie sitzt am linken Rand, die Knie an sich gezogen. Nils Liebe sitzt am anderen Ende des Bettes, ein Buch in den Händen, in dem er nicht liest. «Kitzle mich!», ruft der Junge, kitzle mich. Und Nils Liebe, der nicht begreift, was hier passiert, legt das Buch beiseite, wirft den Jungen auf den Rücken, kitzelt ihn durch, unter den Achseln, überall. Und sie lachen. Bi-smi llāhi r-rahmāni, beginnt Sanela still und bremst sich selbst. Sie lacht mit.

Sie sitzt auf der Couch und friert. Aufstehen, eine Decke holen, aber sie kann nicht. Ein Schlüssel im Schloss, eine Tür geht auf, Schritte im Flur, Dinge, die abgelegt werden, Nils Liebe betritt das Zimmer. Sieht sie an. Geht wortlos wieder hinaus, kommt mit einer Decke zurück, die er um sie wickelt. Verschwindet noch einmal, kehrt ein paar Minuten später mit ihrer grünen Tasse voll dampfendem Kaffee zurück. Kein Versuch mit Kräutertee, die Flüssigkeiten, die Sanela heiß zu sich nimmt, müssen Koffein enthalten. Er führt die Tasse an ihre Lippen, sie nippt, hält sich die Hände zwischen die Knie, damit das Zittern aufhört. Als die Tasse ausgetrunken ist, bringt Nils Liebe sie in die Küche zurück und zieht auf dem Rückweg ein Buch aus dem Regal. Ein Lyrikbändchen, so viel erkennt sie, aber nicht, welches es ist.

Ich werde fortgehn im Herbst
wenn die grauen Trauerwolken
meiner Jugend mich mahnen.
Keine Fahnen werden flattern
keine Böller knattern
Krähen werden aus dem Nebel schrein
Schweigen, Schweigen, Schweigen
hüllt mich ein.
Ich werde gehen wie ich kam
Allein.

liest Nils Liebe vor. Sanela schließt die Augen, seine Stimme rauscht in ihrem Kopf, endlich schwindet das Zittern. Sie döst ein, oder hört sie zu? Die Decke ist warm.

«Schlaf», sagt Nils Liebe. Sein erstes Wort, seit er nach Hause gekommen ist. «Ich schau noch nach dem Jungen.» Er verlässt das Zimmer. Bi-smi llāhi r-rahmāni r-rahīm, beginnt Sanela, und diesmal spricht sie die Sure zu Ende.

Ein Sonntagmorgen, der sich als Sonntagmittag entpuppt. Dass Zeiten verschwimmen, Minuten zu Stunden werden und Tage ineinander übergehen, ohne dass sie sich der Nächte dazwischen entsinnen kann, ist das ein Zeichen für das Wachsen des Tumors? Sie muss selbst über diese Frage lachen. Sie blickt auf die Uhr, erschrocken, schon 13 Uhr 41. Sie ist gestern am frühen Abend ins Bett gegangen. Ist sie gestern am frühen Abend ins Bett gegangen? Gestern? Sie quält sich aus den Laken. Stimmen in der Küche.

Als sie diese betritt: «Mama, Nils und ich haben ein Radio gebaut, ein echtes, guck mal, es funktioniert!» So sieht es aus, ihr glückliches Kind. Nils Liebe steht wortlos auf und nimmt die Milch aus dem Kühlschrank, bevor er sich an der Kaffeemaschine zu schaffen macht. Niemand sagt hier guten Morgen.

Und plötzlich ist da diese unbändige Wut. Dieser Nils Liebe an ihrer Kaffeemaschine. Diese Radioteile auf ihrem Küchentisch. Dieses alles.

Der Junge aber ist glücklich, er macht sich an einer Schraube zu schaffen und streckt die Zunge leicht heraus, vollkommene Konzentration.

«Ich putz mir noch schnell die Zähne», sagt Sanela. Sie atmet tief durch, während sie auf der Toilettenschüssel sitzt. Sie weiß nicht weiter, außer: Vor dem Badezimmerspiegel betet sie zum ersten Mal in ihrem Leben auf Deutsch. Neu ist das Bitten, und die Bitten sind einfach: Bitte, Gott, pass auf meinen Jungen auf, bitte, Gott, an den ich nicht glaube, bitte lass ihn glücklich sein. Bitte, Gott, gib mir noch ein paar Momente. Bitte, Gott, lass mich nicht ich sein. Hilf mir. Jetzt, und mit Nils, will ich nicht ich sein. Bitte, bitte, bitte.

Prag

Prag. Regen wie eine Wand, seit ihrer Ankunft. Sie kaufen einem Straßenhändler einen Regenschirm für fünf Euro ab, aber nach zwei Stunden hat ihn der Wind kaputtgerissen. Der Regen ist kalt, die Luft ebenfalls. Sie trinken viel Kaffee, Sanela ärgert sich fortwährend darüber, dass sie in den Cafés nicht rauchen darf, im Regen stehen will sie aber auch nicht. Nils Liebe ärgert sich, dass Sanela sich ärgert, wozu denn dann diese Reise, wozu die drei Tage ohne Kind? Es war nicht seine Idee.

Beinahe ein normales Paar.

Nils Liebe will sich einen Moment in einem antiquarischen Buchladen umsehen und verschwindet für vier Stunden. Sanela trinkt vier Kaffee, raucht neun Zigaretten und läuft ein wenig durch die Stadt. Sie überlegt, Niels-Tito anzurufen, der das Wochenende bei seiner Patentante verbringt, und lässt es sein.

Als er den Buchladen verlässt, regnet es nach wie vor. Zufriedener könnte er nicht sein. Die seltenen Ausgaben, die er aufgestöbert hat, wurden in mehrere Papierschichten eingepackt, in eine Plastiktasche gesteckt, diese in seinem

Rucksack verstaut. Ein Buch aber steckt er unter seine Jacke, als er sieht, dass der Regen nicht nachgelassen hat.

Sein Gedicht handelt von Regentropfen in Prag, von Dunkelheit, die Freiheit verspricht, von zweien, die nicht benannt werden müssen. Der Geruch der alten Bücher, den er wie ein Süchtiger eingesogen hat, die kalten Regentropfen auf seiner Haut, die Dämmerung, die sich über die Moldau legt, erlauben es ihm nicht, sein Mobiltelefon zu nehmen. Er läuft ziellos und Ausschau haltend herum, die Haare und die Kleidung triefen, bis er Sanela in einem Café unter einer Markise sitzen sieht. Der Regen trommelt im Takt, prasselt schräg und an der Markise vorbei auf ihr Bein, ihre Jeans ist durchnässt. Sie sitzt als Einzige draußen. Kaffee, Zigarette – er setzt sich zu ihr wie zu einer zufälligen Begegnung.

Bei allem, was war, bei allem, was ist, bei allem, was sein wird, wissen sie, wer sie sind, und brauchen dafür keine Worte. Deshalb kann Nils Liebe ohne Begrüßung das Buch aus der Jacke ziehen. Deshalb schlägt er es auf, legt es wortlos vor sie auf den Tisch. Deshalb liest sie das Gedicht, ohne eine Frage zu stellen; er sitzt da, sie bestellt noch zwei Kaffee. Sanela spricht Tschechisch. Mit Nils Liebe spricht sie an diesem Tag nicht mehr.

Auf dem Weg zum Hotel verschwindet sie für ein paar Minuten in einem Laden, Nils Liebe wartet geduldig wie ein Hund. Er ist ein sehr zufriedener Hund. Als sie herauskommt, hat sie ein schlichtes schwarzes Baumwollhalstuch in der Tasche. Sie gehen weiter und spüren einander: So soll es sein. Sie beide. Vor dem Hoteleingang bleibt Sanela stehen, hält Nils Liebe am Arm fest, der, ihr Stocken nicht bemerkend, das Gebäude betreten will. Noch bevor er sich zu ihr umdrehen kann, legt sie ihm von hinten einen Finger auf die Lippen. Dann bindet sie ihm das Halstuch um die Augen. Sie führt ihn ins Hotel, zum Aufzug, witzelt auf Tschechisch mit dem Portier, lächelt ihn möglicherweise an, was weiß Nils Liebe schon.

Ein paarmal geht Sanela in den nächsten sechsunddreißig Stunden hinaus und holt etwas zu essen und Getränke. Ein paarmal fragt Nils Liebe, ob sie sich nicht etwas ansehen wollen. Er fragt träge. Ums Sehen geht es hier gerade nicht. Er gewöhnt sich daran: Am nächsten Tag findet er das Badezimmer leicht mit verbundenen Augen, schafft es sogar, ohne Hilfe zu duschen.

«Komm zurück ins Bett», ruft Sanela. Er gehorcht.

Dort bleiben sie. Keins der Verben, die die beiden als Umschreibung von Sex kennen, drückt aus, was in diesem Bett passiert. Kraft, Macht, Gesetzlosigkeit. Greifen, schreien, krallen, reißen, beißen, werfen, schlagen, ziehen, nehmen, müssen. Das ist es, was sie einander sind.

«Ich sehe uns im Spiegel», sagt Sanela einmal, sie atmet schwer, sie atmet direkt in sein Ohr.

«Ich sehe nichts», sagt Nils Liebe. Es fällt ihm schwer, überhaupt etwas zu sagen.

Später fragt er: «Wir haben einen Spiegel im Zimmer? Welche Farbe haben die Wände?»

«Das wirst du nie erfahren», antwortet Sanela und setzt sich auf ihn.

In Prag regnet es zwei Tage lang. Als Nils Liebe am übernächsten Tag, als sie das Hotel mit gepackten Taschen verlassen haben, die Augenbinde abnimmt, ist ihm, als schieße das Licht wie ein Laser direkt in seine Augen. Es schmerzt. Sanela lacht.

«Das tut weh», jammert er, verspielt beleidigt, immer noch verspielt.

«Ich lache mit dir, nicht über dich», erklärt sie.

«Aber ich lache doch gar nicht.»

Sie küsst ihn.

Beinahe ein normales Paar.

Zwei II

Das waren zwei, die sich da gefunden hatten. Eine, die an manchen Tagen rein gar nichts spüren wollte, am allerwenigsten sich selbst. Sie hatte die Stillung dieses Bedürfnisses zu Meisterschaft und Vervollkommnung gebracht: Gefühle wie Gedanken eingesperrt, die Hände unentwegt in tätiger Bewegung, das Lächeln, das erobernde, ins Gesicht gemeißelt, und höchstens eine innere Regung, wenn sie das Kind erblickte, das sie an jenen Tagen nicht berührte, mehr unbewusst denn absichtlich: Beim Vorlesen saß es neben ihr anstatt auf ihrem Schoß, beim Ins-Bett-Bringen deckte sie es zu, aber fasste dabei nur die Dinosaurier-Decke an. Wie gut, dass das Kind Niels-Tito war, er störte sich nicht daran. Auch Mutter und Kind hatten sich im Laufe des jahrelangen, zweisamen, auf eine distanzierte Weise symbiotischen Lebens zurechtgelebt.

An anderen Tagen hingegen war der Drang, sich lebendig zu fühlen, so gewaltig, dass sie meinte, die Adern und Nerven im Körper zittern zu spüren, alle einzeln. Ein Müssen, nicht Wollen, nicht Wünschen. Eine Leere, die sie jetzt, sofort, in dieser Sekunde noch ersetzen musste, damit sich der Körper beruhigte. Eine Art fiebriger Wahn. Sie wollte, musste schreien und schmeißen, Steine, Glas, Zerbrechliches, etwas, das krachte, schepperte, knallte, explodierte und barst, auch sich selbst gegen etwas. Sie schüttelte sich, als sei die Leere etwas, das sich abschütteln ließ; sie wollte leben. Das Leben spüren.

Und dann der andere: Der Gefühle dachte und sie selbst im Kopf nur mit einer gehörigen Portion Zynismus ertrug. Der Einsamkeit nicht kannte, obwohl er die meiste Zeit seines Lebens alleine gewesen war. Der Hoffnung empfand, wenn Menschen ihn nach einer Stunde noch nicht langweilten. Der die Zeit nutzte, in der sie ihn langweilten, um sich vorzustellen, wie er sie schüttelte: «Hast du denn keinen einzigen Gedanken in deinem Kopf?» Der Körperlichkeit und in dieser Körperlichkeit manchmal Kraft und Hitze und Grobheit brauchte, um sich äußern zu können, aber Buchseiten zärtlich umblättere, weil sie ihn ansprachen, wie es diejenigen, von deren Körperlichkeit er Gebrauch machte, nicht vermochten.

Das waren die zwei, und ihr Aufeinandertreffen hätte zu einer erfüllenden, innigen Verbindung führen können. Tat es aber nicht. Die Wellen verliefen häufig kontradiktorisch, stellten sie ohne Überraschung fest. Befanden sie sich gerade weit entlegen voneinander, so wunderten sie sich, dass sie nicht zueinanderfanden, und fügten sich gegenseitig Schmerzen zu. Stießen sie aber in ihren Achterbahnfahrten mit voller Wucht zusammen, so gab es eine Explosion, von der sie zu lange zu zehren versuchten.

Da blieb es nicht aus und ihnen nichts anderes übrig, als dass sie manchmal die eigentliche Welt, in der sie zu leben verdammt waren wie all die anderen Menschen, verlassen mussten. Eines Tages, schenkte er ihr ein Gedicht (schenkte, nicht schrieb, darauf legte er immer noch Wert), woraufhin sie ihm die Augen verband und das Tuch erst zwei Tage später wieder entknotete. Und direkt in den Müll warf.

Am Rheinfall

Sie fuhren über den Rheinfall. Niels-Titos wegen. Er hatte sich die Niagarafälle gewünscht und würde sich deshalb später, so sinnierte Nils spätabends für Sanela, die es liebte, wenn er für sie sinnierte, bei seinem Psychotherapeuten beklagen können, er habe sich als Neunjähriger von ganzem Herzen gewünscht, die Niagarafälle zu sehen, und seine Mutter mit ihrem sonderbaren Freund – was für ein Freund?, würde der Therapeut fragen – hatten ihn an den Rheinfall gebracht. Bei dem Wort Freund zuckte Sanela zusammen.

Der Rheinfall: der größte Wasserfall Europas.

Breite des Falles: 150 Meter.

Höhe des Falles: 23 Meter.

Tiefe des Beckens: 13 Meter.

Alter des Falles: 14 000 bis 17 000 Jahre.

Durchschnittliche Sommerabflussmenge: 600 Kubikmeter pro Sekunde.

Durchschnittliche Winterabflussmenge: 250 Kubikmeter pro Sekunde.

Im Übrigen fuhren sie keineswegs *über* den Rheinfall,

weil der Rheinfall von ihnen aus gesehen im Südwesten lag und sie in den Südosten wollten. Richtung Sarajevo und noch weiter, alte Knochen suchen. Sie machten also einen Umweg von fast vierhundert Kilometern, wie Niels-Tito während der Fahrt ausrechnete, Nils spendierte eine Nacht in einem netten kleinen Schweizer Hotel und nannte das Ganze einen Road Trip, was den beiden außerordentlich gefiel. Sanela, für die die Schweiz eine verschwommene, aber eindeutig unangenehme Erinnerung an Berge, weiße Krankenhauswände und ein klares, aber nicht schmerzendes Nicht-Gefühl war, wollte endlich mal Fondue probieren. Nils gegenüber hatte sie erwähnt, dass sie nie Fondue gegessen hätte, bei jenem einzigen Mal, dass sie in der Schweiz gewesen war, als sie sich für Jahre aus den Augen verloren hatten. Das war sogar für ihre Verhältnisse ein drastischer Euphemismus für einen versuchten Selbstmord und den darauffolgenden Klinikaufenthalt. Nils hatte auf diesen Bericht nur erwidert, dass die Geschichte, der zufolge die Sennen das Fondue erfunden hätten, um auf ihren abgeschnittenen Almen neue Rezepte für die zur Verfügung stehenden Nahrungsmittel Käse und Brot zu haben, nichts weiter als eine Legende sei. Sanela war ihm dafür dankbar.

Der Rheinfall also: beinahe schon ein Familienausflug, wie sie ihn alle drei nicht kannten. Fast ein Schauspielerdebüt.

Sanela überlegte, ob sie nicht die Holzkiste mit ihren Gedichten, die sie in den Kofferraum ganz hinten bei der Erste-Hilfe-Tasche verstaut hatte, in das stürzende Wasser werfen sollte. Nicht, weil sie sie loswerden wollte, sondern der Geste halber, um ihre Gedichte, die niemand jemals gelesen hatte, im Rhein versenkt zu haben. Aber sie war dann doch zu faul, um zum Parkplatz zurückzugehen und die Kiste zu holen. Ein zu langer Marsch für eine banale theatralische Aufführung.

Nils hätte die Geste verstanden.

Niels-Tito hätte sie möglicherweise verwirrt. Sie war seit dem 30. April sehr bedacht darauf, ihn nicht noch mehr zu verwirren, und gab sich leidlich Mühe, eine Mutter zu sein, wie sie es bei anderen Müttern beobachtete. Erwartungsgemäß war die Aufgabe nicht einfach.

Nils war ehrlich überrascht, dass die stürzenden Wassermassen, die Wucht, mit der der weiße Schaum in die Strudel krachte, als hätte er unbändige Freude daran, die Verspieltheit, mit der sich das Wasser gegen die Felsen warf, der Dampf, der wie in einem Märchen über den Wellen schwebte und in dem die Schweizer Flagge fast rosa erschien, ihn beeindruckten. Und berührten. Die Niagarafälle hatte er selbstverständlich gesehen. Die Victoriafälle hatte er von einem Hubschrauberflug aus betrachtet. Er hatte in den Regenbögen unterhalb der Iguazufälle gestanden. Nils war erst überrascht, dann hocherfreut angesichts seiner Gefühle. Es kam so selten vor, dass ihn etwas beeindruckte.

Mit einem Mal ertrug er die anderen Touristen. Die Japaner mit ihren großen, goldumrandeten Sonnenbrillen, Paare, die nicht miteinander kommunizierten, einander nicht anlächelten und nicht berührten, sich aber für ein Foto vor die Brüstung platzierten. Paare, die sich nicht zu kennen schienen. Die Osteuropäer, laut, gestikulierend, in großen Gruppen; Männer, die fürs Foto einander auf die brüderliche Art den Arm um die Schulter legten, männliche Männer, die den Frauen ihre mehr dicken denn muskulösen Arme von hinten um die Hüften legten; die Frauen verzogen den Mund zu einem genau dosierten Strahlen, ließen die Haare im Wind flattern, die Augenbrauen fragend, möglicherweise verführerisch hochgezogen. Es wunderte ihn, wie wenig ihn die Klischees irritierten. Er wollte lieber den Enten zuschauen, die über das Wasser hinwegflogen, und auch dieser einen Ente, die auf einem Felsenvorsprung über einem Abgrund thronte, als warte sie auf ... Ihm fiel nichts ein, worauf sie warten könnte, und er hatte nicht das Bedürfnis, den Gedanken zu beenden.

Sein Kopf war ganz ruhig. Es war, als habe das schäumende, lärmende Wasser die Arbeit seines Gehirns für einen Moment übernommen. Er traute dieser Ruhe in seinem Kopf nicht, brachte es aber immerhin fertig, sie nicht analysieren zu müssen. Das Wasser war schnell und gewaltig, und hatte dennoch keine Eile. Die knallgelben Boote, die Touristen zu einem Felsen brachten, den man mit Hilfe einer Treppe besteigen und von dem aus man sicher die eindrucksvolleren Fotos schießen konnte, schaukelten immer mehr, je näher sie sich dem Felsen und der Prallzone des Wasserfalls näherten.

Er warf einen Blick zu Niels-Tito und wusste sofort, sie würden mit einem dieser gelben Boote zum Felsen hinausfahren müssen.

Er wollte bleiben, auch so ein seltenes Gefühl. Nils Liebe fragte sich nicht, wann er dieses Gefühl zuletzt verspürt hatte. Nils Liebe fragte sich nichts.

Niels-Tito, der bei der Autofahrt die letzten zwei Stunden lang geredet hatte, war ins Schweigen verfallen. Er lehnte am Eisengeländer und blickte hinab. Und sagte nichts.

Seine Mutter und Nils saßen auf der Bank und blickten auf den Rücken seiner grünen, abgewetzten Jacke, aus der er schon fast herausgewachsen war. Die Kamera, die Nils ihm vor der Reise geschenkt und mit der er seitdem ununterbrochen fotografiert hatte – Gegenstände in seinem Zimmer, seine Mutter, seine Mutter und Nils, seine Schuhe, elf Dinge, die er in verschiedenen Konstellationen anordnete, verschwommene Ansichten aus dem Autofenster, einzelne Buchstaben in dem Buch, das er gerade las –, ließ er, nun, da sie am Rheinfall standen, in seinem Rucksack.

Nach elf Minuten, die er nicht mitstoppen musste, setzte er sich neben Nils auf die Bank. Ihre Oberschenkel berührten sich. Später, nachdem sie mit dem gelben Boot hinausgefahren sein würden, nachdem sie Sanela zuliebe Fondue gegessen haben würden, was beiden, Sanela und Niels-Tito, nicht schmeckte, nachdem sie darüber gelacht haben würden, nachdem Nils für ein Foto, das Niels-Tito machen wollte, seinen Arm um Sanela gelegt haben würde, später, wenn Niels-Tito schon schlief, zehn Kuscheltiere übers Bett verstreut und das elfte, der seit Jahren nicht mehr weiße Eisbär, heruntergefallen neben dem Bett, wird Nils in einem Moment, in dem Sanela duschte, in ihrer Tasche, in der er nach Zigaretten suchte, eine schwarze Pappmappe finden.

Er wird sie gedankenlos öffnen. Nils' Liebe, gedankenlos? Ja, er wird sie gedankenlos öffnen, weil Sanela gerade duscht und weil er einfach eine Zigarette auf dem Balkon rauchen will und soeben darüber nachdenkt, dass man diesen Eisbär doch sicher in die Waschmaschine stecken könnte, und weil er darüber schmunzelt, dass die anderen beiden in all den Jahren nicht auf diesen einfachen Gedanken gekommen waren, tatsächlich gedankenlos wird er die Mappe öffnen. Die Röntgenbilder, die er darin findet, kann Nils Liebe selbstverständlich sofort als das erkennen, was sie sind.

Massengräber

«Aber wenn es Massengräber sind, wie können wir dann herausfinden, wo mein Opa begraben liegt?»

Niels-Tito sitzt im Schneidersitz im Gras, Nils Liebe auf einem Gartenstuhl. Nils Liebe überlegt kurz: Soll er es dem Jungen erzählen? Dass er bereits zum zweiten Mal in seinem Leben mit Sanela diese Reise macht, auf der Suche nach einem Grab, das sie niemals finden werden? Die Sonne scheint, es ist Sommer, der Junge hat braungebrannte Beine und Arme und ein paar Sommersprossen im Gesicht, die Haare hängen ihm in die Stirn. Nachher wollen sie noch mal zusammen ans Meer, um die Wette schwimmen. Sanela ist unterwegs, Grabsuche.

Einmal, es ist zwei Tage her, hat er Nils Liebe umarmt. Sie sprechen zuweilen miteinander, ohne zu sprechen. Nils Liebe möchte ihm die Geschichte von den Panzern ersparen, von den Schießereien, den zerbombten Dörfern, den Toten. Gleich am ersten Tag nach ihrer Anreise sind sie an Višići vorbeigefahren, aber dass sie dort aufgewachsen ist, hat Sanela nicht erzählt. Ohnehin kommt auf den Jungen noch so einiges zu. Der nimmt einen Schluck Limonade.

«Ich glaube, wir können überhaupt nicht herausfinden, wo das Grab von deinem Opa ist. Wir machen einfach Urlaub hier. Wir sind nicht nur hier, um das Grab zu suchen», sagt Nils Liebe zu dem Jungen und zu sich selbst. Er nimmt noch einen Schluck aus seinem Glas.

«Ich glaube, es ist für Mama ganz wichtig, das Grab zu finden», erwidert Niels-Tito, nimmt nun sein Limonadeglas in die Hände, nippt.

«Warum denn?»

«Weil Mama das vielleicht finden will, bevor sie selbst stirbt. Vielleicht will sie neben Opa begraben werden.»

Dem folgt eine Pause, muss eine Pause folgen. Nils Liebes Hand stockt in der Bewegung, er wollte sein Glas absetzen. Sein Gehirn stockt: Er hat etwas gehört, aber das Gehirn verarbeitet diese Information nicht. Sogar das Summen der Bienen scheint verstummt. Der Junge weiß von dem Tumor. Sanela weiß von dem Tumor. Er selbst weiß von dem Tumor eigentlich nicht. Niemand spricht. Sein Herz ist das Einzige, was er spürt und hört: Es klopft laut und schnell.

Pause.

Im Garten

«Sanela?» Ein besserer Anfang fällt Nils Liebe nicht ein. Der Junge schläft. Sie sitzen im Garten. Sanela versucht, die Mücken zu vertreiben. Er tut so, als läse er. Seit einer Stunde bereits, ein besserer Anfang ist ihm währenddessen nicht eingefallen.

Sanela aber ist klug. Wie klug, das hatte er vergessen.

«Ja, ich bin krank.»

Danke, Sanela.

«Wie schlimm?»

«Sehr schlimm.»

«Und Therapie?» Sonderbarerweise hilft die Kürze der Sätze.

«Versuche ich. Einmal. Und wenn es nicht hilft, dann gehe ich.»

«Dann gehst du?»

«Dann gehe ich.»

Es gibt Sätze, die lässt man besser stehen. Und dann gibt es noch welche, die lassen einem keine andere Möglichkeit, als sie stehenzulassen.

«Nils?»

«Ja?»

«Lass uns den Sommer genießen.»

Also nimmt Nils Liebe sein Buch wieder zur Hand und genießt den Sommer. Sanela versucht, die Mücken zu vertreiben.

Die Wahrheit

Sanela sprach Wahrheiten aus. Alle Wahrheiten, und das auch schon damals, in dem, was sie ihr anderes Leben nannte. Bereits als Kind hatte sie sich gewundert, die Menschen wollten Wahrheiten offenbar nicht hören. Als würde die Benennung der Dinge den Schmerz, den sie verursachten, verschärfen.

Sie erinnerte sich an Dialoge, an Ausgesprochenes, mehr als dass sie sich an Situationen erinnerte. Umgebungen musste sie sich erst in Erinnerung rufen. Augen schließen reichte nicht.

Ihr Vater, in der Küche rauchend. Obst auf dem Tisch und Obstbilder auf der dünnen Plastiktischdecke. Mit der Hand, in der er nicht die Zigarette hielt, streichelt ihr Vater die Tischdecke glatt, vergeblich, der rote Apfel, die grüne Birne holen sich ihre Falten immer wieder zurück. Sanela kauert im Sessel, hat ihr Buch aufgeschlagen und mit dem Buchrücken nach oben auf die Knie gelegt. Schaut ihrem Vater zu. Vor allem seiner zitternden Hand.

Ihre Großmutter betritt das Zimmer. Schweißperlen auf der Stirn, unterhalb des Kopftuchs. So wird sie sich ihre

Großmutter merken: mit dem Kopftuch. Sanela weiß es noch nicht, aber sie wird sich manchmal ein Kopftuch umbinden, wenn sie sich später einsam fühlen wird. Und einsam wird sie sich häufig fühlen.

Schweißperlen auf Großmutters Stirn, es ist einer dieser stickigen Sommertage, Sanela hat nur eine weiße Unterhose an, Tränen in den Augen der Großmutter.

«Geht ihr nicht gut», sagt Großmutter und setzt sich zum Vater an den Tisch, der sich sogleich auf seinem Stuhl zurücklehnt, was Sanela als Geste der Ablehnung empfindet. Sie versteift sich augenblicklich, indem sie ihren Rücken streckt, den Hals nach vorne gereckt. Das Buch rutscht ihr fast von den Knien, sie hält es im letzten Moment fest.

Ihr Vater nickt. Sie nickt mit, ohne es zu merken.

«Geht ihr nicht gut», wiederholt ihre Großmutter und schüttelt den Kopf.

Ihr Vater drückt die Zigarette im Aschenbecher aus. Ihre Großmutter schluchzt.

«Wir müssen warten», sagt ihr Vater. «Der Arzt sagte, es dauerte, bis die Tabletten anschlagen. Ihr System muss ...» Und er beendet diesen Gedanken nicht, führt aber seine Hand zum Mund. Ihr Vater kaut am Fingernagel, wie sie es manchmal tut.

«Geht ihr ...», das Schluchzen der Großmutter verschluckt beinahe den Satz.

Sanela hat jetzt genug.

«Warum sollte es ihr gutgehen? Sie ist doch gerade am Verrecken!», sagt sie.

«Sanela!», rufen die Großmutter und der Vater aus, es ist möglicherweise das erste Mal in ihrem Leben, dass sie derselben Meinung sind. Wenn Empörung als Meinung gelten kann.

«Was denn?», will sie wissen, und sie will es ehrlich wissen.

Nun ist es ihre Großmutter, die sich zurücklehnt und ihren Sohn abwartend anblickt. Er ist der Vater.

«So was sagt man nicht!», sagt er.

«Warum denn, es stimmt doch.»

«So was sagt man nicht.» Hilflos klingt er, und weil Sanela ihren Vater in hilflos nicht erträgt, geht sie mit dem Buch in der Hand auf die Veranda hinaus. Draußen ist es noch heißer als im Zimmer.

Sechs Stunden später ist ihre Mutter tot.

Ihre Mutter. Sie erinnert sich an Fetzen, nicht an ihre Mutter als Ganzes. Nicht an ihre Mutter als Mensch. Aber an den Husten. An Körperteile, an einzelne. An Hände mit langen Fingern und immer gepflegten Nägeln. An knochige Knie. An verhältnismäßig zu große Ohrläppchen, der Ohrringe wegen. Nicht aber an Augen. Stattdessen erinnert sie sich an Dialoge.

Sie erinnert sich nicht an den Großvater mütterlicherseits, aber daran, dass ihre Mutter ihn einmal besuchen wollte.

«Morgen fahren wir zu Djed», sagt die Mutter.

Sanela hört auf zu hüpfen, wie alt ist sie, vier, fünf? Sie liebt Hüpfen, auf und ab und immer höher. «Höher, höher», rief ihr Vater, und sie möchte das so sehr, für ihn und für sich, immer höher, bis es irgendwann nicht mehr geht.

«Ich will nicht zu Djed. Da ist mir so langweilig. Und er stinkt.»

«Sanela!», ihre Mutter empört sich. Immer empört sie

sich über Sanela, auch wenn Sanela das Verb noch nicht kennt.

«Was?»

«Das sagt man nicht. Das ist dein Großvater. Er will dich sehen. Er freut sich so.»

«Ach Quatsch, der kann mich doch gar nicht sehen. Der kriegt seine Augen nicht auf.» Und sie hüpft weiter auf dem Sofa und spürt mit den Füßen die Sprungfedern unter dem samtigen Bezug und freut sich.

Ihr Vater mischt sich ein. «Was willst du ihr denn beibringen? Dass sie lügen soll?», fragt er.

«Nein, ich will ihr Manieren beibringen», antwortet ihre Mutter und hustet. Husten, Husten, Husten. Sanela hüpft noch höher.

Daran erinnert sie sich. Jetzt liegt Sanela neben Nils Liebe. Auf der Seite, genau wie er. Sie berühren sich nicht und vermeiden ausnahmsweise für ein paar Minuten nicht angestrengt den Augenkontakt. Sie reden über Niels-Tito. Wenn sie über den Jungen reden, dürfen sie sich anschauen. Eine dieser Regeln. Sie haben so viele, haben nie eine ausgesprochen, vergessen keine davon. Diese Regeln sind wichtig, damit Nils und Sanela genau das tun können: nebeneinanderliegen. Während der Junge unter den ersten Sonnenstrahlen des Tages im Garten spielt.

«Ich liebe den Jungen», sagt Sanela. «Das ist das Einzige, was ich sicher weiß. Dieses eine Gefühl ist sicher.»

Nils Liebe nickt. Und sagt nichts. Und fragt nichts.

Also sagt Sanela noch etwas. «Bei dir weiß ich ja nicht, wie lange es anhält. Mein Gefühl.»

Nils Liebe nickt. Sagt nichts.

Also sagt Sanela noch etwas. «Ist doch wahr. Und immer

darf man solche Dinge nicht sagen. Alle Beziehungen beginnen doch damit, dass man glaubt, die Gefühle währen ewig. Die große Liebe, auch mit ihr muss man schlechte Zeiten aushalten, und die dann am Ende besiegen. Und wehe, es sagt mal einer die Wahrheit.»

«Ich weiß», sagt Nils Liebe, nur deshalb, weil er meint, auch mal etwas sagen zu müssen.

«Weißt du, was mich richtig froh macht?», fragt Sanela, und das kommt beinahe einer Liebeserklärung gleich. «Dass ich dir das sagen darf. Dass ich bei dir immer die Wahrheit sagen darf. Dass ich dir nichts vorlügen muss, von wegen Liebe und all das. Bei dir kann ich ehrlich sein.»

Sie ist so froh, dass sie Nils Liebe nicht anschaut, nachdem sie das ausgesprochen hat, sondern sich umdreht und, beinahe lächelnd, nach der Zigarettenpackung greift, die auf dem Nachttisch liegt. Sie freut sich auf den Urlaubstag.

Ein Blick in sein Gesicht hätte sich gelohnt.

Zuschlagen

Es gab Tage, an denen schlug Sanela zu. Es gab Tage, an denen schlug sie an einem Tag nicht einmal zu. Sondern zweimal. Und dreimal. Und viermal. Nils gab sich Mühe, nicht mehr mitzuzählen, damit er sich selbst sagen konnte, dass Sanela an keinem dieser Tage öfter als viermal zuschlug.

Verbal natürlich.

Nils Liebe wäre eine Ohrfeige, die ihm ins Gesicht knallte – knallte, als habe Sanela eine Mücke erledigt, die sie nicht seit ein paar Sekunden, sondern bereits seit einer halben Stunde ärgerte –, eine Ohrfeige, die gerötete Fingerspuren auf seinem Gesicht hinterlassen hätte, lieber gewesen.

Aber man suchte sich im Leben so wenig aus, auch seine Sanela nicht. Sanela, im Übrigen, das wusste er, suchte sich selbst ebenfalls nicht aus. Sich selbst entfliehen, das war per definitionem nicht möglich.

Es gab diese Momente, die waren schön. Was schön war, hatte Sanela ihm eines Nachts erklärt und dabei an die Decke gestarrt mit einer Beharrlichkeit, die es ihm noch nicht einmal erlaubte, sie von der Seite anzublicken, weshalb er sich auch auf den Rücken gedreht hatte und nun ebenfalls die Decke anstarrte und nichts, aber auch gar nichts an der Decke erkannte, was sich anzustarren lohnte. Was schön war, hatte Sanela erklärt, musste zerstört werden.

Nils Liebe ließ den Satz in seinem Hirn ankommen, wie man unbekannte Gäste, die man mit Namensschild am Flughafen abholt, ankommen lässt: ohne die Ungeduld, mit der Liebende am Flughafen harren. Was schön war, musste zerstört werden. Dass sie ihn nachdenken ließ, über diesen Satz und auch über all die anderen Sätze, dass sie ihn nachdenken ließ, war immer noch eine Überraschung.

Das war im Übrigen so ein Moment. Es hatte sich herausgestellt, zum Glück und ebenfalls überraschend, dass Nils Liebe über einen Selbstschutzinstinkt verfügte, und so konnte er diesen Moment verstreichen lassen, ohne etwas zu erwidern. Sanela starrte die Decke an, auf diese beharrliche Weise. Überraschend war sein Selbstschutzinstinkt deshalb, weil er bislang nie das Bedürfnis verspürt hatte, sich selbst vor etwas zu schützen. Oder vor irgendjemandem.

Nils Liebe ließ sich beim Nachdenken die Zeit, die Sanela ihm gab, oder vielleicht auch nicht gab, weil sie einfach nur die Decke anstarren wollte und gar keine Antwort von ihm erwartete.

«Ich kenne ‹schön› gar nicht», antwortete Nils Liebe und achtete auf jedes seiner Worte.

Sanela musste sich für ihre Antwort keine Zeit lassen. «Das stelle ich mir schön vor, ‹schön› gar nicht zu kennen.»

Sein vor kurzem und überraschend entdeckter Selbstschutzinstinkt verbot ihm den Mund. Was hatte er sagen wollen.

Wenn er nichts sagte, musste Sanela nicht zuschlagen.

Es gab da diese Momente. Sie waren schön. Nils Liebe war von der Existenz dieser Momente und auch von ihrer Intensität nicht minder überrascht als Sanela, und möglicherweise war er noch nicht einmal minder verunsichert. Von Momenten wie diesen hatte er in unzähligen Büchern gelesen. Sein Theoriewissen war enorm. Sein Schatz an passenden, humorvollen, romantischen, liebenden, berührenden, rührseligen, möglicherweise perfekten Antworten war unerschöpflich, da half das fotografische Gedächtnis. Er erwischte sich dabei, eigene Worte und Sätze finden zu wollen, und schüttelte darüber den Kopf. Nils Liebe schüttelte übrigens den Kopf, wenn er ihn über sich selbst und die eigenen Gedankengänge schüttelte, tatsächlich. Die braunen Locken, die Sanela «Krullen» nannte, weil ihr das niederländische Wort besser gefiel, aus lautmalerischer Sicht, diese Krullen flogen ihm bei diesem Kopfschütteln kurz in die Augen und dann wieder zurück. Sanela registrierte die Kopfbewegung und fragte nicht.

Alle anderen Frauen, erinnerte sich Nils, hatten selbstverständlich gefragt, manchmal auf die seufzend-liebevolle Weise: «Na, was geht in deinem Superhirn schon wieder vor?» Manchmal nervös, aber nach außen hin den Anschein des Neckens erweckend: «Oh nein, hast du wieder einen deiner Denkprozesse gestartet?» Und die Klügste von ihnen, Annika, hatte es ignoriert und sich selbst aus der Situation verabschiedet: «Du denk mal nach, ich schlafe inzwischen.» Was Nils Liebe bislang die liebste Reaktion gewesen war.

Nils Liebe lernte, schöne Momente und vieles andere besser nicht zu hinterfragen.

Sie hatten nie darüber sprechen müssen, alle drei nicht,

auch nicht das Kind, dass Beschäftigungsmaßnahmen wie Kuscheln, Puscheln, Muckeln, Knuddeln und was es sonst noch für unerträgliche Begriffe für diese Art von Vertraulichkeit gab, in ihrer Dreierkonstellation aufs strengste verboten waren, in dieser Konstellation, die keiner von ihnen als Familie bezeichnet hätte, weil sie alle drei nicht das Bedürfnis verspürten, eine Bezeichnung dafür zu finden. Sie hätten auch gar nicht darüber sprechen können, weil die beiden Erwachsenen Worte wie kuscheln nie ausgesprochen hatten, weshalb das Kind sie vermutlich gar nicht kannte.

Wenn Nils Liebe und Sanela miteinander geschlafen hatten, drehte sich jeder sofort auf den Rücken. Nils Liebe reichte Sanela eine Decke, in die sie sich drehte. Manchmal holte Sanela sich ein Glas Wasser, das sie allein austrank. Manchmal musste Nils Liebe sich auch Wasser holen. Beide achteten sehr darauf, dass ihre Körper nun nicht noch einmal miteinander in Berührung kamen. Wenn Nils Liebe dann manchmal einschlief, genauso, auf dem Rücken liegend, ohne ein Wort gesprochen zu haben, blieb Sanela liegen und starrte die Decke an. Eine ihrer Lieblingsbeschäftigungen. Schon immer.

Im Bett lief es gut.

Es war der vorletzte Abend des Sommers, sie nannten diese Reise ihren Sommer und wussten um die zweieinhalb Wochen, die sie miteinander hatten, bevor zu Hause der Alltag und die Schule und die Arbeit und die Krankheit wieder zuschlagen würden. Die Chemotherapie wartete. Sie sprachen nicht darüber, aber dachten daran. Es war gut, dass es am vorletzten Abend geschah, weil Nils Liebe einen solchen Moment an einem letzten Abend nicht hätte ertragen können. Er kannte «schön» nicht und fand es schwer erträglich. Frühmorgens war Sanela wie immer als Erste aufgestanden und barfuß durch das taufeuchte Gras zu der alten, weißen Bank hinten im Garten gerannt, die schon lange eines Anstrichs bedurfte. Die nassen Grashalme an ihren Fußsohlen, nur für sie. Im Vogelgezwitscher schrieb sie ein Gedicht.

Niels-Tito hatte für 11 Uhr 11 zu einer Besichtigung seines Sommer-Langzeitprojekts eingeladen, einer Waldhütte, die er ganz alleine, ohne die Hilfe von Nils Liebe – der sich angebiedert hatte, weil er wusste, dass Väter solche Dinge machten, mit den Söhnen etwas erbauen –, zwischen zwei alten Tannenbäumen in der Ecke errichtet hatte. Zur Eröffnung servierte er Schnittchen, elf an der Zahl, die er eigenhändig geschmiert und auf einem Teller drapiert hatte. Sanela und Nils Liebe hatten sich in die Hütte gezwängt und gesetzt, die Füße mussten herausschauen, Niels-Tito hockte ihnen gegenüber im Gras und grinste beinahe, die Schnittchen schmeckten vorzüglich. Zwei blieben übrig, für später.

Nils Liebe hatte an jenem Tag ein Buch gelesen, wie an jedem anderen Tag ihres Sommers. Er war kurz vor der Abreise zu Seneca zurückgekehrt und kam gut voran. Im Original las sich Seneca am besten.

Sie hatten am Abend auswärts gegessen und sich danach gleich hingelegt, und irgendwann, Nils Liebe war gerade in «De Beneficiis» vertieft, hatte sich Sanela zu ihm gedreht und ihn mit folgendem Satz überrascht: «Willst du Liebe machen?»

Offensichtlich durfte sie manche Dinge äußern. Wann sie das beschlossen hatten, vermochte Nils Liebe nicht zu sagen. Also machten sie Liebe.

Und dann passierte es, und wer von den beiden überraschter von diesem Vorfall war, über den sie niemals sprechen würden, lässt sich wahrscheinlich nicht messen.

Nachdem sie Liebe gemacht hatten, fiel der Vorfall vor: Nils Liebe hält Sanela fest. Sanela hält Nils Liebe fest. Es ist ein unbeholfenes, leicht zittriges Festhalten, und das Zittern ist keinesfalls dem für beide befriedigenden, vorangegangenen Tun geschuldet, sondern der Anomalie des Festhaltens an sich. Beide sagen nichts, und es ist wahrscheinlich besser so. So ein Moment, denkt sich Nils und hält Sanela fest, während Sanela Nils festhält.

Mitten in diesen Moment hinein beißt Sanela zu. Sanela öffnet ihren großen Mund und beißt dahin, wo sie in ihrer Liegeposition am besten hinkommt: in Nils Liebes rechte Schulter. Mit Kraft, denn alles, was Sanela im Leben macht, macht sie hundertprozentig. Nils Liebe schreit auf. Der Zahnabdruck in seiner Schulter bleibt haften, es wird dauern, bis die Haut sich wieder entspannt und zu ihrer ursprünglichen Glattheit zurückfindet. Sanela dreht sich seufzend wie nach vollbrachter Arbeit auf den Rücken und starrt nach oben.

Im Zimmer nebenan dreht sich Niels-Tito um, ohne richtig wach zu werden. Der Schrei hätte ihn wecken können, hat er aber nicht, und ohne es zu merken, wirft Niels-Tito beim Umdrehen die Decke ab und auf den Boden. Es macht nichts, die Nächte sind so warm wie die Abende hier.

Nils Liebe wird aus diesem Moment lernen, aber das weiß er jetzt noch nicht. Jetzt gerade weiß er gar nichts, außer: Was schön war, musste zerstört werden. Sanela schläft in dieser Nacht wie immer als Letzte ein und wacht am nächsten Morgen wie immer als Erste auf. Sie sammelt ihre Kleidungsstücke ein und zieht sich in der Diele an, um niemand zu wecken, lässt sich beim Heruntergehen auf jeder Treppenstufe Zeit, um den Moment, in dem ihre Fußsohlen die nassen Grashalme berühren, hinauszuzögern. Der Moment ist so intensiv, dass sie sofort durch das Gras rennen muss. Das Gedicht, das sie am nächsten, dem letzten Morgen ihres Sommers schreibt, beginnt mit den Worten: «Was schön war, musste zerstört werden.» Aber das wird Nils Liebe nie erfahren.

Sie hielten sich danach nicht wieder fest, und so musste Sanela nicht mehr beißen. Weil sie nicht beißen musste, schlug sie zu, verbal. Nils Liebe wäre der Schmerz des Bisses lieber gewesen.

Es gab da beispielsweise jenen Abend ein paar Wochen nach dem Sommer, an dem sie den Zettel fanden. Sie fanden ihn zusammen, weil Nils Liebe an jenem Abend Sanela beim Laufen stützen musste. Der Chemo-Zyklus, die Übelkeit. Die Haare waren nun fast alle weg, sie waren büschelweise ausgefallen, wie es sich gehörte. Sanela hatte diese Büschel gewähren lassen und sie nicht abrasieren wollen, weil sie nichts so machen konnte, wie es sich für Krebspatienten gehörte. Mit dem Tumor hatte das übrigens nichts zu tun. Sanela tat nichts, wie es sich gehörte, das war ihr einziges Credo. Sanela musste ins Bad, und Nils Liebe stützte sie, er unternahm dabei den von vornherein zum Scheitern verurteilten Versuch, sie so wenig wie möglich zu berühren.

Den Zettel erblickten sie auf dem Flurboden vor der Tür. Kariert und mit unsauberem Rand, als habe ihn einer aus dem Mathematikheft gerissen. Hatte einer ja auch getan. Und mit Füller darauf geschrieben: «Mir geht es gut», ohne Punkt dahinter.

Niels-Tito ging es gut.

Niels-Tito hatte sich an jenem Abend alleine ins Bett gebracht. Als Nils Liebe in einem Moment, in dem Sanela endlich wegzudämmern schien – endlich für sie, nicht für ihn –, auf die Uhr blickte, erschrak er, sprang vom Bett auf und lief zum Kinderzimmer. Das Licht war aus, das Kind schlief, in einem mit Dinosauriern bedruckten Schlafanzug, den es selbst angezogen hatte. Den Zettel übersah Nils sowohl beim hastigen Verlassen des Schlafzimmers als auch beim möglichst leisen Wiedereintreten, das nicht notwendig gewesen wäre. Die Übelkeit war in diesen Tagen ein verlässlicher Wecker.

«Was macht er?»

«Er schläft. Hat sich selbst schlafen gelegt. Licht aus, Schlafanzug an. Den mit den Dinosauriern.»

Sie erwiderte nichts, vielleicht fehlte ihr einfach die Kraft.

Später, nachdem sie sich noch drei weitere Male übergeben hatte, saß er neben dem Bett. Auf dem Boden. Hielt natürlich nicht ihre Hand. Sie schwitzte. Sie fror. Sie schlotterte. Dann war ihr Körper endlich still, zu still. Augen ohne Leuchten, die Lippen zusammengekniffen. Nils Liebe fiel nichts ein, aber dann fiel ihm der Zettel wieder ein, der aussah, als sei er einem Mathematikheft entrissen worden, und den sie vorhin vor der Tür gefunden hatten, den er sofort holte und ihr vors Gesicht hielt.

Sie lächelte sofort. Dieses breite Lächeln, dieser große Mund. Beachtenswert schnelle Reaktion.

«Es geht ihm gut.»

«Ja.»

«Das ist ...» Sie fuhr nicht fort, und er war sich beinahe

hundertprozentig sicher, dass es diesmal nicht an Kraftmangel lag.

Da war er, dieser Moment. Er lächelte auch.

«Ja, das ist …» Auch Nils fuhr nicht fort, aber er berührte kurz ihre Hand. Hielt sie nicht fest, berührte sie nur und zog dann seine Hand sofort wieder zurück. Es war beinahe nichts geschehen. Da schlug Sanela zu.

«Was dich natürlich rein gar nichts angeht, wie es meinem Jungen so geht.»

Was schön war, musste zerstört werden. Was weh tat, wurde beschwiegen. Nils Liebe stand auf.

Socken, grün

Die Socken sind grün. Das Grün soll sprechen. Sanela hasst Grün. Sanela trägt Schwarz, Grau, Weiß. Im Notfall Dunkelblau. Die Socken, die sie ihm schenkt, sind eine Art Liebeserklärung in Farbe.

Nils Liebe trägt aus Prinzip nur grüne Socken. Das Prinzip beruht auf einer unbegründeten Liebe zu grünen Socken, weniger auf einer Rebellion gegen in der hiesigen Gesellschaft akzeptierte Kleidungsvorschriften für Herren. Muss Liebe denn immer begründet werden.

Man könnte Sanela fragen.

Nils Liebe versucht, die grünen Socken stehen zu lassen und dennoch zu würdigen. Er küsst sie, kurz und schnell, ein Kuss, der sich übergehen lässt, wenn man ihn denn übergehen wollte. Man will. Man. Nils Liebe steckt die Socken in die Einkaufstüte zurück und diese wiederum in seinen Rucksack. Sie hatten sich am Museum getroffen und gehen direkt in die Ausstellung.

Am Abend führen sie ein Sockengespräch.

«Ich arbeite. Ich übe. Ich übe, nett zu dir zu sein. Ich übe, etwas zu tun, was du gut findest, nicht ich», beginnt Sanela.

Stolz spricht aus ihr. «Ich kaufe dir grüne Socken, obwohl ich grüne Socken abscheulich finde.» Muss Abscheu begründet werden. Auch hier wird Sanela besser nicht gefragt.

Das Sockengespräch lässt sich auch in einer einzigen Frage zusammenfassen: «Kaufst du mir Socken, in einer Farbe, die du hasst, in der Hoffnung, dadurch Liebe für mich zu empfinden?»

Sanela lacht, unangenehm, aber ehrlich berührt, ein Ja.

Er lacht mit.

«Verletzt dich das etwa?»

Er ist nicht verletzt. Verletzung ist keine angemessene Beschreibung. Verletzungen hinterlassen bekanntermaßen Wunden, und da er Wunden, tiefe, bluttriefende, schlecht verheilende Wunden kennt, kümmert er sich um Kratzer und blaue Flecken schon lange nicht mehr. Es ist mehr ein Wunsch. Nils Liebe wünscht, es gäbe nicht die Notwendigkeit von Socken. Socken, grüne Socken, sind schön, wenn sie ein Zeichen der Liebe, nicht die Voraussetzung dafür sind.

Was morgens geschieht

Nils Liebe lernte, den Morgen zu hassen. Abends begab er sich wie auch vor dem Sommer ins Bett, rauchte vorher noch eine Zigarette, putzte sich die Zähne, zog sich Hose, Hemd und Socken aus, legte sich in Boxershorts und T-Shirt hin, nahm eines der Bücher vom Nachttisch. Las. Berührte Sanela nicht, bis sie ihn berührte. Falls sie ihn berührte. Las, entweder im Anschluss an das Berühren oder einfach nur weiter. Schaltete die Nachttischlampe aus. Blieb genauso liegen: mit dem Gesicht zur Nachttischlampe, mit dem Rücken zu Sanela. Schlief ein. Eine feste Handlungsabfolge.

Sie sagten sich nicht gute Nacht. Sie sagten sich nicht guten Morgen, aber Letzteres neuerdings aus anderen Gründen. Keine gute Nacht, weil beide solche Floskeln als Wortverschwendungen betrachteten und sich stillschweigend einig darüber waren, dass sie miteinander nur diejenigen Worte artikulieren wollten, die tatsächlich Sinn ergaben. Abends begab sich Nils Liebe wie schon immer zu Bett und sagte Sanela nicht gute Nacht. Morgens wachte er neben Sanela oder nicht neben Sanela auf und sagte nicht guten Morgen. Wenn Nils Liebe an einem Morgen (sie nahmen mit den verstreichenden Wochen zu) nicht neben Sanela aufwachte, so lag das an ihrer physischen oder an ihrer psychischen Absenz. Nils Liebe hatte sich an einem Morgen, an dem Sanelas Absenz eine physische gewesen war, Gedanken darüber gemacht, welche von den beiden möglichen Abwesenheiten er eigentlich bevorzugte, und war zu keinem befriedigenden Ergebnis gekommen, außer dem: dass er den Morgen an sich inzwischen hasste.

Vorkehrungen ließen sich nicht treffen: Ein Morgen brach an, die Sonne ging auf und ließ sich nicht davon abhalten, Sanela war da oder auch nicht, Nils Liebe hasste den Morgen.

Beim allerersten Mal hatte er sich nichts gedacht und diese friedliche Naivität bereits beim darauffolgenden Mal vermisst. Beim allerersten Mal war er aufgewacht, gegen sieben, wie gewöhnlich, hatte sich umgedreht, Sanela nicht neben sich vorgefunden, obwohl sie zusammen eingeschlafen waren. Er hatte die Augen noch einmal für fünf Minuten geschlossen. Dann war er aufgestanden, hatte die Jalousie hochgezogen, das Bad aufgesucht, sich die Zähne geputzt, um den Nachgeschmack des Rotweins vom Vorabend durch den nach Minze zu ersetzen, und hatte die Küche betreten. Der Mensch entwickelt im Laufe seines Lebens unzählige Reiz-Reaktions-Muster, und so erwartete der konditionierte Nils Liebe, als er an jenem ersten Morgen von Sanelas physischer Abwesenheit friedlich naiv die Küche betrat, Niels-Tito am Tisch vorzufinden, der ein in elf Stücke geschnittenes Marmeladenbrot essen und seinen Kakao nicht komplett austrinken würde, weil er, wie Nils Liebe inzwischen wusste, den unteren, dunkelbraunen und besonders kakaohaltigen

Rest nicht mochte. Der konditionierte Nils Liebe hätte aus dem passiven Hintergrundwissen ergänzt, dass Sanela mit ihrer grünen Kaffeetasse auf dem Balkon saß und rauchte. Nils Liebe hätte sich Kaffee eingeschenkt und auch Niels-Tito keinen guten Morgen gewünscht. Der Junge war jetzt schon kein Freund von Floskeln.

An jenem Morgen saß aber niemand am Tisch. Die Kaffeemaschine war offensichtlich noch nicht eingeschaltet worden. Kein Kakao, keine Marmelade, kein Teller, kein Kind. Nils Liebe warf einen Blick auf den Balkon und öffnete sinnloserweise sogar die Tür, obwohl er durch das Glas ja sehen konnte, dass niemand draußen saß. Sich wundernd schaute er ins Wohnzimmer, fand es leer vor, öffnete dann die Tür zum Kinderzimmer. Dort schlief tief und ohne die abgeworfene Decke das Kind.

Nils Liebe überprüfte vorsichtshalber die Uhrzeit, Viertel nach sieben, um acht begann die Schule. Was machte man da? Außerplanmäßigen Alltagsherausforderungen und Kinder betreffenden Fragen sah sich Nils Liebe nicht gewachsen, deshalb schloss er die Tür erst einmal wieder zu, nicht ohne das Kind vorher noch einmal zugedeckt zu haben, immerhin.

«Sanela?», fragte er in den Flur hinein und erwartete keine Antwort, wo sollte sie denn sein. Er suchte sein Telefon, wählte ihre Nummer und sprach nichts auf die sofort anspringende Mailbox. Er ließ sich fünf Minuten Zeit, bevor er aus einem Pflichtbewusstsein, das ihn außerordentlich ärgerte, das Kind weckte. In diesen Minuten machte er sich keine Sorgen, aber selbstverständlich Gedanken: über die Schule im Allgemeinen, über den Sinn von Schulpflicht, über die Geschichte der Alphabetisierung, Diskurse der

Gutenberg-Galaxis und Schöpfernarzissmus, aber keine über Sanelas Verbleib oder über Niels-Titos Befinden.

«Niels-Tito, aufstehen!» Er wusste, den Jungen nicht berühren. Die großen, grau-grün-blauen Augen des Jungen starrten ihn verwirrt, aber bereits im Moment des Öffnens hellwach an.

Dann die unvermeidliche Frage: «Wo ist Mama?» Auch aufgrund ihrer Unvermeidbarkeit hatte Nils Liebe sich in den fünf Minuten, die er sich gegönnt hatte, bevor er sich ärgerlicherweise von seinem Pflichtbewusstsein antreiben ließ, keine Gedanken gemacht.

«Sie musste schnell raus. Komm, aufstehen. Es ist schon spät, du musst zur Schule.»

«Raus wohin?»

Gegen Trug und Lügen hatte Nils Liebe nichts Prinzipielles einzuwenden, nur hatte er leider keine Übung darin.

«Sie musste heute früher zur Arbeit.»

«Warum?»

«Ich weiß es nicht. Sie bekam einen Anruf und musste eben schon los. Komm jetzt, steh auf.»

«Aber im Theater ist um diese Zeit doch noch niemand!» Diese fragenden großen Kinderaugen. Diese Klischees, die neuerdings Einzug in Nils Liebes Leben hielten.

«Ja, aber sie musste ihre Chefin treffen und etwas mit ihr besprechen. Auf geht's, Niels-Tito, es ist schon fast halb acht.»

«Ja.» Er blieb liegen. Starrte die Decke an, wie die Mutter, so der Sohn. In beiden Fällen war es Nils Liebe lieber, sie widmeten sich blicktechnisch mehr der Decke als ihm.

«Komm jetzt! Steh auf, zieh dich an. Ich fahre dich zur Schule.»

«Mit deinem Auto?»

«Ja, mit meinem Auto.»

«Nein, lieber nicht.»

«Aber du musst zur Schule.»

«Ich warte hier, bis Mama wiederkommt. Ist mir lieber so.» Der Junge blieb liegen. Er sah dabei, zu Nils Liebes Erleichterung, nicht traurig aus. Höchstens entschlossen.

Er versuchte es noch einmal, das Pflichtbewusstsein, das verfluchte: «Nee, du stehst jetzt auf. Und heute Abend ist Mama wieder da. Versprochen.» Nun, wo er das so sagte, wurde auch in ihm die Frage drängend: Wo ist sie eigentlich? Und warum? Niels-Tito gab ihm keine Antwort. Sie haben soeben das längste zusammenhängende Gespräch ihrer bisherigen Bekanntschaft geführt, und dass dieses nun plötzlich stockt, ist kein Affront.

«Willst du denn etwas frühstücken? Soll ich dir» – Nils Liebe ist sich, obwohl sie faktisch zusammenleben, keineswegs sicher, ob das Kind sich seine Brote morgens selbst schmiert – «soll ich dir Frühstück machen?»

Der Junge schüttelt nun immerhin und dankenswerterweise den Kopf.

Das war der schwierigste Teil. Nils Liebe rief in der Redaktion an und sagte, er würde heute nicht oder erst später kommen. Er machte Kaffee. Sanelas Mailbox erklärte mit Automatenstimme, dass Sanela zu einem späteren Zeitpunkt zurückrufen würde. Nils Liebes friedliche Naivität begann einer Verwunderung zu weichen, die sich schnell in Verzweiflung zu verwandeln drohte. Nils Liebe hatte sich sein Leben lang mit Dingen auseinandergesetzt, die er einschätzen, einordnen und zu verstehen lernen konnte, und nun lag nebenan dieses Kind. In manchen Momenten meinte er sogar, das Kind zu verstehen. Es ängstigte ihn: das Verstehen beinahe mehr als das Nicht-Verstehen. Die Uhr im Herd zeigte 7 Uhr 37. Nils Liebe setzte sich mit Kaffee und Zigarette auf den Balkon. Der Aschenbecher auf dem kleinen Tischchen war leer, da stand auch keine leere grüne Tasse. Nils Liebe war und blieb für den Rest dieses Morgens überfordert.

Der Herd zeigte 11 Uhr 27, als er den Schlüssel im Schloss hörte. Er saß in der Küche. Das Kind lag nach wie vor im Bett. In den vergangenen drei Stunden und fünfzig Minuten hatte sich nicht signifikant viel getan: Ein Satz war gefallen, die Frage wiederholt worden, ob das Kind nicht etwas essen möge, ein Kopfschütteln als Antwort. Das Bad war jeweils einmal von jedem der beiden Anwesenden betreten worden. Die Mailbox, die den späteren Rückruf versprach, war fünf weitere Male angerufen worden. Neun Zigaretten, vier Tassen Kaffee, ein Glas Wasser, nichts zu essen. Und eine Jeans hatte er sich übergezogen, wenn auch keine Socken. Nils Liebe hörte den Schlüssel im Schloss, hörte die schwere Wohnungstür aufgehen, Schritte von Absatzschuhen, die am Kinderzimmer verhallten. Hörte Mutter und Sohn miteinander kommunizieren, was man so als Kommunikation bezeichnete – einen dieser Dialoge, die er nicht verstand. In diesem Moment spürte er das dringende, fast körperliche Bedürfnis, ihn zu verstehen.

«Na, hallo, du Schlafmütze!»

«Hallo, Mama!»

«Du bist heute nicht in die Schule gegangen?»

«Nein. Ich wollte auf dich warten.»

«Okay. Dann muss ich deine Lehrerin anrufen und Bescheid sagen.»

«Ja.»

«Willst du frühstücken?»

Er hörte nichts mehr, wahrscheinlich schüttelte das Kind wieder den Kopf. Sie betrat die Küche, in Schuhen und Jacke, öffnete den Schrank, nahm eine Kaffeetasse, Kaffee, den ersten Schluck noch im Stehen. Es war, offensichtlich, gar nichts.

«Wo warst du?»

«Weg.»

Nils Liebe sprach fünf Sprachen fließend und multiplizierte dreistellige Zahlen im Kopf. Er wusste, wann man besser nicht fragte. «Ich fahr dann mal in die Redaktion.» Sie nickte und griff nach der Zeitung vom Wochenende.

Abends kochten sie zusammen, wie schon am Abend zuvor, und tranken, als Niels-Tito schlief, die Weinflasche vom Abendessen leer. Nils Liebe blieb länger auf dem Balkon sitzen als sie. Er traute sich nicht ins Bett.

Am nächsten Morgen war Sanela da. Am übernächsten auch. Und ebenso am überübernächsten und die folgenden Tage. Er begann, die Erinnerung zu verdrängen. Dann, eines Morgens, als er sie nicht neben sich liegen sah, vermisste er sogleich die friedliche Naivität. Dieses Mal versuchte er gar nicht erst anzurufen oder den Jungen zu wecken. Als sie zurückkam, zeigte die Uhr im Herd 12 Uhr 49. Er verließ gegen eins die Wohnung, war kurz nach halb zwei am Schreibtisch und schrieb einen Kommentar zu Mohammed Mursis Wahl. Abends kochten sie.

Beim nächsten Mal kehrte sie um 13 Uhr 42 zurück. Beim übernächsten Mal schon um 10 Uhr 04. Er merkte sich die Zeiten nicht mit Absicht. Er merkte sich ebenfalls die Intervalltage zwischen den Morgen, an denen er aufwachte und Sanela nicht vorfand, er merkte sich die Wochentage und auch das am jeweiligen Morgen vorherrschende Wetter. Ein Muster ergab sich daraus nicht.

Er schlief, seit sie zurück waren und Sanela zu verschwinden begann, schlecht ein, blieb lange liegen, ohne sich dabei herumzuwälzen, starrte den Lichtspalt an, der zwischen Fensterbrett und Jalousie hing und den er auf knapp zwei Zentimeter schätzte. In den Morgenstunden schlief er erschöpft ein, fiel in einen traumlosen und so festen Schlaf, dass er ihr Verschwinden jedes Mal aufs Neue verpasste. Wie ärgerlich. Und beunruhigend. Oder war es ein Schutzmechanismus? Der Unterschied ist fein. Er fürchtete sich davor, neben Sanela aufzuwachen, und er fürchtete sich, nicht neben Sanela aufzuwachen.

Eines Morgens: Er wachte neben ihr auf, kurz nach halb sieben. Er ging ins Bad, dann wieder ins Schlafzimmer, um sich anzukleiden. Große Pressekonferenz, er würde einen Anzug tragen müssen.

Sanela hatte sich aufgesetzt, sich zur Bequemlichkeit zwei Kissen hinter den Rücken geschoben, hielt ein Buch verkehrt herum in den Händen. Sie lachte, ein pausenloses, leicht boshaftes Lachen. Es schien nicht ihm und auch sonst nichts Speziellem zu gelten.

«Was ist so amüsant?», fragte er und nahm sein Jackett aus dem Schrank. Sanela lachte weiter. Er zog sich an.

«Sanela?»

«Sanela?», etwas lauter diesmal. Um das Lachen zu übertönen.

Sie sah zu ihm, interessiert, als habe er einen anregenden Gedanken von sich gegeben.

«Ich hatte mich soeben erkundigt, was dich so außerordentlich amüsiere.»

Sie hielt kurz inne und lachte nun wieder. Lachte, lachte, lachte. Lachte. Er fragte und erhob dabei die Stimme, zog an ihrem Fuß, wedelte mit dem Wecker vor ihrem Gesicht, schüttelte sie dann an den Oberarmen, riss ihr das Buch aus der Hand, schleuderte es an die Wand, was leider kein befriedigendes Geräusch erzeugte, das erste und einzige Mal in seinem Leben übrigens, das er mit einem Buch warf. Sie lachte, lachte, lachte. Seine Verzweiflung war in Panik übergegangen. Er beschloss, ihr zehn weitere Minuten zu geben, bevor er den Krankenwagen rufen würde, als sie abrupt verstummte, aufstand und sagte: «Ich muss Niels-Tito wecken.» Dann verließ sie ohne weitere Ergänzungen das Zimmer. Als wäre nichts.

Am nächsten Morgen, an dem etwas passierte, lachte sie nicht. Sondern spielte Klavier. Ein unsichtbares Klavier, offenbar direkt vor ihr mitten im Bett. Sie schüttelte an den offenbar musikalisch herausfordernden Stellen den Kopf, warf ihn in den Nacken und streckte vor Konzentration leicht die Zunge heraus wie ihr Sohn.

Als das Stück zu Ende war, wischte sie sich den tatsächlich hervorgetretenen Schweiß von der Stirn. Nils Liebe stand verdutzt vor ihr, diesmal sagte er nichts und berührte sie nicht.

«Beethovens Sonate A-Dur», erklärte sie, als gelte die Frage in seinen Augen dem Musikstück, nicht ihrem Spielen an sich. Sie lächelte, warf die Decke beiseite und stand auf. Nils Liebe fragte zwei Abende später wie nebenbei: «Mir fällt auf, dass ich das gar nicht weiß: Hast du eigentlich mal ein Musikinstrument gelernt?»

«Nein.»

«Nie, überhaupt keins?»

«Nein. Leider nicht. Meine Eltern waren nicht auf den Gedanken gekommen. Aber ich hätte gerne Violine gespielt.»

Verliebt

Niels-Tito liebt die Haare seiner Mutter. Ihre schönen, langen Haare, deren Farbe er immer wieder zu benennen versucht – es ist ein Dunkelblond-hellbraun-aber-kein-beige –, die auf ihre Schultern fallen und sie bedecken können. Ihre hochgesteckten und mit einer schwarzen Klammer zusammengehaltenen Haare, aus denen manchmal eine ungehorsame Strähne fällt, wie auch er manchmal ungehorsam ist, liebt er. Ihren Zopf, den dicken, festen Fischgrätenzopf, an dem er ziehen darf, liebt er. Die Haarnester, die sich bilden, wenn sie sich ein Wochenende lang einsperren und in ihren Pyjamas bleiben, lesen, Filme schauen, spielen, schweigen, essen, schlafen und eben nicht die Haare waschen, liebt er. Er darf ihr die Haarnester rauskämmen, sie quietscht manchmal auf, und er ist alt genug, um zu wissen, dass sie das nur für ihn tut, damit er sagen kann: «Da musst du jetzt durch. Selber schuld, wenn du sie dir nicht wäschst.» Er vergräbt seine Nase gerne in ihren Haaren, die ein bisschen nach Shampoo, ein bisschen nach Zigaretten und ein bisschen nach Luft riechen, so wie Luft eben riechen würde, wenn Luft riechen könnte.

Er hat ihr nie gesagt, dass er ihre Haare liebt. Warum auch. Er weiß, weil sie es ihm einmal erzählt hat, dass sie selbst ihre Haare nicht mag. Sie hat mit ihm dieses Spiel gespielt, in dem er Fragen beantworten musste. Was magst du an dir? Was magst du nicht an dir? Was ist ein perfekter Ort, an dem du gern sein möchtest? Was fühlst du, wenn du rennst? Was ist schön? Sie stellt ihm gerne solche Fragen, und er weiß nie, was er antworten soll. Es gibt nichts, was er an sich besonders mögen würde. Was er nicht mag, ist, wenn Menschen etwas von ihm wollen, Fragen stellen, ihn berühren. Ihm fällt kein perfekter Ort ein, aber er hätte wirklich gerne einen Hund. Wenn er rennt, dann rennt er, und manchmal spürt er Wind, aber da muss er schon schnell rennen, am besten auf einer weiten Wiese. Sie gehen nicht häufig raus in letzter Zeit. Schön sind die Haare seiner Mutter, aber das sagt er nicht. Das wäre doch komisch.

Niels-Tito kann schon googeln. Nils Liebe hat ihm gezeigt, wie das geht. Er hat zum Beispiel «Der Ruf der Wildnis» von Jack London gelesen und daraufhin «Goldrausch» gegoogelt.

«Spielst du?», fragt seine Mutter, wenn er am Computer sitzt.

«Nein, ich lese etwas über den kalifornischen Goldrausch», antwortet er. Sie blickt enttäuscht.

Niels-Tito hat Krebs gegoogelt und Hirntumor. Tumor schreibt man nur mit einem «o», obwohl es wie «Moor» klingt, wie ein Tu-Moor, und so stellte er sich den Krebs anfangs auch vor: Wie ein dunkles Gewächs, das sich im Kopf seiner Mutter ausbreitet, schwammig, glitschig, Niels-Tito ist ohnehin nicht gerne in der Natur unterwegs. Er mag Asphalt unter seinen Füßen, festen Boden, und er sieht seine Schuhe gerne geputzt. Er weiß auch, dass er das ist, was die Erwachsenen «eigen» nennen.

Ein Tumor mit nur einem «o» sieht schwarz aus und wächst immerzu, manchmal schnell, manchmal langsam. Die Strahlen in der Therapie beschießen den Tumor, wie Captain Kirk aus Star Trek mit Laserstrahlen schießt, aber manchmal kriegen sie ihn nicht kaputt. Niels-Tito hat Prozentrechnung in der Grundschule noch nicht durchgenommen, aber so viel versteht er schon: Seine Mutter wird sterben.

Außerdem macht die Chemotherapie die schönen Haare seiner Mutter kaputt. Sie fallen aus, erst nach und nach, er findet Haarkringel in der Dusche, mehr als sonst, dann einmal einen Büschel im Flur, als habe seine Mutter ihn im Vorbeilaufen fallen lassen. Er hebt ihn auf und schmeißt ihn in den Müll. Dann ist da dieser Fleck auf ihrem Kopf, drei Zentimeter groß, Niels-Tito hat vorher noch nie so große Stücke Kopfhaut auf einmal gesehen. Der Fleck wächst, es kommen weitere dazu. Mehrmals täglich kotzt seine Mutter. Außerdem stinkt sie aus dem Mund. Niels-Tito bietet ihr von den Kaugummis an, die er sich mit seinem Taschengeld kauft. Manchmal will er wegen des Gestanks nicht auf ihren Schoß, aber das fällt bei ihm nicht weiter auf.

Einmal blickt sie ihn an, kräuselt die Nase und kämpft offensichtlich mit sich selbst. Etwas stimmt nicht.

«Mama?» Sie schüttelt den Kopf, abwehrend. Also wartet er.

«Niels-Tito! Du bist Niels-Tito!», ruft sie plötzlich aus und gibt ihm einen Kuss auf die Stirn. So was hasst er. Seine Mutter verschwindet auf dem Balkon, um Kaffee zu trinken und zu rauchen. Heute weint sie dabei, das kann er durch die Glastür sehen.

Im Sommer war Niels-Tito verliebt. Er hat es keinem gesagt, nicht seiner Mutter und auch nicht Nils Liebe. Die Liebe hielt zehn Minuten an. Das Mädchen bog um die Ecke. Es war ein Augenblick, dann sah er es nie wieder. Das Mädchen, sagte seine Mutter, die es auch sah, war ein Zigeunerkind. Es trug eine alberne rosafarbene Mädchenhose und ein T-Shirt, auf dem Hello Kitty prangte. Natürlich findet Niels-Tito Hello Kitty dumm. Das Mädchen hatte die größten braunen Augen, die er je gesehen hatte. Die Augen sahen ihn an, die Augen, nicht das Mädchen, so groß waren sie. Das Mädchen spielte schlecht und lustlos auf einer kleinen Kinderziehharmonika aus Plastik und wollte Geld von den Passanten. Niels-Tito saß mit seiner Mutter und Nils Liebe in einem Straßencafé und teilte sich mit Sanela eine Pizza. Scharfe Salami, Tomaten und Babymozzarella. Sanela überließ ihm die Stücke mit viel Salami, das nannte man Mutterliebe, außerdem aß sie in diesem Sommer nicht viel.

Sie erklärten ihm wenig. Seine Ergotherapeutin meinte, er sei erst neun und müsse sich diese Art von Gedanken noch nicht machen. Niels-Tito mag die Ergotherapeutin nicht, immer will sie, dass er mit ihr redet. Als wäre das Basteln nicht genug.

Das Mädchen, in das er sich für zehn Minuten verliebt hatte, blickte die Passanten, von denen es sich Geld erhoffte oder auch nicht, weil es nämlich an der Ziehharmonika mehr gelangweilt herumzog als spielte, nicht an. Ihn aber blickten ihre Augen an, schon bevor es seinen Tisch erreichte, forsch und stolz blickten sie. Er selbst war nie stolz, dachte Niels-Tito. Das Mädchen bog um die Ecke und verschwand. Da war es mit der Liebe vorbei.

Liebe ging also manchmal zu Ende. Mit der Zeit, und die Zeit bestand in dem Fall aus wenigen Wochen, waren die Haare seiner Mutter komplett ausgefallen. Sie strickte sich eine Mütze, eine schwarze, eng am Kopf anliegende Mütze. Sie weigerte sich, den Kopf zu rasieren, wie es die meisten Chemotherapiepatienten taten. Seine Mutter wollte kein Klischee sein und wies ihn öfter an, er solle nicht zu einem verkommen. Was auch immer das in seinem Fall bedeutete.

Niels-Tito lauschte liebend gern an Türen und Wänden. Selbst, wenn es nicht viel zu hören gab. Nur Schritte, nur ein Besteckteil, das abgelegt, eine Tasse, die auf den Tisch gestellt wurde, nur Seiten, die in einem Buch umgeblättert wurden, eine Zeitung, die raschelte, ein Fenster, das mit Nachdruck geschlossen wurde. Gewissenhaft ordnete er die Geräusche den jeweiligen Tätigkeiten zu.

Seit Nils Liebe da war, wurde immerzu geredet. Es war, als hätten seine Mutter und Nils Liebe nichts weiter im Leben vor außer zu reden, und Niels-Tito freute sich, er hatte nichts weiter vor als zuzuhören. Die Sache mit dem Sterben hatte er belauscht. Er wusste, dass Liebe zu Ende gehen konnte. Er wusste, dass man Tumor nur mit einem «o» buchstabierte, auch wenn der Tumor tatsächlich wie ein Moor im Kopf seiner Mutter wucherte.

Leere

Das Gefühl von Leere und Einsamkeit durchfuhr sie jedes Mal so überraschend plötzlich und so stark, dass es sie augenblicklich schüttelte. So fühlte sie sich dann auch, wie von etwas besessen. Sie wollte schreien und schmeißen, Zerbrechliches, Zerschmetterbares, auch sich selbst gegen etwas. Die Angriffslust kam erst später.

Sie ertrug die Männer auf einmal nicht mehr und warf sie, weil Dinge und auch sich selbst gegen etwas werfen nicht half, hinaus. Manche von ihnen waren klug genug, gleich zu gehen, andere hielten sich nur für klug und fragten nach: Was hast du denn plötzlich, ist doch alles gut, liegt es an mir?

Anfangs hatte sie zu erklären versucht. Der Wille kam aus tiefstem Herzen.

«Ich weiß es nicht. Ich kann es nicht sagen. Es fühlt sich einfach an, als würde etwas fehlen, was ich nicht benennen kann. Da ist diese Leere. Es ist nicht, wie es sein sollte.»

Während sie sprach, wartete sie auf diesen Gesichtsausdruck, den sie immer hatten. Verletzt. Verloren. Manchmal wütend. Vor allem aber verletzt.

«Aber wie sollte es sein? Was soll ich machen, damit du dich gut fühlst?» Sie wollte das, sich gut fühlen. Sie wollte, ertrug diese Leere, die sie eingenommen hatte, nicht.

Je netter die Männer reagierten, desto angriffslustiger wurde Sanela. Einer vergaß, als er diese Frage stellte, mit wem er zusammen war, und nahm ihre Hand.

«Gibt es was, was dir fehlt? Kann ich was für dich tun?»

«Das Einzige, was du tun kannst, ist hier verschwinden. Was mir fehlt, ist das Wissen, dass ich dein Gesicht nie wiedersehen muss. Ich finde es furchtbar.» Auch er ging.

Einer von ihnen, es war Clemens, er wurde der Vater ihres Kindes, war so verzweifelt gewesen, dass er sie in einem solchen Moment gefragt hatte, ob sie bei ihm einziehen wolle. Sanela war so verzweifelt gewesen, dass sie ja gesagt hatte. Später kam das Kind.

Wenn die Männer gegangen waren, beruhigte sie sich nach und nach: Alleine war nicht diese unerträgliche Leere, alleine war sie.

Nils Liebe hatte versprochen, dass es anders würde. Er hatte dieses Versprechen selbstredend nicht in Worte gefasst. Wenn man es genau nimmt, hatte er auch gar nichts versprochen. Wenn man es ganz genau nimmt, ahnte er selbst von diesem seinem Versprechen nicht das Geringste.

Aber die Leere hatte ihr gefehlt, auf diese angenehme Weise. Übrigens damals auch schon, als er noch eine Brille statt Kontaktlinsen trug und in ihre Deutschaufsätze die richtigen Pronomen einbaute. Das Gefühl erinnerte sie an durchzechte, durchsoffene Nächte, an die sie sich nur in abgerissenen Bildern erinnerte, die meistens einen nackten Mann beinhalteten, einen nackten Mann in ihrem Bett.

Wenn sie nach einer solchen Nacht aufwachte und den Mann neben sich sah, an dessen Nacktheit, aber nicht an dessen Gesicht sie sich später würde erinnern, ohne sagen zu können, wie dieser Mann in ihr Bett gekommen oder wie sich das, was zwischen ihnen passiert war, angefühlt hatte, so fehlte ihr dennoch jegliches Katergefühl. Keine Kopfschmerzen, keine Verwirrung, keine Müdigkeit.

Eine Klarheit um die Gegenwart und die Zukunft, die keiner Vergangenheit als Grundlage bedurfte.

In der Gegenwart fühlte sie sich gut und energiegeladen und wusste, dass sie in der Zukunft, genaugenommen in den folgenden zehn Minuten, diesen Mann loszuwerden und ihrem Kind Frühstück zuzubereiten hatte und wie dieses zu bewerkstelligen war: Sie warf die Decke beiseite, sprang auf, hüpfte wie ihr Sohn aus dem Bett, schnappte sich ein T-Shirt vom Boden und richtete sich ein letztes Mal an den nackten Mann, der vor ihr lag: «Wenn ich aus der Dusche komme, bist du bereits gegangen.» In diesem Befehl steckte auch eine Drohung.

Sie schnitt frisches Obst für das Müsli ihres Sohnes und nahm selbst wie an jedem anderen Morgen nur einen Kaffee und eine Zigarette zu sich, sie freute sich, dass die Kopfschmerzen und andere Symptome, die eine Folge der vorangegangenen Nacht hätten sein können, gänzlich fehlten. Diese Freude spürte sie seit jeher im Bauch. So war es dann auch mit Nils Liebe: Die Leere fehlte, sie fehlte in den Gesprächen, die sie abends auf dem Balkon führten, sie fehlte in dem Schweigen, das sie auf dem Balkon zelebrierten, sie fehlte im Bett, das sie teilten. Die Freude blieb im Bauch, eine angenehme Ruhe. Darauf, dachte Sanela, ließ sich ein Leben aufbauen, und Liebe, wer braucht die schon. Liebe, die war Geschichten vorbehalten, die man in Bücher oder auf Leinwände presste, und irgendwie war es dafür auch zu spät. Sie waren beide siebenunddreißig Jahre alt, aber selbstredend dachte Sanela nicht in Jahren.

Niels-Tito fuhr Fahrrad. Das Rad war ihm zu klein. Er trat in die Pedale und beugte sich wie ein Rennfahrer nach vorne übers Lenkrad, fuhr absichtlich durch jede Pfütze, nahm dabei die Füße von den Pedalen und streckte sie zur Seite, so wurden nicht nur die Schuhe, sondern auch die Innenseiten seiner grauen Cordhose nass. Rennrädern wich er gekonnt aus, nach hinten blickte er sich nicht um. Da war es, das kindliche Glück, und wer schert sich schon darum, dass es nach Fernsehwerbung aussah? Fast, denn Niels-Tito lächelte bei alldem nicht ein einziges Mal.

Irgendwo hinter ihm liefen Sanela und Nils Liebe. Die Bäume ließen ihre Blätter fallen, als seien sie des Jahres bereits jetzt, im Oktober, müde geworden. Man hätte meinen können – es war nämlich ein Sonntag – ein Familienausflug, wie ihn so viele Familien an diesem und anderen Sonntagen in diesem und anderen Parks unternahmen. Das Kind fährt Fahrrad. Die Eltern laufen hinterher. Sie halten sich nicht an den Händen, aber das Kind ist ja auch schon groß, neun oder zehn wird der Junge bestimmt schon sein, da muss und will man vielleicht auch nicht mehr die Hand halten. Immerhin, sie reden miteinander.

Der Mann redet, sieh an, der Mann. Er erzählt, sie müssen sich nicht anschweigen, die Mutter sieht nett aus, irgendwie. Der baumelnde Pferdeschwanz, eine Jeansjacke, eng und kurz geschnitten, schlank, rote Lippen, dunkel umrandete Augen. Die Schnürsenkel in den schwarzen Sneakers orange, das einzige Farbige an ihr. Männer wie

Frauen blickten zu ihr. Sie lächelt den Spaziergängern zu. Sanela weiß, wie man lächelt. Nils Liebe findet diese Tatsache verwirrend, aber diese Gemütsbewegung sieht man ihm nicht an.

Ein Familienausflug, denken also die Menschen, die ihnen begegnen, und vielleicht denken sie auch gar nicht über sie nach. Sanela denkt ebenfalls nicht. Wenn sie auch nur den Anflug von Leere verspürt, kann sie nicht mehr denken. Ihr ist jedes Mal, als nähme die Leere ihren Körper, ihren Geist und ihre Gedanken ein wie eine Armee. Diesmal überrascht sie die Leere aber: Denn sie ist ja mit Nils Liebe zusammen. Und was er erzählt, sie sprechen von Sylvia Plath, interessiert sie: Hätte man ihre Gedichte genauso gedeutet ohne ihren Selbstmord? Bei «Selbstmord» beginnt Sanelas Herz zu klopfen: In dieser Leere schmerzt dieses dringliche Pochen beinahe. Sie versteht selbst nicht, warum. Niels-Tito tritt in die Pedale, er braucht dringend ein größeres Fahrrad, Nils Liebe ist da und wird auch bleiben, sie können reden wie schweigen, und dennoch ist da die Leere, für Leere hat sie aber keine Zeit mehr, es gilt, sich selbst noch zu spüren,

es schreit dann auch aus ihr heraus,

es ist nicht sie, die schreit, da ist Sanela sich ziemlich sicher,

Nils Liebe aber weiß das nicht,

«Ich ertrage sie nicht, diese Leere!»,

mitten in seinen Satz hinein, der lautete: «Sie hat sich selbst in den Schatten ihres Mannes gestellt, wenn sie all ihr emanzipatorisches, fortschrittliches Denken beiseiteschob, um die perfekte Hausfrau zu sein, um ihm den passenden Rotwein zum Roastbeef zu servieren, um sein Schreiben dem eigenen voranzustellen, und als sie ihn dann ver-», und genau an dieser Stelle schreit Sanela, wobei der Moment reiner Zufall ist und nicht etwa dem Unmut über die Unterwürfigkeit von Sylvia Plath oder Frauen im Allgemeinen geschuldet. Jetzt gerade hat Sanela wahrlich nicht den Kopf frei, um über gesellschaftliche oder psychologische Prozesse nachzudenken, über die Frage, ob Frauen sich vielleicht freiwillig in die Unterwerfung begeben.

Nils Liebe schreckt erstaunlich wenig zusammen, dafür, dass er diesen Ausbruch so gar nicht vorausgeahnt hatte. Andererseits erwartet er ja gar nichts und somit auch keine Stabilität bei Sanela. Er bleibt stehen. Sie auch. Die Hände zu Fäusten gekrallt, die Schultern angespannt, ein katzenartiges Raubtier kurz vor dem Sprung. Wen wird sie anspringen? Nils Liebe weicht nicht zurück.

«Welche Leere?»

«Diese Leere! Dieses, das hier, dieses Gefühl!»

«Welches Gefühl?» Selbst er also.

«Dieses hier, das hier. Den Wald, den Sonntag, den Spaziergang. Du, und das Kind, und dieses Gespräch, und nachher im Biergarten etwas essen. Ich habe keine Zeit mehr für Leere, verstehst du!»

Nils Liebe lässt ungesagt, dass sie den Ausflug hierher selbst vorgeschlagen hat, ebenso, dass sie, vorhin im Auto sitzend, selbst auf den Gasthof mit Biergarten zeigte und vorschlug, man könne dort nach dem Spaziergang ein Mahl zu sich nehmen, sie verspüre jetzt schon Lust auf ein deftiges Gericht, er lässt ungesagt, dass sie von Sylvia Plath anfing, deren Gedichte sie gestern Abend gelesen hat, und er sagt auch nicht, dass er jetzt gerade, in diesem Moment, eine Verwandlung durchmacht. Auch er kann ein Raubtier sein. Offensichtlich, er ist selbst überrascht.

«Was willst du denn dann?»

«Ich weiß es nicht. Aber nicht das hier. Ich ertrage diese Leere nicht, verstehst du, ich ertrage sie nicht.» Hysterie in der schrillen Stimme, wie hässlich, denkt Nils Liebe, ihre Fäuste nun in seine Richtung ausgestreckt, aber bewegungslos. Vor ihr ist kein Boxsack, nur Nils Liebe. Sie wünschte, da wäre einer. Niels-Tito dreht sich nicht um, er radelt immer weiter.

«Niels-Tito!», ruft Nils Liebe hinter ihm her.

«Lass ihn doch fahren!»

«Er sieht nicht, dass wir stehen geblieben sind.»

«Na und?» Das ist die Kampfansage, die Nils Liebe als solche versteht. Er kann sich nicht ducken, er kann nicht zurückschlagen, eigentlich kann er gar nichts. Dieses Gefühl der Ohnmacht lässt ihn schlagartig müde werden. Er könnte sich jetzt gut hinlegen, in ein Bett, die Augen schließen, die Decke über den Kopf ziehen und schlafen, einfach nur schlafen. Traumlos, bitte.

«Na, wenn er uns davonfährt ... Ich will nicht, dass er sich erschreckt. Und ich möchte ihn gerne im Blick behalten.»

«Warum das denn?»

«Warum was?»

«Warum möchtest du ihn im Blick behalten? Was kann hier schon passieren?»

«Was ist das denn für eine Frage? Er könnte verloren gehen.»

«Na und?»

«Na und?»

Nils Liebe hatte im Kindergarten das Bedürfnis zu raufen, das die anderer Jungen hatten, nicht verstanden, hatte den Dienst bei der Bundeswehr aus Überzeugung verweigert, und während der Orangen Revolution in Kiew ein leidenschaftliches Plädoyer gegen jegliche Gewalt verfasst, woraufhin er eingeladen worden war, eine Laudatio bei der Verleihung eines Menschenrechtspreises zu halten. Insofern war ihm der plötzliche Wunsch, jemandem körperlich weh zu tun, seine Hand auszustrecken und mit dieser flachen Hand direkt in Sanelas hübsches Gesicht zu schlagen, auf die weiche Wange zwischen ihren abstehenden Ohren und ihrer markanten Nase, und zwar so, dass sie vor Schmerz aufschreien würde, vollkommen neu.

«Wer braucht den schon? Wer braucht dieses behinderte, asoziale Kind?»

Starren. In den Augen mehr Aggression als Unfassbarkeit, mehr Verzweiflung denn Mitleid. Das gilt für beide, die auf diesem Waldweg stehen und starren. Die Kulisse, denkt Nils Liebe, würde zu einer Ohrfeige passen. Dann denkt er noch, dass so ein Weg zwei Richtungen hat, in die man sich bewegen kann: Er kann umdrehen, zum Parkplatz zurückkehren, das Auto ist seins, einsteigen, losfahren. Er ist frei. Er müsste nie wieder, wenn er nicht wollte. Gehen ist ihm noch nie schwergefallen. Oder, das wäre die andere Richtung, er könnte dem Jungen folgen, hinter ihm herlaufen, seinen Namen rufen, bis er stehen bleibt, ihn bitten, mitzukommen, das Fahrrad in den Kofferraum laden und mit dem Jungen zusammen losfahren. Beides wäre möglich, denkt Nils Liebe und bleibt stehen.

Sanela denkt nichts. Fühlt nur dieses Bedürfnis zu zerstören.

Sie bestellen alle drei Wiener Schnitzel mit Kartoffelsalat, Niels-Tito eine Kinderportion. Er trinkt eine Cola, der Strohhalm ist gelb, er steckt ihn absichtlich mit der falschen, geknickten Seite ins Glas: Es dauert, bis das Essen kommt. In dieser Zeit rauchen Sanela und Nils Liebe insgesamt sieben Zigaretten. Dann ist die Packung leer. Die Schnitzel sind dünn, groß, im Kartoffelsalat Gurken, sie lassen sich eine zweite Portion Preiselbeeren kommen.

«Ich kann mit diesem Gefühl nicht umgehen», sagt Sanela, jetzt viel ruhiger, beinahe schon zu leise. Der Flüsterton ist ihre Entschuldigung, und selbst dazu muss sie sich zwingen. Das macht sie nur heute, nur Nils Liebe zuliebe. Wenn er wüsste – sie, die Entschuldigung sagt! Und sie wirft einen Blick zum Himmel, Clemens, hörst du, Tata, hörst du, hört ihr alle, denn alle, die die Bedeutung dieses Flüstertons verstehen würden, sind tot.

Niels-Tito aber horcht auf, als seine Mutter flüstert. Nils Liebe führt eine mit einem Schnitzelstück garnierte Gabel zum Mund, ein Stück Panade fällt zurück auf den Teller.

«Was erwartest du von mir?» Er muss sich keine Mühe geben, ruhig zu bleiben, weil er es schon lange ist. Die Ruhe genießt er.

«Nichts.» Das Nichts ist eine Lüge, vielleicht ist alles eine Lüge, auch Nils Liebe und sie.

«Was erwartest du von mir?», wiederholt Nils Liebe. Vielleicht ist es jetzt an der Zeit.

Sanela versteht. Sie wirft einen Blick zu dem Jungen, der in den Strohhalm bläst, sodass das dunkle Getränk Blasen wirft. Dieses Blubbern macht Sanela verrückt.

«Hörst du auf damit», zischt sie und achtet darauf, die Stimme nicht zu erheben, und gleichzeitig streichelt sie ihm bereits entschuldigend über den Kopf. Niels-Tito hört auf und beugt das Kinn zur Brust, um der streichelnden Hand zu entgehen. Das Gefühl der Leere verschwindet nur langsam.

Post-its

Auch wenn Nils Liebe nie das Bedürfnis hatte, sich selbst zu spüren, so missfiel ihm dennoch das kontradiktorische Gefühl, sich aufzulösen. Gehen konnte er nicht. Und mit Anständigkeit hatte das nichts zu tun.

Ein paar Wochen zuvor hatte Sanela die Sache mit den Post-its begonnen. Am ersten Tag waren es drei, die sie an die Wand im Flur klebte:

Ach, das tut mir so leid.

Oh nein!

Wenn ich irgendwas für dich tun kann.

Drei kleine gelbe Post-its, die Nils Liebe erst abends beim Ins-Bett-Gehen auffielen, als er das Flurlicht löschen wollte. Er stockte mitten in der Bewegung, nicht weil ihm die Post-its auffielen, was im selben Moment geschah, sondern weil ihm einfiel, dass die Lampe im Flur neuerdings brennen musste. Genauso wie die Tür zu Niels-Titos Zimmer einen Spalt weit offen bleiben musste. Zwei Nächte zuvor hatte Niels-Tito geschrien. Es war ein gellender, alles durchdringender Schrei, Niels-Tito hatte die Augen nicht geöffnet und war vielleicht auch gar nicht aufgewacht, Sanela hatte ihn gehalten und aufgesetzt und zu ihm gesprochen, Nils Liebe hatte hinter ihr gestanden und sich, wie so oft in letzter Zeit, gefühlt wie ein Statist. Der Schrei war ebenso unvermittelt verklungen, wie er die Nacht durchbrochen hatte, Niels-Tito hatte sich zur Wand gedreht und weitergeschlafen, Sanela hatte den Schrei mit keinem Wort kommentiert, war wortlos ins Bett zurückgetapst, sie tapste jener Tage, und er lief, wie ein Hund, der durch eine unsichtbare Leine an sie angebunden war, hinterher. Er hatte dann nicht mehr geschlafen.

Am nächsten Morgen konnte sich Niels-Tito, danach gefragt, an den Schrei nicht mehr erinnern. Aber am Abend bat er darum, das Flurlicht brennen zu lassen und seine Tür einen Spalt weit offen zu lassen.

«So ungefähr?», fragte Sanela.

«Nein, weiter. So vier mal elf Zentimeter ungefähr.»

Nils Liebe ließ also das Licht brennen und ging ins Bett.

«Und die Post-its?», fragte er nicht. Fragen bedeuteten neuerdings oder vielleicht schon immer, sich ins offene Feld zu begeben und sich selbst zum Abschuss freizugeben. Sanela schoss zielsicher und mit scharfer Munition. Wie immer wünschten sie sich nicht gute Nacht.

In der Nacht zuvor, er hatte gelesen, weil er nicht von einem gellenden Schrei geweckt werden wollte, sondern lieber im bewussten Zustand auf ihn wartete, auf einen Schrei, der übrigens nicht erfolgte, war Sanela gegen eins aufgewacht und hatte sich beschwert, er läse zu laut.

Er war sich sicher, er habe sich verhört.

«Bitte?»

«Du liest zu laut. Du bist so … Du blätterst die Seiten um. Und das raschelt. Ich kann so nicht schlafen.»

«Wie soll ich denn lesen, ohne umzublättern?»

Warum fragte er überhaupt.

«Ich weiß es nicht. Du liest auch so schnell. Du blätterst viel häufiger um als jeder normale Mensch. Ich kann dann nicht schlafen.»

Sie hatte sich nicht die Mühe gemacht, sich zu ihm zu drehen, um ihm das mitzuteilen. Nils Liebe zählte im Kopf bis zehn, bevor er sein Buch packte, seine Leselampe beiseitelegte (die Nachttischlampe war bereits vor drei Wochen als «zu hell, so kann ich nicht schlafen» verboten worden, und jetzt mühte er sich mit diesem neuartigen Taschenlampenersatz mit Klemmverschluss ab, den er für eine übertriebene Summe von dreißig Euro als «Leselampe» erworben hatte – ob er die Lampe oben an den Bucheinband klemmte oder an die Seite, sie störte ihn, und so hielt er sie über das Buch, was das Lesen unbequem und auf Dauer, er las ja lange, schmerzhaft machte) und wortlos das Schlafzimmer verließ. Er hätte ihr das Buch liebend gerne auf den Kopf gehauen, aber das ging ja nicht.

Warum eigentlich nicht? Ach ja, sie hatte Krebs. Und von Liebe war auch mal die Rede gewesen.

Dr. Frey hatte vor ein paar Wochen von «möglichen Wesensveränderungen» gesprochen. Nils Liebe hatte gefallen, dass von «Wesensveränderungen», nicht von «Persönlichkeitsveränderungen» die Rede gewesen war. Er hatte seit einiger Zeit bereits das Gefühl, mit einem Wesen, nicht mit einer Persönlichkeit zusammenzuleben. Wobei der Begriff «leben» durchaus einer Infragestellung bedurfte.

Leider war Nils Liebe zu klug und Sanela zu sehr Sanela. Nils Liebe konnte sich nicht mit den von Dr. Frey angekündigten Wesensveränderungen beruhigen, und hätte er es versucht, Sanela hätte ihn nicht gelassen.

«Was für Wesensveränderungen meinen Sie?», hatte sie nachgefragt.

«Die können ganz unterschiedlich ausfallen. Am wahrscheinlichsten sind wohl Konzentrationsstörungen. Sie werden merken, dass es Ihnen schwerfällt, sich auf mehrere Handlungsabläufe gleichzeitig zu konzentrieren. Sie werden möglicherweise Dinge vergessen. Ihnen könnten einzelne Worte entfallen, Namen, Orte. Könnten, müssen aber nicht.»

Ein Flashback in Sanelas Kopf, von dem Nils Liebe nichts weiß: Sie steht im Supermarkt an der Kasse. Alles, was auf der Einkaufsliste stand, liegt auf dem Band. «48,78», sagt die rothaarige Verkäuferin in der blauen Weste. Blau, denkt Sanela, und rothaarig, denkt Sanela. Sie kannte andere rothaarige Menschen. Wen? Ihr fallen die Namen nicht ein. «48,78, bitte», wiederholt die rothaarige Verkäuferin, und Sanela nickt und lächelt sie an, und es dauert ein paar Sekunden, bis sie realisiert, dass die andere nicht zurücklächelt, sondern auf etwas wartet. Worauf? Blau, denkt Sanela noch einmal und zwingt sich, sich zu konzentrieren. Worauf wartet die rothaarige Verkäuferin? Sanela hat mit einem Mal schweißnasse Hände, die Tasche in ihrer Hand, die Einkäufe auf dem Band, zwei Liter Milch, eine Packung Butter, Aufschnitt von der Fleischtheke, Tomaten, Salat, hinter ihr Menschen, sie möchte hinausrennen, jetzt. Das Jetzt hatte sie so stark schon lange nicht mehr gespürt. Blau. Sie muss an Blauhelme denken, als Begriff, nicht an die Truppen. Die Verkäuferin heißt Fr. Holzwitter, wie auf einem Schild auf ihrer Weste steht, das merkt sich Sanela dann doch noch.

«Auftreten können außerdem aggressive Ausbrüche, Gefühle von Wut und Verzweiflung, die keinen Auslöser brauchen», fährt Dr. Frey fort.

Wesensveränderungen, denkt Sanela und weiß nicht, dass Nils Liebe ebenfalls an diesem Begriff festhängt. Wesen. Sanela, das Wesen. Ihre Konzentrationsstörungen interessieren ihn momentan weniger. Beide hören nur mit einem Ohr zu.

Beim Wort «aggressiv» horchen sie gleichzeitig auf. Beide sind fanatische Realisten, aber manchmal sind sie nicht schnell genug und können spontane Anflüge von Hoffnung nicht abwenden.

«Meinen Sie, dass ich zum Beispiel aus heiterem Himmel gemein werde?», fragt Sanela und blickt, während sie diese Frage stellt, unentwegt Nils Liebe an, nicht Dr. Frey. Der aber ist zu sehr Professor, um sich daran zu stören.

«Ja, zum Beispiel. Haben Sie so etwas in letzter Zeit erlebt?», will er wissen.

«Nein, ich hatte das schon immer. Mit dem Tumor hat das, glaube ich, wenig zu tun», antwortet Sanela und wendet den Blick von Nils Liebe nicht ab.

Nils Liebe kann nicht gehen. Warum eigentlich nicht? Die Frage wiederholt sich in seinem Kopf. Sie wiederholt sich, es ist nicht er, der sie wiederholt. Er stellt es sich vor: aufstehen, die Jacke von der Stuhllehne nehmen, kein Wort sagen, einfach das Zimmer verlassen, die Tür hinter sich schließen. Langsam, geräuschlos. Nils Liebe seufzt.

Am nächsten Tag – Niels-Tito hatte in der Nacht nicht geschrien, Nils Liebe leise gelesen und Sanela kaum geschwitzt, alles in allem also für alle drei eine zufriedenstellende Nacht – kamen zwei Post-its hinzu.

Ich weiß gar nicht, was ich sagen soll.

Ich wünsche dir viel Kraft für die schwere Zeit.

Dann saßen sie zusammen beim Frühstück, alle drei, Sanela aß nichts, trank Tee statt Kaffee, Niels-Tito schnitt sein Brot in elf Stücke, sie sprachen über Raumschiffe, ein Thema, das der Junge begonnen und die anderen beiden dankbar aufgegriffen hatten.

So wurde es ein Ritual. Nils Liebe wusste nicht, wann sie es tat, mit welcher ihr sonst fehlenden Kraft sie sich dazu aus dem Bett bewegte und warum das so wichtig schien, aber zu irgendeinem Zeitpunkt zwischen abends und morgens klebte Sanela weitere Post-its an die Wand. Nils Liebe las sie morgens auf dem Weg in die Küche, wo sie keiner erwähnte.

Einmal musste er laut lachen.

Lance Armstrong hat nach seinem Krebs siebenmal die Tour de France gewonnen.

«Ja, der ist gut!», sagte Sanela, die immer noch die Gabe besaß, aus dem Nichts aufzutauchen.

Nils Liebe zuckte zusammen. «Ja, der ist gut. Von wem?»

«Jemand aus dem Wartezimmer beim Arzt.»

Sie gingen in die Küche.

Weitere Favoriten:

Du siehst doch super aus. Das wird schon wieder.

Hey, toll, wie du abgenommen hast!

Ein weiteres Ritual: Sie lachten nun morgens zusammen. Etwas zum Festhalten.

Die Post-its zogen sich inzwischen über die ganze Wand des langen, schlauchartigen Flures.

Eines Morgens verließ Nils Liebe das Schlafzimmer und

erblickte sofort einen Zettel, der unterhalb der anderen hing. Er freute sich auf das morgendliche Ritual.

Das ist doch nicht lustig! In Kinderschrift.

Ein ehrlicher Versuch

«Ich möchte», sagte Sanela, und sie sagte es wirklich, Nils Liebe träumte es nicht, «dass es auch um dich geht. Dass du mir sagst, was du willst. Ich sage ja auch immer, was ich will.»

Er verschwieg das Offensichtliche. Das Leben mit Sanela basierte auf dem unausgesprochenen Gesetz, dass Sanela sagte, was sie wollte. Und darauf, dass alles, was sie wollte, umgehend geschah.

«Ich will», sagte Sanela, es war am darauffolgenden Abend, für vierundzwanzig Stunden also hatte ihr Gefühl gehalten, «dass du glücklich bist. Ich möchte auch mal tun, was du willst.»

Hoffnung war ein Gefühl für Dumme. Und dennoch: vierundzwanzig Stunden.

Es vergingen zwei weitere Stunden und vielleicht ein paar Minuten, aber Minuten sind jetzt nicht von Bedeutung, auch wenn Sanela das Gefühl hat, ihr Leben sei nicht in Monaten, sondern in Tagen, Minuten, ja in Sekunden gezählt. Eins, zwei, drei und aus. Aber das Aus beschließt bitte immer noch sie.

Ein Dialog im Bett.

Er verwendete keine Modalverben, die auch nur im Entferntesten an eine Regung zwischen Begierde und Forderung erinnern könnten. Möchte, will, wünsche, mag waren etwas für Dumme. Eine höfliche Frage, auch wenn Höflichkeit nur schwer mit dem in Verbindung zu bringen war, was soeben in dem Bett, in dem er diese Frage stellte, geschehen war.

«Kannst du ...», Pause, «würdest du ... mich küssen?» Der Frage fehlte das Ich. Vielleicht fehlte das Ich auch gänzlich.

Es ging nicht um die Antwort, die er selbstverständlich vorab gekannt hatte, es ging darum, gefragt zu haben.

«Ich möchte, dass du mich weiterhin fragst, auch wenn die Antwort negativ ausfällt.»

Nachts wachte er auf, verschwitzt und frierend zugleich, sie hatte sich zur Seite gedreht und dachte an die Einsamkeit, die sie fürchtete und auch ersehnte. Er kannte keine Einsamkeit und hatte nicht das geringste Bedürfnis, sie kennenzulernen. Wenn sie ihn berührte, sprach sie mit ihm. Er meinte, ihre Berührungen verstehen gelernt zu haben. Bei dem Verständnis der Nicht-Berührungen haperte es noch.

«Ich kann dich derzeit nicht küssen. Aber ich möchte, dass du mich weiterhin fragst, auch wenn die Antwort negativ ausfällt.»

Um die Antwort war es jedenfalls nicht gegangen.

Eine Frage

In der Nacht, nachdem er die Frage gestellt hatte, saß Nils Liebe am Küchentisch und las. Zwei Kerzen brannten. Ein Glas Wein wurde ausgetrunken, nachgefüllt und erneut ausgetrunken. Seiten wurden umgeblättert. Und manchmal, so hätte jemandem auffallen können, der die Geduld sowie das fragwürdige Interesse gehabt hätte, nachts aufzubleiben und Nils Liebe bei der stillen und einsamen Tätigkeit des Lesens zu beobachten, wurden die Seiten eben nicht umgeblättert. Eine Minute lang nicht, zwei Minuten lang nicht, auch mal sieben Minuten lang nicht. Auffallend lange für jemanden, der die Schnelllesetechnik beherrschte, nicht weil er sie sich beigebracht hätte, sondern weil er so lesen gelernt hatte und sich gar nicht vorstellen konnte, dass die meisten Menschen anders lasen: Zeile für Zeile anstatt seitenweise. Es liegt also die Vermutung nahe, dass Nils Liebe gar nicht las. Und die Frau, die sich darüber hätte wundern können? Nahm es gar nicht zur Kenntnis.

Ein paar Jahre zuvor hatte Nils Liebe, was ihn nicht sonderlich beeindruckte oder auch nur beschäftigte, einen Reportage-Preis erhalten. Der Laudator hatte in seine Lobrede einfließen lassen, er bedaure, dass der Preis nicht für die Interviews vergeben wurde. «Die Fragen, die Nils Liebe stellt, könnten in ihrer Direktheit die Grenze des journalistischen Anstands überschreiten und wahren diese doch mit äußerstem Respekt durch ihre Tiefe und Präzision», sprach der Laudator und bemühte sich in den Momenten, in denen er meinte, den Lobgesang besonders illustrativ ausgedrückt zu haben, mit dem gerühmten Preisträger Augenkontakt aufzunehmen. Die Fragen, die Nils Liebe stellte, waren zeit seines Lebens schon direkt, an der Grenze des Anstands und von Tiefe und Präzision geprägt gewesen.

Seine Mutter hatte sie anfangs notiert: «Wie kann ich Musik rechnen?» Aber als er sein viertes Lebensjahr erreicht hatte, hörte sie damit auf, weil ihr schwante, dass die Fragen ein Hinweis sein könnten. Dem vierjährigen Nils, der sein neues «Was ist was?»-Buch las, Buchstabe für Buchstabe zwar, aber er las es, anstatt nur die Bilder anzuschauen, schwante im Übrigen dasselbe: Auf die Fragen, die seine Mutter notiert hatte, hatte er keine Antwort bekommen.

Die Fragen, die Nils Liebe stellte, hatten andere oft verstört und/oder verletzt, aber niemals ihn selbst. Nach einer Frage, die man besser nicht stellte, hatte er lange gesucht, aber keine gefunden. Das hatte einen so einfachen wie logischen Grund: Eine Frage, auf die er die Antwort nicht hören wollte, gab es nicht.

Den Spruch «Für alles gibt es ein erstes Mal» kannte er selbstverständlich, hatte sich damit aber aufgrund der ihm immanenten Banalität nie beschäftigt.

Für alles gibt es ein erstes Mal. Beim ersten Mal sitzen Nils Liebe und Sanela in einem Restaurant. Es ist ein hippes Restaurant, die Teigtaschen heißen Momos, und die Bemühung um eine schlichte Einrichtung führte doch zu gewolltem Design. Das Essen ist hervorragend, die Teigtaschen, mit Zander und Zitronengras gefüllt, mit Mangosoße beträufelt, schmelzen geradezu im Mund. Der Wein passt hervorragend. Sanela lacht. Einmal wirft sie dabei sogar ihren Kopf zurück. Nils Liebe ist es, der sie zum Lachen bringt. Es könnte, aber es wird kein schöner Abend werden. Sanela lacht und wirft ihren Kopf zurück, der heute nicht das geringste bisschen schmerzt, obwohl sie den Schmerz als gegeben hinzunehmen gelernt hat, und reißt sich im letzten Augenblick zusammen. Sie sagt nicht, dass es ein schöner Abend ist. Sie sagt nicht, dass es ihr gutgeht. Sagt nicht, dass sie glücklich ist.

Immerhin: «Das schmeckt vorzüglich» erlaubt sie sich. Und Nils Liebe, der nur nickt und an seinem Wein nippt, lächelt. Es beginnt also als ein unangenehm gefühlvoller Abend, aber die Sorge, mit den beiden stimme etwas nicht, muss nicht aufkommen. Das unangenehm Gefühlvolle wird sogleich in Gefühle des Unangenehmen übergehen.

Nils Liebe wird zum ersten Mal eine Frage stellen, auf die er die Antwort nicht hören will. Sanela wird ihm die Antwort geben, die er nicht hören wollte, und hinzufügen, sie habe es aus Liebe getan. All diese Dinge, die Sanela aus Liebe tut. Sanela wird draußen eine rauchen, alleine. Nils Liebe wird draußen eine rauchen, alleine. Die Hauptspeisen werden unangetastet zurückgehen, was schade ist, sie wären köstlich gewesen, vorzüglich. Nils Liebe wird bezahlen. Sie werden das Restaurant verlassen. Auf dem Weg zum Auto wird Nils Liebe Sanela stützen, aber einmal kurz anhalten, um mit dem Fuß gegen eine Hauswand zu treten. Tritte helfen nicht, wird er, nicht überrascht, feststellen.

«Du hast doch gefragt», wird Sanela kommentieren, nicht zum ersten und nicht zum letzten Mal an diesem Abend. Und mit den Schultern zucken.

«Das schmeckt vorzüglich», sagt Sanela, und Nils Liebe nickt und nippt an seinem Wein und lächelt.

Und um das Thema zu wechseln und sich dem Moment zu entziehen, kommt er auf Niels-Tito zu sprechen. Niels-Tito ist ihr Puffer. Selbst wenn er nicht anwesend ist, weil er groß genug ist, um allein zu Hause zu bleiben, während Nils Liebe und Sanela, die heute einmal keine Kopfschmerzen verspürt, sich Momos schmecken lassen, dient er als Puffer. Niels-Tito, gibt Nils Liebe an dessen Mutter weiter, habe von ihm wissen wollen, ob er weiterhin bei ihm leben würde –

Das Wenn hatte Niels-Tito nicht ausgesprochen. Keiner von den dreien sprach das Wenn aus. Als könnte die Artikulation das Wenn in ein Wann verwandeln.

So formuliert es nun auch Nils Liebe, als glaube er wie ein Neunjähriger daran, dass unausgesprochene Dinge niemals eintreten könnten: «Er hat mich heute gefragt, ob ich weiterhin bei ihm leben würde.» Und setzt einen Punkt hinter diesen Satz.

Es ist eine wichtige Frage, aber nicht die Frage, wegen der Nils Liebe heute verstehen wird. Und möglicherweise verzweifeln.

Sanela blickt von ihrem leeren Teller – die Momos sind bereits verspeist, die Hauptgerichte noch nicht gereicht – nicht auf, als sie fragt: «Und was hast du geantwortet?»

«Dass wir nicht darüber gesprochen haben, du und ich. Dass wir daran nicht denken müssen.» Und das «noch» verkneift er sich. Übung macht den Meister.

«Dann lass uns doch darüber sprechen», erwidert Sanela, und der Vorschlag ist zweifelsohne ein Befehl, was Nils Liebe weder überrascht noch stört, schafft sie es doch tagtäglich, Befehle als freundliche und sogar interessierte Fragen zu verkleiden.

Nils Liebe nimmt noch einen Schluck von dem Wein, der wirklich hervorragend ist, eine Tatsache, die in den vergangenen zwei Minuten enorm an Bedeutung verloren hat. Er nickt. Auf den Befehl hin, der sich als Vorschlag zu tarnen versucht hatte, ohne Erfolg, was Nils Liebe aber nichts ausmacht. Nils Liebe liebt Sanela. Manchmal sind Dinge so einfach, auch wenn Einfachheiten nicht sein Metier sind.

Sanela liebt Nils Liebe. Wahrscheinlich.

«Würdest du bei ihm leben bleiben? In unserer Wohnung?»

Und das wäre wieder so eine Gelegenheit für eine Frage, die Nils Liebe stellen könnte, ohne die Antwort darauf hören zu wollen, meinst du «unsere» Wohnung wie die von uns dreien oder unsere wie deine und die von Niels-Tito, aber so weit denkt Nils Liebe in jenem Moment nicht.

«Würdest du denn wollen, dass ich bei ihm leben bleibe?»

Sie schauen aneinander vorbei.

«Ja, das würde ich wollen.»

Sie muss noch hinzufügen: «Er hat ja sonst auch niemanden.»

Und sie schauen aneinander vorbei.

Nils Liebe sagt sich, dass das ein wichtiger Augenblick ist. Es gibt diese Augenblicke, er hat von ihnen gelesen. Er und dieser Junge. Dieser Junge, der die Zahl Elf liebt und entweder gar nicht oder ohne Unterbrechung redet, dieser

Junge, der ein Kind ist, nur ein Kind, und dieser Junge, dessen Augen eine Farbe haben, die keine ist: zwischen Grau und Grün und Blau. Dieser Junge, den er manchmal nachts zudeckt, weil er im Schlaf die Decke immer abwirft. Dieser Junge. Und er.

Wenn.

«Ich würde das machen. Mich um Niels-Tito kümmern. Und in der Wohnung bleiben.»

«Das ist gut. Das gibt mir ein gutes Gefühl», bekundet Sanela.

«Das freut mich», bekundet Nils Liebe.

Sie greifen zum Besteck und nehmen den Duft des vorzüglichen Essens auf. Sanela breitet ihre Serviette auf dem Schoß aus, Nils Liebe nicht.

«Dann sind die Dinge ja so gekommen, wie ich sie mir vorgestellt habe», erklärt Sanela.

«Wie, dir vorgestellt?»

«Ihr passt einfach gut zusammen, du und Niels-Tito. Ihr versteht einander, denke ich, auf eine Weise, auf die ihn sonst kaum einer versteht. Manchmal noch nicht einmal ich. Das habe ich mir schon gedacht, bevor wir uns wiedergetroffen haben. Und deshalb habe ich mir gewünscht, dass du derjenige bist, der bei ihm bleibt, wenn», erklärt sie, und sie erklärt es freudig, in ihrer alten euphorischen Art, die der Tumor, so meinte man in den Wochen zuvor, als Erstes vertilgt hatte. Sie freut sich aufrichtig.

«Wann hast du dir das gewünscht?», will Nils Liebe wissen, was nur eine Nachfrage ist. Er ist interessiert, von Natur aus aufmerksam.

«Schon sehr, sehr lange», und als sie das sagt, blickt Sanela Nils Liebe tatsächlich an. Wenn sich Augen begegnen, die sich immerzu ausweichen, wird sowohl der Effekt als auch die Effizienz dieser Begegnung radikalisiert.

Nils Liebe ist nicht nur interessiert und aufmerksam, sondern verfügt auch über die Fähigkeit, Zusammenhänge an Stellen zu erfassen, an denen sie bloß aus fragilen, kaum sichtbaren Spinnenfäden bestehen. An dieser Stelle stellt er, für alles gibt es ein erstes Mal, die Frage, auf die er die Antwort vielleicht nicht hören möchte.

«Und wir? Was ist mit uns beiden? Was sich entwickelt hat, ist das.» Und wie so häufig zwischen den beiden braucht ein Satzanfang kein Ende, eine Frage kein Fragezeichen. Das zumindest wird ihnen bleiben.

Sanela wird sogleich antworten, einfach nur, indem sie seine Frage einordnet. Aus Liebe tut sie das, wie sie später, weil sie sich zu einer Rechtfertigung nicht herablassen darf, mehrmals wiederholen wird, aus Liebe müsse sie ehrlich sein. Vorher nimmt sie einen Schluck Wein, was natürlich nicht demonstrativ daherkommen soll, aber einer gewissen Dramaturgie nicht entbehrt. Und dann wird sie noch einen Blick zum Nachbartisch werfen, an dem zu laut gesprochen, zu laut gelacht wird. Sanela erträgt Lachen nur noch selten. Und nur noch von Niels-Tito.

Und ehrlich ist sie. «Nils, das ist eine perverse Frage. Und das weißt du.»

«Pervers? Wieso pervers?»

«Weil du die Antwort darauf vielleicht nicht hören willst.»

Und beide wissen: Das war schon die Antwort.

Das war es. Schweigen. Nils Liebe lehnt sich zurück.

«Wie geht es dir damit?», fragt Sanela. Aus Mangel an Alternativen fragt sie das.

Er weiß keine Antwort. Er hat zum ersten Mal in seinem Leben eine Antwort auf eine seiner direkten, tiefen, präzisen Fragen gehört, die er nicht hören wollte, und ist nun selbst, möglicherweise ebenfalls zum ersten Mal in seinem Leben, um eine Antwort verlegen.

Also spricht Sanela. Sie spricht mehr zusammenhängende Sätze, als sie in der ganzen letzten Woche von sich gegeben hat, die Chemotherapie ist anstrengend für den Körper. Sie spricht von Ehrlichkeit, von Mutterliebe, vom Versagen. Sie spricht vom Wenn und gibt dem Wenn einen Namen: Tod. Dann spricht sie noch von der Liebe, die sie Nils Liebe gegenüber hegt, sie spricht von hegen, nicht von empfinden, aus Liebe die Ehrlichkeit.

Dann geht Sanela hinaus und raucht. Als sie zurückkommt, geht Nils Liebe hinaus und raucht. Beide rauchen sie im Regen, es regnet ununterbrochen, seit dem Morgen schon. Nils Liebe zahlt. Sie laufen im Regen zum Auto zurück, Nils Liebe stützt Sanela und bleibt einmal stehen, um mit dem Fuß gegen eine Hauswand zu treten.

«Aber du hast doch die Frage gestellt», kommentiert Sanela.

Zu Hause, wessen Zuhause, sitzt Nils Liebe mit einem Buch am Küchentisch, zwei Kerzen brennen, ein Weinglas neben dem Buch, in dem er die Seiten nicht umblättert.

Das Unaussprechliche

Sanela schenkte Nils Liebe einen Moment. Es war ein Geschenk an sie beide. Der Moment so rein, so pur, so unantastbar, dass er keine Worte ertrug. Nur Gefühl. Es war auf ihrem vorletzten gemeinsamen Trip. Nach dem letzten käme nichts mehr. Das war Sanelas Geschenk an Nils Liebe, und weil der Moment so unantastbar war, ging er logischerweise mit Verboten einher, die da lauteten:

1. Sie würden über den Moment nicht sprechen, nicht währenddessen und niemals danach.

2. Nils Liebe würde nicht darüber nachdenken, warum Sanela ihnen beiden den Moment schenkte. Mit anderen Worten: Er würde sich das Wort «Abschiedsgeschenk» verbieten.

3. Einen weiteren solchen Moment würden sie nicht erleben und durften ihn nicht erwarten.

Niels-Tito schlief bereits, im kleinen Zimmer nebenan. Es war heiß, und Sanela hatte die Hitze wie die Kälte immer geliebt, so wie sie alle starken Empfindungen liebte, die sie ihren Körper spüren ließen. Sie war noch dabei, sich daran zu gewöhnen – die Zeit würde nicht mehr ausreichen –, dass ihr Körper die Hitze nur schwer ertrug. Sie schwitzte viel und musste mindestens ein frisches T-Shirt mitnehmen, wenn sie an heißen Tagen unterwegs war, ein T-Shirt, das Nils Liebe im Rucksack trug, weil sie kaum noch etwas tragen konnte. Die Hitze war auch am späteren Abend nicht gewichen. Sie hatten alle Fenster weit aufgerissen, auf dem Rückweg vom Restaurant hatte sich Sanela plötzlich nach einem Sommerregen gesehnt. Strahlend blauer Himmel, der nicht dunkel werden wollte, und keine Wolke in Sicht. Sie stellte sich zu Hause unter die Dusche und ließ das Wasser von oben auf ihr Gesicht klatschen, bis die Wangen endlich nicht mehr brannten. Ins Handtuch gewickelt, legte sie sich in das Bett.

Die Lampen waren, wie in den meisten Hotelzimmern, zu grell. Nils Liebe las. Sanela stand auf und wühlte in ihrer schwarzen Tasche.

«Kann ich dir helfen? Was suchst du?», fragte Nils Liebe.

«Teelichter. Ich ertrage dieses Licht nicht.»

«Ja, es ist immer zu grell in Hotels. Ich verstehe das nicht, die haben doch Innenarchitekten. Sagt denn keiner von denen, dass dieses Licht blendet?», und das liebte Sanela in diesem Moment an ihm: dass er ihre Gedanken aussprach. Sie liebte das an ihm, aber nicht ihn dafür.

Zu den Teelichtern äußerte sich keiner von den beiden. Als habe Sanela immer irgendwelche Kerzen dabei, die sie jederzeit aus ihrer schwarzen Tasche ziehen und anzünden könnte. Sanela stellte fünf Teelichter auf den Fenstersims und zündete sie an. Nils Liebe knipste die Lampe aus und legte sich einen Spruch auf die Zunge, den er gleich loslassen würde, gleich, wenn Sanela sich wieder zu ihm drehen würde, sich ersichtlich unwohl fühlend im Schein der fünf Teelichter. Sanela drehte sich um – und lächelte. Nils Liebe verschluckte seinen Spruch und vergaß ihn sofort.

Was er niemals vergessen würde: Sanela, die, ins Handtuch gewickelt, neben ihm lag. Ihr Lachen, sie lachte tatsächlich, laut, sie gab sich dem Lachen hin. Worüber, spielte so was von keine Rolle. Ihre Hand, die seine nahm. Rachmaninoff, das 2. Klavierkonzert, Opus 18.

«Welche Musik würdest du mit in den Tod nehmen, wenn du könntest?»

Sanela sprang auf und musste nicht nachdenken, suchte nach ihrem iPad und ließ die Musik erklingen, und dafür liebte Nils Liebe sie. Sie hielt seine Hand, während sie hörten, und weinte dabei. Also weinte er auch.

Was Nils Liebe niemals vergessen würde: die Musik, ihre Hand, ihr Lachen, das Handtuch, das sich gelöst hatte und auf dem sie nun lag, die offenen Fenster, fünf Teelichter, kein frischer Wind, noch nicht mal ein Windchen, wie Sanela sich auf einen Ellbogen aufstützte und ihn küsste. Sie ihn und so, aber man darf es nicht aussprechen. Sanft, dann hart.

Fick mich. Auch das würde er nicht vergessen.

Ich liebe dich. Heute waren sogar diese Worte erlaubt. Sie schenkte ihm das, sie schenkte es ihnen beiden, vielleicht auch nur sich selbst.

«Feiert, wenn ich gegangen bin. Feier mit ihm. Versprichst du mir das?» Keine Tränen. Die in seinen Augen zählten nicht.

«Ja, verspreche ich dir. Wir werden feiern.»

«Ich muss wissen, dass ihr feiern werdet, wenn ich gegangen bin. Ich muss es wissen.»

«Ich verspreche es dir. Wir machen die Party des Jahrhunderts.»

«Du hast doch noch nie eine Party gemacht.» Sie lachte. Daran würde sich Nils Liebe erinnern, aber sie lachte nicht nur einmal an diesem Abend.

«Ja, und wenn ich schon mal eine mache, dann hätte ich dich eigentlich gerne dabeigehabt.» An diesem Abend war das Unaussprechbare erlaubt.

An diesem Abend schliefen sie zum letzten Mal miteinander.

Erlaubnis

Erst als es zu spät war, fiel Nils Liebe auf, dass Sanela ihm Dinge erlaubte, um deren Erlaubnis er sie niemals gebeten hatte.

Seine Freunde, die er in jahrelanger Arbeit gelernt hatte zu mögen, mochte sie nicht. Sie fand sie langweilig.

«Aber natürlich sollst du auch deine langweiligen Freunde treffen.»

Sie mochte nicht, was er aß. Sie verachtete rohes Fleisch.

«Aber hey, du kannst das Steak ja bestellen.»

Sie hatten anfangs zusammen gelacht, beide erinnerten sich noch daran, wie sie auf dem Balkon saßen und zusammen gelacht hatten, ein schallendes Lachen, über das sich die Nachbarin von oben beschwerte, und sie sich gleichermaßen wunderten wie freuten. Es ging ja doch. Es fühlte sich leicht an. Manchmal aber driftete ihr jeweiliges Verständnis für Humor auseinander.

«Aber wenn du das witzig findest. Klar kannst du das witzig finden», erlaubte ihm Sanela.

Diese Alltäglichkeiten stießen ihm erst in der Nacht auf,

in der sie ihm die Erlaubnis zum Vögeln gab. Sie war gegen drei Uhr nach Hause zurückgekehrt, die Haare durchwühlt, am Hals eine Bissspur, die ihn kirre machte: Sie war doch diejenige, die biss. Sie ging ins Bad, er lief hinterher und wusste nicht, warum, Sanela blieb vor dem Spiegel stehen, starrte hinein, auch während ihre Hand nach der Zahnbürste suchte. Nils Liebe beobachtete sie, griff nach der Zahnbürste, reichte sie ihr. Dem Kind brachte sie gewissenhaft bei, immer danke zu sagen.

«Ich sehe ganz schön durchgefickt aus», sagte Sanela.

Sie nahm die Zahnbürste aus dem Mund, schäumende Zahnpasta über den Lippen, sie nuschelte.

«Du kannst natürlich auch so viele andere Frauen vögeln, wie du willst. Mir macht das überhaupt nichts. Genieß es. Tue ich ja auch.»

Manchmal war Nils Liebe, als verbringe er viel Zeit damit, in einem Raum zu stehen und nicht zu wissen, wohin. Er konnte den Raum nicht verlassen: melodramatisch. Er konnte nicht stehen bleiben: erniedrigend. Er konnte nicht antworten: Was denn? Er konnte sich nicht die Zähne putzen: Das hatte er schon getan. Er konnte nichts.

Ist sie tot

Nils Liebe kommt sich regelrecht bescheuert vor, obwohl er diesen Begriff bis dato gewiss noch nie verwendet hat, wie er da am Esstisch sitzt. Vor ihm liegt sein Mobiltelefon. Auf dem Hintergrundfoto lächelt ein neunjähriger blonder Junge nicht. Wann ist Nils Liebe denn zu einem Möchtegernvater verkommen?

Was hatte er gedacht? Das Nicht-Denken steht ihm nicht. Finger klopfen auf den Tisch. Die Weinflasche ist leer. Er ruft Worte durch die Wohnung, die neu sind und sich auf der Zunge fremd anfühlen, bevor er ihren Klang genießen lernt: «Scheiße! Verfickt! Diese Fotze!» Die Worte hallen. Ist sie tot?

Niels-Tito, das Kind. Ist sie tot?

Die Kiste, in die sie ihr allmorgendliches Gedicht steckt, ist weg. Ihr Mobiltelefon hat sie dagelassen. Aber das gerahmte Bild von Niels-Tito, der knietief am Meeresstrand im Wasser steht, die Augen zusammenkneift und lächelt, ein Foto wie von jedem anderen Kind, das normalerweise auf ihrem Nachttisch steht, ist nicht da.

Er läuft durch die Wohnung, einmal zur Tür und wieder

zurück, dann setzt er sich hin. Er schämt sich ein wenig, weil «Ist sie tot» sich trotz allem leichter denken lässt als «Sie will mich nicht mehr» oder auch «Sie fickt gerade herum». Er schreibt beides auf einen nicht geöffneten Briefumschlag, der auf dem Esstisch liegt.

Sie ist tot.

Sie fickt gerade herum.

Untereinander. Der erste Satz ist literarisch wie psychologisch gesehen schöner. Er hängt den Briefumschlag an den Badezimmerspiegel, weil er nicht weiß, wohin damit. Oder auch weil Sanela, wenn sie denn nicht tot ist, sondern nur herumfickt und in den Morgenstunden heimkommt wie in manch anderer Nacht in den vergangenen Wochen – sobald es ihr bessergeht, rennt sie hinaus –, sicher das Badezimmer betreten wird.

Nils Liebe hat eine Waffe entdeckt: Worte. Er schreibt Dinge auf. Meistens sind es Zitate – Gefühlsbeschreibungen könnten schon wieder eine Zielscheibe sein. Er schreibt sie auf Post-its, die er an Wände klebt, auf lose Zettel, die er am Tisch liegen lässt. Sanela lacht, wenn sie sie liest, es ist ein ehrliches, grelles Lachen, und das, obwohl sie in letzter Zeit selten lacht.

«Das habe ich tatsächlich gesagt, oder?», kommentiert sie manchmal.

Oder auch: «Ja, so bin ich. Genau so.»

Einmal sogar: «Krass. Wie ich drauf sein kann.»

Nie schmeißt sie die Zettel weg. Niels-Tito liest sie wahrscheinlich auch, aber er kommentiert sie nicht. Nils Liebe hat eine Waffe entdeckt. Doch die Schüsse prallen ab.

Einen hat sie mit einem Magnet an den Kühlschrank gepinnt.

«Frage an Sanela: Warum vögelst du mit irgendwelchen Typen herum?»

Antwort von Sanela: *«Weil ich mich selbst spüren will, bevor ich verrecke. Und weil ich dich nicht spüren will.»*

Nils Liebe sitzt am Esstisch, es ist fast vier Uhr morgens, und wünscht sich sein Leben zurück. Er wünscht sich sich selbst zurück.

Schritte. Weg

Nils Liebe freut sich über kleine Schritte. Eines Abends legt er sich auf die Couch, auf der er seit zwei Wochen schläft, streckt seine langen Beine aus und freut sich ganz unverhofft. Über den grauen, abgewetzten Stoffbezug vor seinen Augen – er hat sich zur Lehne gedreht –, über die Wolldecke, die er noch tiefer über die Schultern zieht, über das matte Licht, das von der Stehlampe fällt. Es ist ganz einfach gemütlich. Wer braucht schon ein Bett.

An einem anderen Abend sagt er Niels-Tito gute Nacht, nimmt sich ein Glas Wein und ein Buch mit auf den Balkon, und erst auf Seite 214 fällt ihm auf, dass Sanela noch nicht zurück ist. Er blättert um und liest weiter und erfreut sich aufrichtig an den schönen Worten.

Kleine Schritte. Sanelas Mund stinkt nach Alkohol, Zigaretten und Krebs, als sie gegen zwei Uhr nachts zurückkehrt. Sie öffnet den Mund nur einmal, um ihn darüber zu informieren, dass sie einen aus dem Theater gevögelt hat.

Da merkt Nils Liebe, dass etwas fehlt. Der Ärger rumorte im Bauch, der Schmerz verstopfte die Lunge und machte das Atmen schwer, Hass in den Extremitäten. Die Hände wollten schlagen, die Beine rennen. Er stellte sich vor, wie es wäre, könnte er einfach zur Tür hinaus spazieren, könnte er doch nur. Jetzt ist da nichts. Müdigkeit in den Augen, ein Kratzen im Hals, ihm ist kühl geworden. Er ist überrascht, dann lächelt er unwillentlich vor Freude.

Sanela hebt fragend die Augenbrauen. Dahinter ist Angst.

Als Nils Liebe Sanela antwortet: «Danke für die Information», ist es genau so gemeint und nicht ein bisschen zynisch. Ein Dankeschön.

Gute Tage

Es hatten sich hier zwei beziehungsweise drei gefunden. Das ist nicht als Verheißung gemeint, Happy Ends erträgt keiner von den dreien, noch nicht einmal das Kind.

«Ist es eine Geschichte mit echten Menschen, wie aus dem wahren Leben?», fragt das Kind abends beim Vorlesen seine Mutter, da ist es erst vier. Dinge, die es in der Realität nicht gibt, kann es nicht leiden, und als Protagonisten akzeptiert es nur Menschen, keine Tiere, Drachen, Zauberer und Gespenster. Astrid Lindgren und Erich Kästner warten auf ihn, aber «Die Konferenz der Tiere» wird er alleine aufgrund des Titels niemals lesen.

«Ja», antwortet die Mutter.

«Geht die Geschichte gut aus?»

«Ja.» Die Mutter meint, über Kinderängste Bescheid zu wissen, aber manchmal vergisst sie: Niels-Tito ist nicht wie andere Kinder. Und das ist gut so.

«Warum geht sie gut aus?», fragt das Kind enttäuscht. Im wahren Leben, das weiß oder ahnt das Kind schon mit vier Jahren, geht selten etwas gut aus.

Es hatten sich also drei gefunden, die auf andere mitunter

befremdlich wirkten. So sehr, dass sie manchmal um sich schlagen mussten. Schlimmes ertragen sie genauso wenig wie Schönes. An manchen Tagen ist es Nils Liebe, der zerstört. Feste Rollenverteilungen, auch die untereinander, sind dazu da, in Frage gestellt zu werden. Zerstörerisch wird Nils Liebe ausschließlich und vollkommen unbeabsichtigt in den Zeiten, in denen Sanela ihn mal liebt und der Junge nicht bis elf zählen muss.

Sanela geht es gut. Morgens, wenn sie aufwacht, hält sie oft die Augen noch geschlossen und geht im Kopf ein paar Fragen durch, über deren Bedeutsamkeit sie seit ein paar Monaten staunt. Selbstverständlichkeiten, die sie selbst plötzlich nicht mehr versteht oder weiß.

Wie heiße ich? Wann wurde ich geboren? Was frühstückt mein Sohn? Nein, Moment, habe ich überhaupt einen Sohn?

Die letzte Frage kam letzte Woche dazu. Sie schnürt ihr die Luft ab, nein, es ist der Hirntumor, der ihr die Luft abschnürt.

Heute aber lächelt sie bei den Fragen und öffnet anschließend die Augen, sie kann die letzte Frage voller Sicherheit bejahen, sie weiß sogar, ein kleiner Triumph, der Geburtstag ihres Sohnes, der Niels-Tito heißt, es ist der 9. Mai. Wenn sie die Augen geöffnet und sich auf die andere Seite gedreht hat, sieht sie einen Mann neben sich liegen. Heute scheint sie sich an alles zu erinnern. Zum Beispiel: Der Mann, der da mit dem Rücken zu ihr daliegt, ist Nils Liebe. Sanela steht so leise auf, wie es ihr möglich ist, weil sie sich sogar daran erinnern kann, dass Nils Liebe sie liebevoll als Trampeltier bezeichnete.

Was für eine Freude. Im Gehen sammelt sie Kleidungsstücke vom Boden auf, sie tappt auf Zehenspitzen und achtet darauf, dass der Gürtel, der in der Jeans steckt, beim Aufheben nicht auf den Parkettboden knallt, sie drückt die Türklinke geräuschlos herunter und die Tür nur so weit auf, dass diese gar nicht erst den Winkel erreicht, in dem sie zu quietschen beginnt. Aber in der Wohnung lebt ein Kind. Der Schulranzen wurde abgeworfen, irgendwo, und gegen dieses Irgendwo stößt Sanela, bevor sie die Tür wieder schließen kann, der Ranzen fällt um, scheppert auf den Boden, Sanela schrickt auf. Trampeltier. Nils Liebe ist nun wach, sagt aber kein Wort. Könnte an Liebe liegen, könnte auch Müdigkeit sein.

Da es Sanela gutgeht, manchmal sind die Zusammenhänge so einfach, geht es auch Niels-Tito gut. Er mault, als sie ihn weckt, zieht sich die Decke über den Kopf, hält sich die Zahnbürste mit der Zahnpasta in den Mund, ohne sich die Zähne zu putzen, beschwert sich beim Frühstück, dass kein Nutella da ist, weil er die Marmelade nicht mag. Nein, Aprikose auch nicht. Und keine Himbeere. Honig mochte er noch nie, das weiß sie doch. Nein, dann frühstückt er gar nicht. Sanela räumt die drei Marmeladengläser wieder in den Kühlschrank und seufzt. Ein ganz normaler Junge.

Sanela lässt die Maschine Kaffee zubereiten. Eine Tasse lässt sie auf dem Tisch stehen, bevor sie sich mit der ihren auf den Balkon begibt. Auf dem Tisch liegt die Zeitung, die sie von unten aus dem Briefkasten geholt hat. Der Tag ist so gut, dass sogar die Sonne scheint. Sie hält das Gesicht in die Sonnenstrahlen, auch ein Abschied, den sie nehmen muss.

Nils Liebe betritt die Küche. Der Kaffee, die Zeitung.

Sanela, angezogen, auf dem Balkon. Der Junge, angezogen, auf dem Weg zur Schule.

Lass es, Nils. Er hört diese Stimme in seinem Kopf. Und er hört sie nicht.

Nils Liebe hat all diese Fragen, die ihn immer wieder beschäftigen. Die Zeitfenster sind kurz. Dass man nicht auf alles eine Antwort haben muss, versteht Nils Liebe nicht. Manchmal ist er anstrengender als das Kind.

«Geht's dir gut heute?»

«Ja, total. Bin fit aufgewacht. Kann mich an alles erinnern. Fühlt sich gut an. Niels-Tito geht es auch gut, oder? Er schien fröhlich.»

«Ja, kam mir auch so vor.»

«Siehst du, das Leben kann schön sein.» Sanela greift über den kleinen Balkontisch hinweg nach Nils' Hand. Sie lächelt.

Es wäre so schön.

«Sag mal, ich muss dich was fragen –», er entzieht ihr die Hand.

«Frag mich. Was immer du willst.»

Das ist neu: die Ankündigung einer Frage, die Erlaubnis, die er sich einholt. Die Erlaubnis, die sie ihm gibt.

«Das will ich dich schon sehr lange fragen. Damals, als du dich umbringen wolltest, war es ...»

«Nils, lass es sein.»

«Nein, du lässt mich. Du hast gesagt, ich soll fragen.»

«Nicht das. Nils, lass es sein. Heute ist ein guter Tag», und sie streckt die Hand nach seiner aus.

Da ist alles: die seltene Gelegenheit, eine Entscheidung treffen zu können, ihre Hand nicht zu nehmen. Die Stille anstelle der Frage nach seinem Befinden. Das Lächeln, das sie jedem schenkt, auch dem Nachbar, der sich ständig über Niels-Titos Herumrennen beschwert. Das Entschwinden – das vorsätzliche damals und unwillentliche in den vergangenen Wochen, das, was ihn noch erwartet.

«Eben, und ich kann dich nur an guten Tagen fragen. Ich habe so viele Fragen und du so wenig gute Tage. Also lass mich die nutzen.»

«Wollen wir die nicht anders nutzen?»

Nils Liebe schaut bei dieser Frage zu Boden, was er sogleich bereut, er hätte in ihr Gesicht blicken sollen. Hat sie die Augenbrauen gehoben dabei? Es kann doch unmöglich, jetzt, eine Aufforderung gewesen sein, er beschließt, nicht darüber nachzudenken: «Nein, ich möchte das wissen.»

«Dann mach.»

Die beiden erlauben sich viel, sie kennen ihre Abgründe, deshalb sind sie vielleicht hier, zusammen auf diesem Balkon, aber manches dürfen sie nicht. Nils Liebe darf Sanela nicht fragen: Ist das ein abgekartetes Spiel? War es das von Anfang an? Empfindest du etwas für mich? Sanela, wirst du wieder wortlos verschwinden? Fragen wie Schüsse. Hast du jemals jemanden geliebt, und den Jungen meine ich nicht, hast du mich jemals geliebt?

«Nils, bitte.» Sanela hat bitte gesagt. Nils Liebe lässt es nicht sein. Kann es nicht sein lassen.

Die Fragen häufen sich seit Wochen, da ist kein Platz mehr in seinem Kopf. Will er die Antworten wirklich hören? Ehrlich wäre ein Nein, aber man hat ja auch immer ein Bild von sich, dem man gerne entspricht. Fragen wie Schüsse, Sanela wehrt sich mit Worten und Händen, die sie auf die seinen legt, mit denen sie über seine Wange streichelt, sie ahnt nicht, dass Nils Liebe auch deshalb Fragen stellt, um ihr eine Verurteilung ersparen zu können.

Mit einem Mal ist Sanela müde, sie steht wortlos auf, geht auf die Toilette und daraufhin wieder direkt ins Bett. Nils Liebe hat nur dieses eine Bedürfnis, ihr hinterherzurennen, sie festzuhalten, um Verzeihung zu bitten (ohne es tatsächlich auszusprechen, natürlich). Wann ist der nächste gute Tag? Er bleibt sitzen, Sanela festhalten ist wie Wasser im Sieb tragen. Sanela fällt in den Schlaf wie in eine tiefe Schlucht. Sie wacht sechs Stunden später auf, das Zimmer ist dunkel und verschwommen. Sie lässt die Augen offen und bewegt sich nicht. Im Flur zwei Stimmen: eine hohe Kinderstimme, eine tiefe Männerstimme. Wer sind die beiden in ihrer Wohnung?

NSU

«Soll ich auch mal wieder mit dir vögeln?», fragt Sanela. Es ist 3 Uhr 35, sie ist in die Wohnung getrampelt, nun steht sie vor der Couch, Fahne, zerzauste Haare, glasiger Blick. An Tagen, an denen sie sich auch nur ein bisschen besser fühlt, rennt sie, sobald das Kind schläft, hinaus. Sich selbst spüren. Sie trägt noch roten Lippenstift auf ihre blutleeren Lippen auf, pudert das blasse Gesicht.

Ein Ja wie ein Nein wären gleichermaßen erniedrigend für ihn als Antwort auf diese Frage. Wegdrehen will Nils Liebe sich aber auch nicht. Also murmelt er nur: «Ich will weiter schlafen.» Sie lacht ihn aus. Er schläft nicht mehr ein.

Seitdem sind aber Tage vergangen. Nils Liebe schreibt jetzt wieder mehr. Eines Abends, er sitzt am Tisch und tippt in den Computer, betritt sie die Küche, er ist überrascht, er dachte, sie schläft. Ein schwarzes Negligé. Der Tumor sitzt im Gehirn, die Haare sind nach der Chemotherapie nachgewachsen, sie hat wieder zugenommen. Wenn man die CT-Bilder, das Kopfschütteln der Ärzte, die Fragezeichen neben der Prognose nicht kennen würde, könnte man meinen, die Therapien hätten etwas gebracht. Aber beide wissen, es ist bald vorüber. Ihr Körper dagegen, im schwarzen Negligé, wirkt sehr lebendig, Nils Liebe schaut hin, länger, als er sich erlauben wollte.

«Arbeitest du?»

«Ja.»

«Woran?» Sie lehnt an der Tür. In dieser Pose, die eine Einladung ist.

«Ein Kommentar. Die NSU-Prozesse.»

«Gehst du mit mir ins Bett?»

Nils Liebe blickt zu ihr. Sie hält sich wacker, irgendwo zwischen gefährlich und zahm. Nils Liebe braucht ein paar Sekunden, bis ihm sein Gefühl seinen ersten Gedanken bestätigt: Er will nicht. Er will Sanela nicht. Nicht sie. Er freut sich an dem Gefühl und ordnet die Traurigkeit, die sich augenblicklich im Bauch breitmacht, richtig ein: Sie haben sich verloren.

«Nein. Danke», antwortet er und widmet sich wieder der Tastatur: Nach dem unfassbaren Ermittlungsdesaster verhöhnt nun das monatelange Schweigen der Hauptangeklagten die Angehörigen der Opfer.

Weinen I

Der Junge kommt ihm im Flur entgegen, in der Hand einen Putzlappen. Er macht dieses Gesicht, Nils Liebe hatte es schon ein paarmal gesehen. Der Junge verschwand.

Sanela hatte ihm erzählt und ihm vorab den Schwur abgenommen, den Jungen niemals wissen zu lassen, dass sie es ihm erzählt hatte, der Junge verstecke sich in Momenten, in denen ihm Dinge, Gefühle, Berührungen zu viel wurden, in einer imaginären Höhle. Er hatte sie seiner Mutter beschrieben: In der Höhle lagen eine große Matratze, elf Kissen, elf Decken, elf Bücher, Kakaokannen und Süßkram, ein Fernseher stand wohl auch darin. Über Elektrizitätsleitungen hatte der Junge nicht nachgedacht. Sanela hatte ihn ausgelacht, als Nils Liebe gefragt hatte, wie man ihn aus dieser Höhle wieder herausbekäme. Im Auslachen meinte er den Schmerz zu hören, mit dem sie seit Jahren lebte. «Gar nicht. Du lässt ihn in Ruhe. Und wartest.» Als er den Jungen erblickt, denkt Nils Liebe, wenn in ihm selbst etwas geschähe, was ihn ein solches Gesicht machen lassen würde, dann würde er sich ebenfalls eine imaginäre Höhle bauen.

«Niels-Tito, was ist los?» Nils Liebe schließt die Tür hinter sich, wirft die Jacke auf den Boden.

«Mama hat gekotzt.»

«Okay. Und was noch?» Sanela übergab sich teilweise stündlich, sie ließen die Fenster fortwährend offen, Niels-Tito machte normalerweise nicht dieses Gesicht.

«Sie schreit.»

Nils Liebe öffnet schnell die Schlafzimmertür, bevor er Zeit hat, sich zu fürchten.

Sanela sitzt nackt neben einem blauen Putzeimer in einer Lache aus Erbrochenem, Blut und verschüttetem Putzwasser. Es stinkt bestialisch. Nils Liebe verspürt augenblicklich den Reflex, das Fenster zu öffnen, und sieht, nachdem er den ersten Schritt aufs Fenster zugemacht hat, dass es bereits offen steht.

Der Junge steht in der Tür.

«Da kommt ja das zweite Genie. Noch so ein Fachidiot, der unfähig zum Leben ist», spricht Sanela und lacht ihr Lachen.

«Sanela», sagt Nils Liebe und kein weiteres Wort.

«Sanela», äfft sie ihn nach. Nils Liebe nimmt dem Jungen den nassen Putzlappen ab, geht auf die Knie und macht sich an die Arbeit.

«Ach, putzen kann er auch. Schau zu, Niels-Tito, lern von ihm. Dann kannst du zumindest Putzmann werden», kommentiert Sanela, die im Schneidersitz sitzt.

«Vorhin wusste sie nicht, wer ich bin», sagt der Junge.

«Du bist dir im Klaren darüber, dass das an der Krankheit liegt?», fragt Nils Liebe. Er verspürt, möglicherweise zum ersten Mal in seinem Leben, das Bedürfnis, jemanden in den Arm zu nehmen.

«Du bist dir im Klaren darüber, dass das an der Krankheit liegt?», wiederholt Sanela.

Das Nachäffen ist neu. Jeden Tag etwas Neues, damit es nicht langweilig wird.

«Leg dich ins Bett», bittet Nils Liebe Sanela und wischt den Boden um sie herum. Sie thront im Schneidersitz. Nils Liebe kriecht auf den Knien um sie herum und wischt den Boden. Der Junge steht in der Tür, der einzig Aufrechte in dieser Konstellation, aber es hilft nichts: Er ist der Kleine, das Kind.

«Leg dich ins Bett», wiederholt Sanela.

Es dauert. Nils Liebe schickt den Jungen in die Küche, um Räucherstäbchen und Streichhölzer zu holen. Sie versuchen, damit den Gestank zu vertreiben. Der Boden ist wieder sauber.

Die Blutspuren im Erbrochenen sind neu. Gegen ihren Willen hat Nils Liebe Sanela ins Bett verfrachtet, ihr ein T-Shirt angezogen, zwei Decken über sie gelegt. Bald kommt das Zittern.

Ohne darum gebeten worden zu sein, holt der Junge ein Glas Wasser und stellt es neben das Bett. Dann fängt er an zu weinen. Er geht auf die Knie, legt den Kopf auf die Bettdecke und weint. Dieses Kinderweinen, explosiv wie verzagt. Nils Liebe schätzt, er darf ihn nicht anfassen, und Sanela will ihn nicht anfassen. Sie schaut und hört ihm zu.

Nils Liebe bleibt sozusagen nichts anderes übrig, als ebenfalls zu weinen. Jetzt, in diesem Moment, kann er nicht anders und kann auch nicht mehr, und die Tränen fließen, bevor er sich eines Besseren besinnen kann.

«Jetzt hört mal beide auf zu weinen! Das macht mich aggressiv!», sagt Sanela.

Sterben

Sterben kannte Sanela nur im Deutschen. Das mit den Sprachen war so: Bäume, Baumarten, gab es beispielsweise nur im Serbokroatischen, *Lipa, Breza, Hrast, Topola, Orah.* Im Deutschen gab es für sie nur Birke, Kastanie und Weide, aber Birke klang nicht nach der Zartheit der schwarzen Rindenstreifen, die sie von den weißen Bäumen abgeschält hatte, bis die Birkenstämme in Großmutters Garten schlicht und sauber weiß waren, so hoch ihre Hände kamen, Kastanie war für Sanela kein Baum und Weide ein irreführender Name, Weide wie Weinen. Also bitte, wie bittig.

Dinosaurier und deren nähere Bestimmung gab es hingegen nur im Deutschen: Flugsaurier, Herbivoren, Echsenbeckendinosaurier, Archaeopteryxe, Microraptoren. Sie hatte sie zusammen mit Niels-Tito gelernt, und das Aussprechen und Schreiben dieser Namen war ihr schwerer gefallen als ihm. Andere Dinge, die meisten von ihnen bedeutungslos, übersetzte sie, ohne übersetzen zu müssen. Sterben kannte sie nur im Deutschen, obwohl sie bis auf Clemens, den Vater ihres Jungen, nur tote Jugoslawen gesehen hatte. Das heißt, sie waren zu Lebzeiten Jugoslawen gewesen, gestorben waren sie als Bosnier, Kroaten, Serben.

«Tot ist tot», hatte Sanela, dreizehn Jahre alt, konstatiert, als der Vater ihr den Konflikt zu erklären versuchte, den er selbst nicht verstand.

«Sanela!», hatte ihre Großmutter ausgerufen, empört von der zu stopfenden braunen Wollsocke aufblickend, im gleichen Tonfall.

Ihre Mutter war gestorben, ohne zu sterben. Das heißt, ihre Mutter war gestorben, ohne dass jemand diese Tatsache und den Prozess, der sich unnötigerweise über Monate und dann auch noch über acht schlimmste Tage hingezogen hatte, so benannt hätte. Sanela hatte sich gewundert, sie sprachen und erörterten und berieten alles, die Ärzte, Schwestern, Verwandten, Nachbarn und Freunde, ihr Vater, ihre Großmutter, in den guten Momenten sogar ihre Mutter selbst, aber von Sterben sprachen sie nicht. Wenn sie nicht sprachen, dann weinten sie, laut und leise, bitter, erbost und verzweifelt. Nur ihr Vater weinte nicht. Der war ein Mann.

Sanela war sich nicht sicher, ob sie wirklich alles verstand. Aber falls sie etwas missdeutete, warum wechselte das Gesicht ihrer Mutter dann immer weiter seine Farben? Von Hellrosa zu Farblos zu Grau zu Bläulich und immer dunkler, aber niemals Richtung «gesund». Wenn sie im Winter von draußen hineinkam mit Wangen, die sie gar nicht mehr spürte vor Kälte, und Fingern, die so steif waren, dass sie sich aus den Fausthandschuhen kaum noch herausziehen ließen, freute sich ihre Großmutter, bevor sie sie auf den Hocker vor den schwarzen Dampfofen setzte:

«Jetzt hast du eine gesunde Farbe im Gesicht.» Eine Weile war «gesund» ihre Lieblingsfarbe gewesen, aber die Kunstlehrerin in der ersten Klasse hatte laut gelacht und vor der gesamten Klasse verkündet, dass das keine Farbe sei.

Sanela fragte Gott. Hauptsächlich, weil ihre Großmutter sie zwang, mit ihrem Gott zu sprechen, seit ihre Mutter immer kränker wurde. Das Sterben, über das man nicht sprach, schien zu dauern. Und auch weil sie in letzter Zeit nicht viele Gesprächspartner hatte, fragte sie Gott.

«Lieber Gott, bitte hol meine Mama zu dir und kümmere dich da um sie. Hier geht es ihr nicht gut, und allen anderen geht es hier nicht gut, weil sie hier ist, aber das weißt du ja. Falls es dich gibt. Bitte, lieber Gott, nimm sie zu dir.»

Sie achtete darauf, so leise zu bitten, dass ihre Großmutter sie nicht hörte.

Dann war es vorbei, und genauso formulierten sie es: «Es ist vorbei.» Bevor sie gestorben war, hatte ihre Mutter aufgehört, wie ihre Mutter auszusehen. Das geschah, Monate nachdem sie aufgehört hatte, ihre Mutter zu sein. Tage bevor sie aufgehört hatte, wie ein Mensch auszusehen. Der Mund fiel ein. Der Körper dunstete auf. Sie gaben ihr keine Medikamente und keine Nährstoffe mehr, erklärte ihr Vater, und mühte sich weiterhin, sichtbar angestrengt, nicht zu weinen. Sanela musste sich da keine Mühe geben. Sie weinte nicht. Aber sie schämte sich dafür.

«Geh, geh», flüsterte Sanela ihrer Mutter ins Ohr, wann immer sie mit ihr alleine war, was nicht oft vorkam. Die Mutter röchelte und stöhnte, ekelerregend. Wenn die Mutter zu laut wurde, hob Sanela die Stimme und sprach fester, schubste ihre Mutter fast.

«Geh, geh.»

Sanela wollte nicht sterben, und das in zweierlei Hinsicht. Die erste war klar. Sie wollte nicht sterben, wie Menschen nicht sterben wollen, weil sie das Gefühl haben, mit dem Leben noch nicht fertig zu sein, die Hochzeiten ihrer Kinder und andere klischeehaften Ereignisse noch nicht erlebt zu haben. Die zweite Hinsicht: Sie wollte nicht sterben, wie ihre Mutter gestorben war. Clemens Art hatte ihr gefallen, ein Auto, ein Fahrrad, tot. Der Zeitpunkt war schlecht, zugegebenermaßen, sie war gerade im siebten Monat schwanger. Aber die Art!

Ihr Vater: ein Schuss.

Andere tote Jugoslawen: noch mehr Schüsse. Aber da war Krieg.

Sterbehilfe. Sie bedurfte aber keiner Hilfe. Sanela war – obwohl sie das sofort beiseitewischte, wenn andere dies zu erwähnen wagten, als trüge sie nicht selbst dazu bei – stolz. Sie war stolz in reiner Charaktereigenschaft und auch auf all das: als Kind alleine aus dem Krieg geflohen, beide Eltern tot, ein Suizidversuch, das Einleben in Deutschland, die Sprache, die sie sprach, als habe sie sie von ihrer Mutter, das Kind, das sie alleine großzog, die arme Verwitwete, wobei die Verwitwete sich gar nicht arm fühlte. Und nun auch noch die Krankheit. Nein, Sanela würde auch beim Sterben ganz sicher keine Hilfe brauchen.

Sie ging die Möglichkeiten im Kopf durch und wusste, es gab nur eine.

Sie wusste auch: Niels-Tito wird dabei sein. Und er wird Hilfe brauchen.

Also fragte sie Nils. Sie fragte höflichkeitshalber, weil sie seine Antwort natürlich kannte: «Nils, ich würde gerne noch einmal verreisen. Würdest du mit Niels-Tito mitkommen?»

Selbstverständlich. Wohin, das spielte keine Rolle.

Zweitausend sechshundert

Ihre erste Idee waren Berge. Sie verwarf sie sofort, die Idee schien ihr genauso melodramatisch wie die Berge selbst.

Dieses Argument hätte eigentlich auch ein Ausschlusskriterium für das Meer sein müssen.

Sie hatte die Berge nur einmal erlebt und seitdem immer gemieden. Berge, so hatte sie sich die Begegnung gemerkt, sah man nicht, man erlebte sie. Obwohl sie sämtliche angebotenen Wanderungen verweigert hatte. Aus dramaturgischen Gründen hätten die Berge gepasst: damals, als sie gehen wollte, dann einmal für einen Tag an den Rheinfall mit Nils Liebe und Niels-Tito, und jetzt, da sie gehen musste. Gehen. Sie verwarf den Gedanken.

Damals: Sie wacht in den Bergen auf, weil sie fast die gesamte Zugfahrt verschlafen hat. Ständig könnte sie schlafen, tags wie abends wie nachts, auch wenn der Schlaf ein unruhiger ist, traumlos, aber es durchzuckt sie, was sie im Halbschlaf merkt; und manchmal wird sie davon wach, ohne die Augen zu öffnen, und entscheidet sich dafür, wieder den Schlaf zu suchen. Nicht, weil sie müde ist, sondern weil sie nicht denken und das Weiß nicht sehen will: Weiß die Wände, die harten Bettbezüge, die Kittel der Ärzte und Schwestern, das Papier, auf dem sie ein Tagebuch führen soll, und die Seiten bleiben vorerst weiß, weiß sogar das Essen, das auf weißen Tellern serviert wird: Kartoffelpüree, Geschnetzeltes in Sahnesoße, Vanillepudding. Das übliche Gelb von Kartoffeln und Vanillepudding ist hier nicht vorhanden. Wann immer sie später eine Banalität über Farben hören wird – Grün ist die Hoffnung, Rot ist die Liebe –, wird sie denken: Weiß ist die Einsamkeit. Ein einfacher Satz, mehr Klang als Inhalt, aber sie ist die Einzige, die ihn kennt. Niemals würde sie eine solche Plattitüde laut von sich geben.

Auch im Zug schläft sie unruhig, auf ihrem Sitz zusammengerollt, die Jeansjacke eine Decke, ein schwarzer Pulli, den sie aus ihrem Koffer gekramt hat, ein Kissen. Es schüttelt sie im Schlaf oder Halbschlaf, die Klimaanlage im Zug. Als sie aufwacht, sind viele Stunden vergangen, was sie nur daran erkennt, dass es draußen bereits dämmert.

Es stimmt sie traurig. Oder ist sie bereits traurig aufgewacht? Hat sie traurig geschlafen? Der Psychologe hatte ihr aufgetragen, ihre Gefühle zu beobachten, zu hinterfragen, zu vergleichen: Was löste Traurigkeit aus, was Freude? Wann fühlte sie sich einsam? Wann nicht?, dachte sie spontan, aber behielt es für sich. Sie versucht es, gibt sich wirklich Mühe, aber es ist so anstrengend, so ermattend: Sie kann ihre Gefühle nicht festhalten. Ist es noch Traurigkeit oder schon Einsamkeit? War da Trauer, lauerte hier Angst? Sicher weiß sie nur, was sie nicht fühlt: Freude. Glück. Liebe. All diese Dinge, von denen die Menschen dauernd reden. Es sind so viele Gefühle, und sie drehen sich in ihr, immerzu. Wie ein Strudel, nein, wie zwei oder drei Strudel, in entgegengesetzte Richtungen, in unterschiedlichem Tempo. Meistens nur im Kopf, aber manchmal im ganzen Körper. Sie bekommt Kopfweh davon. Man gibt ihr keine Schmerztabletten, vorsichtshalber. Sie kann nicht einsehen, warum, was sollte sie denn mit einer Schmerztablette, die sie vermutlich unter dem strengen Blick einer weiß gekleideten Krankenschwester einnehmen würde, anstellen? Der Psychologe hat ihr überdies nahegelegt, sich dem Warum zu widmen: Warum fühlst du dich jetzt gerade traurig, warum macht dich die Erinnerung an etwas froh, warum ärgert dich dieser Moment? An dem Warum versucht sie sich nicht, solange sie das Was nicht benennen kann. Einer der wenigen klaren Gedanken in diesen Tagen.

Draußen dämmert es, als sie aufwacht, und draußen sind die Berge. Rechts, links, hoch, zweitausendsechshundert, dreitausendzweihundert Meter, sie hatte die Zahlen gelesen, aber sie sich nicht vorstellen können. Oben Schnee, Fels, unten Tannen, Wasserfälle und nur noch über den Spitzen die letzten Sonnenstrahlen. Sie betrachtet die Gewalt des Gebirges mit Staunen und Respekt. Staunen, immerhin. Der Psychologe würde sich freuen, denkt Sanela, als sie sich zu ihrem Koffer hinunterbeugt, um ihren Pullover zu verstauen, es fällt ihr schwer, sich an den Namen des Psychologen zu erinnern, er war kurz, einsilbig, sehr deutsch. Es ist noch nicht einmal vierundzwanzig Stunden her, dass sie ihm gegenübersaß und in Worte zu fassen versuchte, wann sie sich das letzte Mal glücklich gefühlt hatte. Der Name Nils fiel eventuell, aber sicher war sie sich nicht.

Als sie klein war, war ihr Vater dafür zuständig gewesen, sie zu waschen und zu baden. Ihrer Mutter waren die

Dämpfe zu viel, das Asthma, ihrer Mutter war alles zu viel. Während er sie wusch, sang er für sie. Alte Partisanenlieder. Nachdem er ihre Haare abgerubbelt hatte, wickelte er sie in ein riesiges Handtuch, sodass nur noch die Augen, die Nase und der Mund hinausguckten, und trug sie über den Hof ins Haus, das tat er auch noch, als sie schon zu groß dafür war. Das Glück lag in diesem Handtuch, in den Armen des Vaters, die sie hielten, in ihren Beinen, die über dem Boden schwebten.

Warum sie in die Berge geschickt worden war, hatte sie nicht verstanden. Sie sollte etwas finden – sich selbst oder vielleicht sogar Glück. Aber sie war nicht auf der Suche.

Am Bahnhof wurde sie abgeholt. Auf dem beinahe leeren Bahnsteig, es stiegen nur sechs Leute aus, wartete ein untersetzter Mann mit Glatze und einem Schild in der Hand: «Klinikum für Kinder- und Jugendpsychiatrie und Psychotherapie». Bevor sie ihn erreichte, den Koffer hinter sich herziehend und schaudernd – so kalt war es also in den Bergen –, lief ein Junge auf den Mann zu und blieb neben ihm stehen. Er trug einen Trekkingrucksack, eine offensichtlich nagelneue schwarze Regenjacke und sah nicht aus, als sei er verrückt. Sanela nickte, als sie vor den beiden stand.

«Sanela Pejanovic?», fragte der Mann und sprach beide Namen falsch aus. Das «e» zu offen, das «ic» wie ein «ick». Sie nickte.

Das Auto fuhr im Zickzack und schnell, immer bergauf, und in den Kurven legte sich Sanela zur Seite, ein wenig, weil das Auto so schnell fuhr, ein wenig, weil sie diese Bewegung mochte, der sie sich hingeben konnte, die keiner Entscheidung und somit keiner Anstrengung bedurfte. Wie ein Blatt im Wind. Der Junge saß vorne und schwieg, aus dem Radio dröhnten die Doors.

Sanela hatte sich davor nicht die Mühe gemacht, sich etwas auszumalen. Sie war also nicht überrascht, aber doch froh zu sehen, dass das Klinikum für Kinder- und Jugendpsychiatrie und Psychotherapie nicht wie ein Krankenhaus aussah und auch nicht alle dort Weiß trugen.

Sanelas Zimmergenossin hieß Matilda. Sie war erst zwölf und sprach nicht. Sanela nahm das keinesfalls persönlich, und zwar nicht erst, als sie herausgefunden hatte, dass Matilda mit niemandem sprach, auch nicht mit den Therapeuten. Matilda malte immerzu in einem Zeichenblock. Später, als Sanela die Klinik verlassen hatte, vermisste sie das leise Geräusch der genauen Striche von Bleistift auf Papier, obwohl ihr vorher nicht klar gewesen war, dass sie dieses Geräusch überhaupt vernommen hatte. Verrückt sah in der Klinik niemand aus. Deshalb konnte Sanela manchmal das Personal nicht von den Kranken unterscheiden. Das verwirrte sie einige Tage lang, dann gewöhnte sie sich daran. Sie dachte an Nils: Das hätte ihm gefallen. Dass man Psychologen nicht von den Patienten unterscheiden konnte.

«Verspüren Sie Gleichgültigkeit?», hatte einer ihrer neuen Therapeuten gefragt. Die Diagnose gefiel ihr, Gleichgültigkeit verspüren, das war immerhin ein Gefühl. So viel besser, so viel sicherer als Angst, Wut und Liebe.

In den ersten Tagen verließ sie das Zimmer nur, wenn eine der Schwestern, die Jeans und Polo-Shirts trugen, sie an der Hand nahm und hinausführte: zu Gesprächstherapien, Gruppenkreisen, in den Speisesaal. Es fiel ihr schwer mitzugehen, nicht, weil sie sich verweigern wollte, sondern weil ihr Körper zusammenzufallen drohte. Die Schultern, der Oberkörper taten sich schwer mit dem Aufrichten, damit sie sich aufsetzen konnte, die Beine schienen verwirrt und von der Aufgabe überfordert, sich in der richtigen, abwechselnden Reihenfolge voreinanderzusetzen. Einer der Therapeuten sprach von der Notwendigkeit kleiner Schritte, sie wunderte sich darüber. Kleine Schritte bedeuteten doch, dass sie deren noch mehr machen musste, ihre Beine würden da vollends durcheinanderkommen. Wie lange dauerte es, bis ihr auffiel, dass er das im übertragenen Sinne gemeint hatte, dass er keineswegs ihren tatsächlichen Gang, von ihrem Zimmer zu seinem, zwei Flure, eine Treppe, dann links, nicht gemeint hatte? Sie wollte schlafen.

Jahre später wunderte sie sich, suchte, fragte sogar nach und konnte zum Glück dank der Unterlagen, auf die sie nach langem Wühlen stieß, herausfinden, wie lange sie in der Klinik gewesen war: sechs Wochen. In ihrer Erinnerung waren es viele Monate gewesen.

Nach einiger Zeit machte sie sich dann doch die Mühe, das Kissen auf das eigentlich für die Füße vorgesehene Ende des Bettes zu legen, um aus dem Fenster schauen zu können. Draußen waren die Berge. Giganten, sie hingen über ihr, oben Schnee, dazwischen Felsen. Sie stellte sich vor, sie könnte sich auf der Spitze hinlegen und einfach herunterrollen, rollen und rollen und rollen, wie sie es als Kind in den Grashügeln getan hatte. Und wenn es weh täte, wegen der Felsen? Das wäre schön. Manchmal war ihr, als kämen die Berge näher, dann schloss sie die Augen und schlief. Manchmal war es, als seien sie nicht real, als habe jemand eine Fototapete an ihr Fenster geklebt, derselbe Jemand, der die Klinik weiß gestrichen und an die Wände im Flur gerahmte Sprüche gehängt hatte, die zu lesen sie sich nicht die Mühe machte. Nur einen merkte sie sich: «Wende dein Gesicht der Sonne zu, dann fallen die Schatten hinter dich.» Sie merkte ihn sich aus einem Grund: Sanelas Augen reagierten, seit sie denken konnte, auf Sonne allergisch: Sie tränten immerzu und wurden rot.

Eines Nachmittags, und Sanela kann bis heute nicht sagen, wie lange sie da schon in der Klinik war, ob zwei Wochen oder fünf, hatten die Berge ihren Namen gerufen. Im Ernst. Sie war niemand, der an so einen Blödsinn glaubte. Dass Berge einen rufen können. Oder dass es einen Gott gibt. Dass alles im Leben einen Sinn hat und gut wird. An diesem Nachmittag aber riefen die Berge tatsächlich ihren Namen. Sie lag im Bett. Sa-ne-la! Langsam setzte sie sich auf. Der Oberkörper gehorchte unerwartet und ungewohnt schnell. Die Beine gaben sich große Mühe, dem guten Beispiel zu folgen. Sie stieg aus dem Bett, öffnete den Schrank, in dem ihre Straßenschuhe standen. Der Anblick der Turnschuhe erstaunte sie kurz: Seit sie hier war, hatte sie nur Pantoffeln getragen. Sie zog die Schuhe an, die Finger gehorchten so gut, wie sie es bei der Kunsttherapie, in der sie Sterne und Männchen knetete, denen sie mit Absicht überdimensionierte Schwänze zwischen die Beine klebte, so hatten die Therapeuten etwas zu interpretieren, nie taten. Sie lief hinaus, den Flur entlang, die Treppe hinunter. Die Beine wussten, was zu tun war, ohne dass sie sich darauf konzentrieren musste, und die Blicke, die ihr folgten, denn niemals hatte sie bisher alleine und freiwillig das Zimmer verlassen, erwiderte sie mit einem Lächeln. Das sie sich in Wahrheit selbst schenkte, nicht den anderen.

Draußen fröstelte sie, und außerdem wusste sie nicht, wohin. Sie konnte nicht zulassen, dass die Beine wieder weicher wurden. Das Gelände durften die Patienten ohne Abmeldung nicht verlassen, und die Vorstellung, mit dem Pförtner zu sprechen, überforderte sie. Sanela ging hinters Haus, durchquerte den leeren Garten, blickte einmal nach hinten, sah niemanden und kletterte über den Zaun. Auf der anderen Seite klopfte ihr Herz. Hier ging es hinab. Sanela schenkte sich noch ein Lächeln und rannte hinunter. Rannte, rutschte manchmal beinahe aus, musste zwischendrin die Geschwindigkeit bremsen, rannte und lachte und kam aus der Puste und ließ sich irgendwann einfach ins Gras fallen und stierte vor sich hin. Nass auf ihren Wangen, sie weinte zum ersten Mal seit – seit? Sie konnte sich nicht erinnern, wann sie das letzte Mal geweint hatte. Zu Hause wahrscheinlich.

Es passierte ihr nie wieder, dass die Berge sie riefen. Oder ein anderes Naturphänomen das getan hätte.

Sie verwarf die Idee der Berge. Sie hatte sich eigentlich, ohne es zu formulieren, bereits für das Meer entschieden. Das Meer hatte ebenfalls nicht gerufen. Und damit, dass sie am Meer aufgewachsen war und es so liebte, wie Menschen zu lieben ihr schwerfiel, hatte die Entscheidung nichts zu tun. Es war schlicht die einfachste, die sanfteste und die schönste Möglichkeit. In den Tod schwimmen.

Weinen II

Und dann weint er doch noch ein zweites Mal. Er schafft es nicht, es zu lassen. Es ist ein Abend zu einem dieser Tage, an denen Sanela vergessen hat, dass sie ein Mensch ist. Es ist anstrengend, nicht nur in emotionaler Hinsicht, sondern auch körperlich. Er kümmert sich um sie, er kümmert sich um den Jungen und darum, dass es möglichst wenig «sie und der Junge» gibt. Arbeiten muss er auch noch, auch wenn das Schreiben ohnehin schon zu einer Nebentätigkeit verkommen ist. In der Redaktion sind alle verständnisvoll, er schreibt nur noch zu Hause, aber er wünscht sich heimlich, darum gebeten zu werden, einen Außentermin wahrzunehmen. Dann könnte er die Wohnung verlassen.

Vorsichtshalber weint Nils Liebe in der Küche, nachdem er noch einen Blick auf das Kind geworfen hat. Das schläft tief und fest, obwohl sein Hörspiel noch läuft. Nils Liebe schaltet den CD-Player aus. Ständig muss er die Batterien in dem Ding wechseln. Er wollte einen mit Netzstecker kaufen, aber das war ihm untersagt worden. Wahrscheinlich ist er es, der die Sache mit Kindern nicht versteht. Dass es manchmal genau die Dinge sein müssen, die das Kind sich vorstellt. Obwohl er, wenn er darüber nachdenkt, merkt, dass es eher Sanela ist, die es sich so vorstellt. Also ist es vielleicht auch eher die Sache mit Sanela.

Nils Liebe konzentriert sich auf die Tränen: Tropfen sie auf das Akazienholz des Esstisches? Ziehen die Tränen in das Akazienholz ein? Bringen sie ihm Erleichterung? Werden sie weniger oder mehr?

Die Schritte überhört er, dann steht sie bereits neben ihm. Sie ist aufgestanden. Man könnte sagen, ein Grund zur Freude.

«Hör auf zu heulen», spricht Sanela und macht sich an der Kaffeemaschine zu schaffen.

Es ist das erste Mal, dass Nils Liebe an einem Tisch sitzt und weint. Es ist das erste Mal, dass er etwas erwidert: «Hör auf, ein Arschloch zu sein.»

«Keine Angst, ich bin ja bald tot.»

Zum Glück, das sagt Nils Liebe nicht, aber nur, weil er immer daran festhält, dass er sich nie auf dieses Niveau begeben möchte. Er steht auf, schnappt sich im Flur die Jacke, die Schuhe. Beides zieht er erst im Treppenhaus an, als er die Wohnungstür zugezogen hat. Sie läuft ihm nicht hinterher.

Entlarvung

Obwohl Sanela nicht tatsächlich zuschlug, sondern nur mit Worten, schlug sie zu wie ein Boxer: gezielt und zielsicher, feste und immer wieder. Nils Liebe taumelte, fiel um, drehte sich weg, noch ein Schlag, er rappelte sich mühsam hoch, schwankte, da kam schon der nächste, er brach noch einmal zusammen. Manchmal fühlte Sanela sich hinterher mies, aber das ging zum Glück vorüber.

«Ich bin ein Arschloch», sagte sie dann.

«Bist du nicht. Du bist Sanela», versprach Nils Liebe.

«Ich will kein Arschloch sein», wiederholte sie, weil das Schuldbekenntnis die notwendige Voraussetzung für eine Katharsis war.

«Ich will so nicht sein. Außerdem hast du –», dann schlug Sanela wieder zu. Es gab immer etwas, was er getan hatte.

Nils Liebe dachte an Männer, die ihre Frauen verprügeln, diese Tat sogleich bereuen, Besserung geloben, dann den Frauen vorwerfen, die Schläge selbst provoziert zu haben. Wenn er sich recht erinnerte, hieß diese Spirale in der Psychologie der Gewaltzyklus.

«Ich weiß, dass du das nicht willst», versicherte er ihr. Das stimmte, er wusste außerdem jetzt schon, dass der Reue Erhabenheit folgen würde.

«Ich war doch schon immer so. Du weißt doch, seit du vierzehn bist, dass ich so bin.» Take it or leave it, und sie wussten beide, dass er die Wahl nicht hatte. Es erstaunte ihn, mit welcher Leichtigkeit er sich manipulieren ließ, er. Sie war Sanela.

Eines Tages, ihre gemeinsame Geschichte würde, sie wussten es, nicht mehr lange dauern, Sanela hatte wieder zugeschlagen, Nils Liebe fand sich überrascht auf dem Boden wieder, er hatte gedacht (und sich offensichtlich geirrt), sie sei zu schwach, in manchen Momenten schien sie nicht einmal mehr zu wissen, wo sie sich befand, da meinte Sanela, noch einmal nachtreten zu müssen.

«Eine Mutter», erklärte Sanela und setzte sich dafür sogar im Bett auf, «tut alles für ihr Kind. Selbst eine Mutter wie ich. Ja, ich gehe auch mit jemandem wie dir monatelang ins Bett für mein Kind.»

Nils Liebe ließ das Nachtreten über sich ergehen. Allen Schmerz schien er bereits ausgefühlt zu haben. Da kein Schmerz mehr war, kam das Einsehen. Er drehte sich zu ihr, sah ihr geradewegs in ihre seit Wochen vernebelten Augen und lachte lauthals. Es war so einfach, er wunderte sich, dass er da vorher nicht draufgekommen war: Sanela war eine lächerliche Person. Die Lächerlichkeit war so augenfällig, dass es noch nicht einmal mehr traurig war. Nils Liebe konnte nicht aufhören zu lachen. Er feierte seine Freiheit.

Sanela fuhr entgeistert auf und fiel dann kraftlos in die Kissen zurück. Nils Liebe lachte sie aus. Sie verstand, dass und was er eingesehen hatte. Sie widerstand der Versuchung, sich die Ohren zuzuhalten. Die Rangfolge war soeben umgedreht worden. Ihre letzte Kraft verwendete sie darauf, den Blick nicht abzuwenden, ein letzter Kampf, dann nahm sie die Niederlage hin.

Nils Liebe würde jetzt nicht mehr gehen. Sie war Sanela. Bald war sie nicht mehr. Er sagte nichts. Von allen möglicherweise empfundenen Gefühlen war nur noch armseliges Mitleid geblieben.

Sanela beschloss, es sei für sie an der Zeit, zu gehen.

Abschied I

Sanela hatte sich fest vorgenommen, in Gegenwart ihres Jungen keine Träne zu vergießen. Nicht deshalb. Deshalb doch nicht. Nicht, weil sie sterben und ihn alleine lassen würde.

Sie lagen in letzter Zeit häufig nebeneinander. Sanela lag meistens nur noch. Wenn Niels-Tito aus der Schule kam und mit seinem neuen Schlüssel, den Nils Liebe für ihn hatte anfertigen lassen, die Tür aufschloss, warf er seinen Rucksack auf den Boden, schleuderte die Schuhe von den Füßen, die Jacke von den Schultern, ließ alles liegen, wo es hinabgefallen war, betrat das Schlafzimmer, wortlos, und legte sich neben Sanela ins Bett. Sie lagen nebeneinander und starrten die Decke an. Berührten sich dabei nicht, nur manchmal hob Sanela den Arm, was Mühe machte, und strich ihm durch die blonden Haare. Die Decke war weiß. Sie mussten nicht reden, Offensichtliches nicht benennen. Sie mussten nur nebeneinanderliegen, und Sanela nahm sich, wenn sie seinen Schlüssel im Schloss hörte, vor, keine Träne zu vergießen, während er neben ihr lag. So verabschiedeten sich Mutter und Sohn voneinander.

Brief III

Liebe Sanela,
wir müssen uns voneinander verabschieden. Und ich weiß, du wirst nicht diejenige sein, die. Du wirst keinen Abschiedsbrief schreiben, nicht an mich, und vielleicht noch nicht mal einen an den Jungen.
Also schreibe ich dir. Und wiege mich mit Freude in dem Glauben, dass ich diesen Brief schreibe, weil wir eben so sind: dass nicht derjenige von uns den Abschiedsbrief schreibt, der gehen wird. Diejenige, die eigentlich müsste. Wir genießen, dass du so bist, dass ich so bin, und dass es deshalb ein «uns» gibt. Gibt es ein «uns»?
Ich bin, wie ich bin, und dieses Hirn habe ich mir nicht gewünscht. Du aber hast Entscheidungen getroffen. Du weißt um dein Anderssein und suhlst dich darin.
Aber, könntest du sagen, dafür liebst du mich doch, dass ich keine Abschiedsbriefe schreibe. Und hättest recht damit. Dafür liebe ich dich, dafür hasse ich dich, und das Klischee, das diese Feststellung ist, nehme ich in Kauf. Weil: Es ist mein Gefühl. In einem Abschiedsbrief sind sogar mir Klischees erlaubt.

Du hattest mich einmal gebeten, dir drei Gründe zu nennen, warum ich dich liebe. Du hattest es mir befohlen, obwohl wir «Ich liebe dich» nicht sagen. Ich liebe dich nicht, weil, und nicht, obwohl, sagte ich, ich liebe dich nur. Ich sagte das, obwohl wir «Ich liebe dich» nicht sagen, und du zogst die Augenbrauen zusammen auf diese Weise, die mir zu verstehen gab, dass dir die Antwort nicht passte. Ich nahm mir nicht die Zeit, mein Gefühl zu hinterfragen, aber es freute mich, dass dir meine Antwort missfiel.
Ich will nicht einfach nur so geliebt werden, sagtest du. Natürlich, du doch nicht. Immer versuchte ich, dich vor Sätzen, die schmerzen könnten, zu bewahren. Das war ein sehr einseitiges Bemühen, wie so vieles zwischen uns. Aber hier breche ich nun mit dem, was in einem Abschiedsbrief stehen sollte: Er wird nicht liebevoll sein. Er wird keine schönen Erinnerungen enthalten. Ich schreibe diesen Brief, um alles gesagt zu haben, nicht, um dir mit einem verdrehten Klischee eine Freude zu machen.
Ich weiß, dass du gehen wirst. Du wirst nicht warten. Du wirst es mir nicht sagen, du wirst es dem Jungen nicht sagen, das weiß ich alles, obwohl wir nicht davon reden. Ist Liebe jemals gerecht verteilt? Und was ist schon Liebe. Ich könnte es poetisch versuchen, und es gibt eine Menge Menschen, die mir das durchgehen lassen würden, du aber nicht.
Und deshalb liebe ich dich.
Poetisch ginge: Liebe ist ein Gefühl, und Gefühle brauchen keine Begründung. Ja, ich könnte sagen, Gefühle dulden keine Begründung.

Wie wirst du es tun? Dich von einem Felsen stürzen? Dir noch einmal die Pulsadern aufschneiden, und dieses Mal hoffentlich richtig? Werde ich es überhaupt erfahren? Oder wirst du einfach verschwunden sein?
Vielleicht will ich dir keine Gründe nennen, weil Liebesgründe immer ein Feiern des einen oder der anderen sind. Entweder ist es: weil du so bist. Oder es ist, weil du mir das Gefühl vermittelst, dass ich. Liebe aber ist kein Feiern.
Vielleicht nenne ich keine Gründe, weil in einer Begründung auch eine Drohung verborgen ist: Wenn du nicht mehr so bist, dann liebe ich dich nicht mehr.
Du liebst mich dafür, dass ich einen Abschiedsbrief schreibe, obwohl ich nicht derjenige bin, der geht. Für diesen Brief liebst du mich womöglich, und das wäre Grund genug, ihn nicht zu schreiben.
Vielleicht will ich dir keine Gründe nennen, weil eine Begründung das Gegenteil negiert, das doch essenziell ist: Gerade wenn du so bist, wie ich dich nicht liebe, liebe ich dich dennoch. Das Trotz macht Liebe zu Liebe.
Dafür, dass du mich dazu bringst, diesen Gedankenprozess durchzudenken, dafür liebe ich dich.
Du liebtest mich in den Momenten, in denen du mich liebtest, weil. Und nach dem Trotz wagte ich niemals zu fragen.
Der Junge fragt dich immer, wie sehr. Und dann zählst du auf: von hier bis nach Honolulu, von Honolulu bis zu deiner Schule, von deiner Schule bis zum Mars, dann zum Mond, vom Mond noch mal kurz nach New York, dreimal um New York herum, dann zum Saturn, dann wieder zu uns nach Hause, von zu Hause bis Berlin,

von Berlin nach Moskau, dann bis zur Sonne und wieder zurück. So sehr liebe ich dich. Und der Junge nickt, ernsthaft. Als würde er es verstehen.
Ich liebe übrigens auch den Jungen. Nicht so sehr wie du. Aber so sehr, dass ich ihn vor dir beschützen möchte. Dich liebe ich so sehr, dass ich dir niemals weh tun würde. Ich wollte, wollte dir so häufig Schmerzen hinzufügen, damit du mal siehst, aber die Liebe war größer.
Ich muss mich beeilen mit diesem Brief, weil ich nicht weiß, wann du gehen wirst. Ich werde dich nicht fragen. Dich um nichts bitten. Dieses eine allerletzte Mal.
Die Momente, in denen du mich liebtest, waren die, in denen du am glücklichsten warst. Ich spreche hier nicht von mir. Auch nicht vom Strahlen im Gesicht deines Jungen, und das hinzuzufügen ist gemein, ich weiß.
Wie ist das passiert, fragtest du gerne, wie sind wir passiert. Und ich erklärte es dir, weil du es zu hören liebtest. Zu den Dingen, die ich weiß, so wie ich weiß, dass du gehen wirst, gehört auch das Wissen, dass du es schon lange wusstest. Deshalb sind wir passiert. Weil du wusstest, dass du gehen musst. Weil du an den Jungen dachtest. Weil du wusstest, da gibt es mich. Und bald also mich und den Jungen.
Lässt sich, wer liebt, manipulieren? Dafür, dass du mich darüber nachdenken lässt, dafür liebe ich dich nicht.

Dein Nils Liebe

Abschied II

Niels-Tito will auf gar keinen Fall, dass seine Mutter ihn weinen sieht. Er weint eh nicht gerne. Es bringt ja nichts. Macht nicht, dass zum Beispiel das Knie nicht mehr weh tut, wenn man vom Skateboard gefallen ist. Oder dass jemand nicht stirbt.

Wenn er von der Schule kommt, legt er sich zu seiner Mutter ins Bett. Das machen sie jetzt schon seit ein paar Wochen, so etwas nennt man dann Ritual. Etwas anderes können sie auch nicht tun, weil seine Mutter nun meistens im Bett liegt. Früher haben sie Höhlen für Dinosaurier gebaut und Süßkartoffelbrot gebacken. Er liebt Süßkartoffeln. Er schließt die Tür jetzt selbst auf, mit dem Schlüssel von Nils Liebe, und er hat sich vom Taschengeld einen Schlüsselanhänger bestellt. Na gut, er hat ihn ausgesucht, und Nils Liebe hat ihn im Internet bestellt. Raumsonden sind da drauf. Er zieht sich aus und legt sich neben seine Mutter. Sie sprechen nichts. Manchmal streichelt sie ihm über die Haare, aber das ist in Ordnung. Die Decke ist weiß. Niels-Tito starrt die Decke an, wie es seine Mutter tut, und auch das ist irgendwie gut so. Niels-Tito schafft es, an keinem dieser Nachmittage im Bett zu weinen. Nicht, wenn seine Mutter ihn sieht. So verabschieden sich Mutter und Sohn voneinander.

Im Flugzeug

Das Flugzeug startet, Niels-Tito schließt die Augen, kneift sie zusammen und weint nicht. Zwei Tränen zögern irgendwo hinter den Augenlidern, drücken kurz und verschwinden dann wieder. Wohin eigentlich? Nils Liebe weiß so was. Nils Liebe weiß alles. Niels-Tito will ihn mal fragen. Aber jetzt nicht.

Das Flugzeug zittert beim Steigflug, und Niels-Tito konzentriert sich auf das Zittern, fällt in jeden Stoß und jede Schwingung, spürt den Lärm der Triebwerke beinahe mehr, als dass er ihn hört. Sie sitzen nah an den Tragflächen. Die Flugbegleiterin hat ihm vor dem Start Malsachen und ein Spielflugzeug gebracht und ihn angelächelt. Er mag es nicht, wenn Fremde ihm zulächeln, und er spielt schon seit Jahren nicht mehr mit Autos und Flugzeugen. Wenn sie ihn anlächeln, erwarten sie, dass er zurücklächelt. Das tut er aber nicht, es bildet sich kein automatisches Lächeln in seinem Gesicht.

Es ist Niels-Titos erster Flug. Er wollte nicht fliegen. Er will zu Hause sein, immer. Weil er aber nun schon mal fliegt, will er versuchen, sich einen Tomatensaft zu bestellen, weil Nils Liebe ihm erzählt hat, dass ungewöhnlich viele Menschen im Flugzeug Tomatensaft trinken. Das hat damit zu tun, dass die Sauerstoffsättigung im Blut in zehn Kilometern Flughöhe sinkt und man dadurch anders schmeckt. Nils Liebe sagt, Tomatensaft schmeckt in der Höhe besser als unten, aber Niels-Tito fehlen die Vergleichsmöglichkeiten: Er hat noch nie Tomatensaft getrunken. Für den Fall, dass er es nicht über sich bringt, der Flugbegleiterin zu sagen, was er möchte, wissen seine Mutter und Nils Liebe Bescheid. Aber Mama schläft, wie jetzt fast immer. Sie schläft oder sie schreit.

Es gibt noch einen weiteren Grund, warum Niels-Tito nicht fliegen wollte. Es ist ihm lieber, wenn er seine Mutter dieser Tage im Blick behalten kann. Zu Hause ist das einfach zu bewerkstelligen, in den vergangenen Wochen hat sie kaum das Bett verlassen. Nils Liebe war es, der ihn weckte, ihm Frühstück auf den Tisch stellte und seine Schulbrote schmierte. Niels-Tito liest jetzt morgens Zeitung wie Nils Liebe. Sie sprechen auch darüber, Nils Liebe erklärt. Niels-Tito ist bald zehn. Er empfindet Stolz.

Er empfindet, er fühlt. Immer sagen sie über ihn, dass er nichts fühle. Er hört es. Er sieht es. Auf den Rezepten vom Kinderarzt, die seine Mutter der Ergotherapeutin regelmäßig in die Hand drückte, stand: Wahrnehmungsstörung. Seine Lehrerin sagte zu seiner Mutter, er stand daneben: «Ihr Sohn hat keinen Zugang zu seinen Gefühlen.»

«Ja, aber hören kann er», erwiderte seine Mutter. Sie nahm ihn bei der Hand, als sie gingen. Früher hat seine Mutter immer gekämpft.

Er fühlt eine ganze Menge. Normale Dinge wie Hunger, Durst, Müdigkeit; wie sich die Muskeln um seine Wirbelsäule anspannen, sodass der Rücken ganz steif, fast unbeweglich wird, wenn ihn jemand berührt; Angst, zum Beispiel davor, angesprochen zu werden; Angst, was passiert, wenn seine Mutter stirbt; Angst davor, ihr diese Frage zu stellen. Er fühlt sich leicht, wenn er ihre Haare kneten, bürsten, ziehen darf; er fühlt Heimweh, jetzt gerade; er fühlt jeden Tag, dass er eines Tages Arzt werden wird, muss; fühlt, dass seine Handinnenflächen kribbeln, wenn er die Katze streichelt; dass die Welt richtig ist, wenn er bis elf zählen kann.

Nils Liebe lässt das Kind in Ruhe. Es ist blass, krallt sich mit beiden Händen in der Armlehnen fest. Wenn das Flugzeug wackelt, zuckt es zusammen. Sein erster Flug.

Seit Tagen verspürt Nils Liebe ein neues, großartiges Gefühl. Es umgibt ihn, und es füllt ihn aus. Das Gefühl heißt Gleichgültigkeit. Er kann sich nicht entsinnen, wann er sich das letzte Mal so gelöst gefühlt hat. Er schläft wieder gut, obwohl er zurück in Sanelas Bett gezogen ist: Nachts überkommt sie Atemnot, keine Luft, Panik in den Augen, sie tastet zitternd nach seiner Hand, um ihre hineinkrallen zu können. Und er ist da, er lässt es geschehen, lässt ihre Fingernägel in seinem Unterarm zu und ihren Kopf an seiner Schulter. Er selbst berührt sie nicht. Über die Gleichgültigkeit freut er sich jeden Tag aufs Neue, aber er hat auch etwas Neues über sich gelernt: Er ist ein Mensch. Deshalb ist er noch da. Menschlichkeit hätte er sich nicht zugetraut.

Er schläft wieder in Sanelas Bett, und als ihm auffiel, dass es immer ihr Bett geblieben ist, zu keinem Zeitpunkt das seine oder ihr gemeinsames war, so stellte er das einfach nur fest. Da ist kein Stich, kein Schmerz, noch nicht mal ein Aha. Gleichgültigkeit. Morgens wacht er in Sanelas Bett auf, öffnet die Augen, stellt den Wecker ab, springt sofort auf oder bleibt noch einen Moment liegen.

Er fragt sich nicht, was heute für ein Tag ist. «Es gibt Tage, an denen ich dich liebe, und es gibt Tage, an denen liebe ich dich nicht», hatte sie einmal gesagt, es ist schon Monate her. «Ich kann dich nicht jeden Tag lieben, nur dass du es weißt.»

Er wusste das bereits, und dennoch war da diese eine Sekunde, in der er sich beherrschen musste, kein Gesicht zu machen. Sätze wie diese sprach sie an Tagen aus, an denen sie ihn nicht liebte, und an solchen Tagen ertrug sie sein alltägliches, emotionsbefreites Gesicht kaum. Von der Traurigkeit darin ganz zu schweigen.

Nun fragt er sich nicht mehr, was für ein Tag heute ist. Es ist ihm gleichgültig, ob sie ihn heute liebt, und es ist ihm gleichgültig, ob er es ist, den sie nicht lieben kann, oder ob sie überhaupt nicht lieben kann. Schon lange hat er sich nicht mehr so gelöst gefühlt. Erlöst.

Und dennoch ein Mensch.

Das Anschnallzeichen erlischt. Er blickt nach rechts. Das Kind sieht blutleer, verspannt und trostlos unglücklich aus. «Jetzt kannst du dich abschnallen, wenn du willst», sagt er. Das Kind nickt dankbar, dann öffnet es seinen Gurt und atmet tief aus.

Nils Liebe blickt nach links. Sanela schläft und schläft und schläft, sie bekommt nichts mit, nicht, wie die Anschnallzeichen erlöschen und später wieder aufleuchten und wie ihr Junge einen fragenden Blick zu Nils Liebe wirft, sich ein aufmunterndes Nicken abholt und selbst zu der Flugbegleiterin, wenn auch leise, sagt: «Ich hätte gerne einen Tomatensaft, bitte.»

Sie versteht ihn nicht, ein Baby schreit, ein Herr will sich trotz des Getränkewagens im Gang zur Toilette vorkämpfen, ein unmögliches Unterfangen, in der nächsten Reihe streitet ein Ehepaar.

«Wie bitte? Was möchtest du haben?» Sie lächelt den Jungen freundlich an. Das ist zu viel.

«Einen Tomatensaft für den jungen Mann, bitte», hilft Nils Liebe.

Der Tomatensaft schmeckt Niels-Tito gut.

Vom Flughafen Sarajevo sind es im Mietauto vier Stunden bis zum Meer.

Am Strand

Dem Sand fehlt die Hitze. Feuchtigkeit klebt die Sandkörner aneinander, die vielleicht nicht zusammengeklebt werden wollen, denkt Sanela, außerdem denkt sie, dass sie gerne noch einmal den aufgeheizten Sand unter den Fußsohlen gespürt hätte, sie wäre gerne gehüpft und gerannt, auf ein Handtuch zu oder zu einer Stelle, an die sie ihr Handtuch hätte werfen können, weil der Schmerz mit jeder Sekunde, in der die Fußsohlen den heißen Sand berühren, wächst. Nach diesem Schmerz sehnt sich Sanela, ein schöner Schmerz. Sie sieht sich vor sich, wie sie durch den Sand rennt, frei und leicht. Jetzt ist jeder Schritt eine wackelige, schweißtreibende Aufgabe, für die sie keine Kraft und keine Lust mehr hat.

Das Meer ist unruhig. Genauso sollte es sein. Niemand ist da außer ihnen. Nils Liebe und Niels-Tito, die an einer hochkomplizierten Sandburg bauen, ihnen kommt die Feuchtigkeit des Sandes gerade recht, dabei ist Niels-Tito bereits aus dem Sandburgen-Alter heraus. Sie sieht ihnen nicht zu, sie blickt aufs Meer und freut sich, dass es unruhig ist. Sie darf ihnen nicht zusehen. Ein Kind und ein Mann.

Sanela lässt sich auf den Rücken fallen. Sitzen strengt an. Atmen strengt an. Sein strengt an. Der Kopfschmerz war eines Tages nicht mehr gewichen.

Sie haben Obst mitgebracht, eine Wassermelone, Weintrauben, Pfirsiche und Pflaumen. Niels-Tito hatte am Kiosk Eis geholt, drei Stück, zwei für sich, eines für Nils Liebe. Sanela hatte Kräutertee aus der Thermoskanne getrunken. Sechs Schlucke. Die Herbstsonne blendet. Sanela liebt die Nächte und sagt sich, sie hat die Nächte schon immer geliebt. Dunkelheit. Der Kopfschmerz lässt nicht nach, aber das Hämmern wird schwächer.

An den Kopfschmerz wird sie sich in diesem Leben nicht mehr gewöhnen.

Das mit der Nacht stimmt im Übrigen nicht. Im Krieg haben sie nachts die Toten vergraben, weil dann nicht geschossen wurde. Sanela hörte Spaten, die auf Baumwurzeln und Steine trafen, und bildete sich ein, die Toten in die Gräber fallen zu hören. Wenn es ganz schlimm war, hörte sie die Toten dabei stöhnen. Jahrelang konnte sie nachts nur schlafen, wenn das Licht im Zimmer noch brannte. Ihre Tetka hatte sich über die Energieverschwendung beschwert; die Männer später darüber, dass sie im Hellen nicht schlafen konnten. Mit den Jahren wurde es besser.

Wie die Ängste vergehen, denkt Sanela und würde gerne darüber lächeln. Ihrem Jungen hat sie erklärt: Er hat hundert Tage, an denen er traurig sein darf. Dann muss er anfangen zu leben.

«Darf ich hundert und elf?», hatte Niels-Tito gefragt.

Nun schließt Sanela die Augen. Atmet ruhig. Sie braucht Kraft.

Letzte Worte

Sanela weiß, dass man lange von Karl Marx erzählte, direkt vor seinem Tod habe er Folgendes gesagt: «Letzte Worte sind für Narren, die noch nicht genug gesagt haben», und sie fand es schon immer schade, dass es nicht wirklich seine letzten Worte waren. Sie selbst, die sich ihr Leben lang Gedanken um ihre Wortwahl gemacht hat, kein Wort zu viel ausgesprochen hat, wählt, als es um ihre letzten Worte geht, den trivialen Weg. Heute ist ihre letzte Chance für Banalitäten.

«Niels-Tito, magst du noch ein Eis?»

Es gibt Fragen, die erlauben nur ein Ja.

«Nils, holst du ihm eins?»

Der Junge mag diesmal eine Kugel Kirsche. Kirsche heißt «trešnja», und das «š» spricht man wie ein «sch». Nils Liebe bezahlt.

Als sie zurückkommen, ist Sanela nicht mehr da.

Feiern

Endlich brennt das Feuer. Es hat mehrere Anläufe gebraucht, Niels-Tito hat Holzstücke und Stöcke zusammengetragen, immer mehr, vielleicht begeistert, vielleicht auch nur konzentriert. Die beiden Gefühlsregungen sind bei ihm nicht immer voneinander zu unterscheiden. Nils Liebe beobachtet ihn, während er das Holz zu einem Scheiterhaufen stapelt. Er kann nicht sagen, woran es liegt – ist der Junge so undurchsichtig, oder ist er selbst so unfähig, ein Kind einzuschätzen? Die Antwort ist nicht von Bedeutung: Für ihre gemeinsame Zukunft ist beides keine ideale Voraussetzung.

Nils Liebe schiebt ein aus dem Haufen gefallenes Stück Holz, das so trocken aussieht, dass es brennen sollte, wieder zurück und den Gedanken an die Zukunft, die gemeinsame, beiseite. Sie sollen feiern.

Sie hatten die zwei Zeitungen, die im Auto gelegen hatten, in Kleinstteile zerrissen und sie als Anzünder verbraucht, bevor auch nur die dünnsten Stöcke Feuer gefangen hatten. Es geht Wind.

«Es windet sehr», stellt Niels-Tito fest, hinein in die Stille, in der sie ihr pfadfinderisches Scheitern zelebrieren, und für ein paar Sekunden fühlt sich Nils Liebe angesichts der gemeinsamen Jahre, die vor ihnen liegen, etwas leichter. Immerhin, der Junge bildet schöne Sätze.

Nils Liebe lässt den Blick schweifen, nach etwas Brennbarem suchen, und erspäht die Kiste.

«Und wenn wir die Gedichte ...?» Er wartet, bis die Augen des Jungen ihn fragend anblicken, dann führt er dessen Blick zur Kiste. Der Junge schüttelt entrüstet, erschrocken den Kopf. Nils Liebe nickt.

Eine gemeinsame Zukunft besteht aus möglichst wenig Worten. Er sieht nun klarer.

Wenn der Junge überlegt, dann zieht er seine Stirn in Falten und steckt die Zunge leicht heraus. «Okay, lass uns das machen. Die dürfen wir eh nicht lesen.» Und er nickt Nils Liebe aufmunternd zu. Wer hilft hier wem?

Die ersten drei Blätter, die sie aus der Kiste holen und anzünden, ohne der Handschrift oder den Worten irgendeine Aufmerksamkeit zu schenken, entfachen das Feuer. Erst brennen die trockenen, dünnen Stöckchen, dann fängt ein Ast Feuer, bald brennt es lichterloh. Sobald es brennt, fröstelt der Junge, zittert gar. Nils Liebe zieht die Jacke hervor, auf die er sich gesetzt hatte, und hält sie ihm hin. Niels-Tito schüttelt den Kopf. In dieser Stille fühlt sich Nils Liebe zum ersten Mal ungewohnt einsam.

So sitzen sie da und frösteln gemeinsam und sagen sich nicht, warum, sagen überhaupt kein Wort, lauschen dem Knistern. Das Feuer knistert, Sanela ist tot. In diesem Wissen erhebt sich Niels-Tito, holt die Kiste, greift hinein und fischt, ohne hinzusehen, Zettel hinaus. Lässt die Gedichte seiner Mutter, jeden Morgen hatte sie eines verfasst, ins

Feuer regnen. Sie zerfallen zu schwarzer Asche. Da muss der Junge lächeln.

Nils Liebe folgt seinem Beispiel. Die Kiste ist groß und gut gefüllt, sie lassen sich Zeit, werfen zerknülltes Papier hinein, das Gedankengut von jemandem, den sie versucht hatten zu lieben.

«Lyrik», hatte Sanela gesagt, als er das erste Mal nach der Kiste gefragt hatte, «ist etwas anderes. Lyrik ist da ganz sicher nicht drin.»

«Darf ich lesen?» Es war noch in den guten Zeiten.

Hatte es die jemals gegeben? Er ist sich nicht sicher, aber er wünscht sie sich zurück.

Die leere Kiste wirft Niels-Tito am Ende auch ins Feuer.

«Ich liebe dich nicht», sagt Niels-Tito. Die Stimme, die das Knistern des Feuers wie unerlaubt unterbricht, erschreckt den Gesprächspartner mehr als das Gesagte.

«Ich meine, ich kann dich nicht lieben, wie ich Mama liebte.» Nils Liebe war vom ersten Tag an aufgefallen, dass Niels-Tito keine grammatikalischen Fehler unterliefen, und es hatte ihm imponiert. «Ich, ich finde dich aber meistens sympathisch», fügt der Junge hinzu.

Nils Liebe fällt keine Antwort ein, aber er bewegt kurz die Hand. Eine Hand, die sich ausstrecken und die blonden, verwuschelten Haare des Jungen streicheln könnte, ganz leicht. Eine Hand, die sich auf die Schulter des Jungen legen könnte, beschützend und stark. Die Hand bleibt in der Bewegung stecken. Dergleichen findet hier nicht statt. Nils Liebe ist dem Jungen für seine Ehrlichkeit dankbar, er ist beinahe zu Tränen gerührt.

«Alles klar», erwidert er und freut sich über die feste Stimme, die er beinahe als die eigene erkennt. Und dann erzählt er ihm noch ein paar Dinge über Zahlen, von denen er hofft, dass sie dem Jungen Freude bereiten, oder zumindest ihm selbst. Zermelo-Fraenkel-Mengenlehre, Banachraum, Permanenzprinzip.

Sie bleiben noch lange sitzen. Die Kiste nimmt sich Zeit, die Gedichte waren in Sekundenschnelle verbrannt. Es wird dunkel, sie haben kein Holz mehr zum Nachlegen, und als das Feuer immer schwächer lodert, zieht Nils Liebe eine Wasserflasche aus seinem Rucksack, reicht sie wortlos seinem Jungen und sieht den letzten knisternden Stücken dabei zu, wie sie gegen das Wasser ankämpfen. Er muss an Bienen denken, die er im Sommer in Gläser lockte, die er dann mit Bierdeckeln verschloss, er sah ihnen gerne beim Zappeln zu. Sanela taten sie leid. Die Bienen hatten in Sanela Mitleid geweckt.

«Wollen wir?», fragt er. Niels-Tito nickt, springt mit einem Ruck auf. Sie machen sich auf den Weg.

Weitere Titel von Lena Gorelik

Die Listensammlerin

Mehr Schwarz als Lila

Null bis unendlich

Unter dem Baumhaus

Lena Gorelik
Die Listensammlerin

Sofia liebt Listen – Listen über Schokoladensorten oder peinliche Hundenamen. Die Sammlungen bringen Ordnung in ihr bewegtes Leben: An das Dasein als Mutter hat sie sich noch nicht gewöhnt, und ihre Großmutter dämmert dement vor sich hin. Eines Tages macht sie in der großmütterlichen Wohnung eine Entdeckung: eine andere Listensammlung in kyrillischer Schrift – die Familie hat in den Siebzigern die Sowjetunion verlassen. Über diesen Fund stößt Sofia auf einen geheimnisvollen Onkel: ein Querkopf, der sich im Untergrund betätigt hat. Anhand der Listen spürt sie Onkel Grischas dunkler Geschichte nach und entdeckt, was die Vergangenheit für sie bedeuten kann.

352 Seiten

«Lena Gorelik ist brillant.»

Süddeutsche Zeitung

Ro 346/1

André Kubiczek

Das fabelhafte Jahr der Anarchie

April 1990, die DDR löst sich auf. Die Älteren sind voll Sorge, die Jungen aber leben die Liebe und die Freiheit, genießen den freundlichen Ausnahmezustand. Im März fiel die Entscheidung für die Wiedervereinigung, im Juli wird die Währungsreform kommen. Die Zukunft mit ihren bürgerlichen Kategorien ist in diesen Tagen weiter entfernt als das Pleistozän. Ulrike und Andreas, ein junges Paar aus Potsdam, kehren der Stadt – enttäuscht vom Ausgang der ersten freien Wahlen – den Rücken und bauen in einem kleinen Dorf in der Niederlausitz an ihrem privaten Idyll: Sie renovieren, legen einen Garten an, schließen Freundschaft mit dem Schäfer und einem fahnenflüchtigen sowjetischen Soldaten. Sie sind frei für den Moment. Nur Ulrikes Bruder Arnd bringt hin und wieder Nachrichten aus der Realität mit – und vor allem Unruhe in den Ort. Als die nahe Kreisstadt sich für den Geldumtausch rüstet, geht einer der Bankcontainer in Flammen auf – und das fabelhafte, kurze Jahr der Freiheit für die Freunde zu Ende.

272 Seiten

«André Kubiczek weiß wie wenige Schriftsteller seiner Generation, wie man einer Geschichte Spannung verleiht.»

FAZ

Ro 323/1

MIX
Papier aus verantwortungsvollen Quellen
FSC® C083411
FSC
www.fsc.org

Das für dieses Buch verwendete Papier ist FSC®-zertifiziert.